新羅·高麗時代의 名詩

— 歷代 詩選集 對比 —

金乾坤

이회

□ 머리말

예로부터 시를 아는 것〔知詩〕이 시를 짓는 것〔作詩〕보다 어려운 일로 여겨져 왔다. 따라서 作詩에 능한 사람들 조차도 選詩를 가장 어렵게 생각하였다. 詩에 능하다고 하더라도 詩를 보는 특별한 批評眼이나 鑑識力이 없이는 시의 좋고 나쁨이나 巧拙을 헤아릴 수가 없기 때문이다. 朝鮮三千年의 第一大家로 일컬어지는 益齋 李齊賢도 能詩者였지만, 知詩에 관해서는 오히려 『東人之文』을 편찬한 拙翁 崔瀣에게 물었을 정도였다.

漢詩가 舊時代의 遺物 정도로 간주되고 있는 오늘날 한시를 짓는 사람은 거의 없다시피 되었다. 짓고자 해도 漢字의 聲律에 익숙하지 않은 우리로서는 당장 한계에 부딪히고 만다. 한시를 짓지 않고 또 짓지 못하는 마당에 시를 알기란 더욱 어려운 일이다. 따라서 우리의 능력으로 名詩를 선별하기란 거의 불가능하며, 選詩에 관한 한 先人들의 慧眼을 빌리지 않을 수가 없다.

이러한 사정을 고려할 때 한시 연구를 위해서는 우선 역대의 각종 詩選集에 거듭 뽑힌 詩, 詩話·詩評集에 자주 거론되거나 선인들이 好評한 시를 일단 名詩로 인정하고, 이를 체계적으로 정리할 필요가 있다. 이러한 시들은 人口에 膾炙된 것들로서, 韓國漢詩史를 기술하는데 중심적인 作品이 될 것으로 기대되기 때문이다.

이 책은 이상과 같은 趣旨에서 『三韓詩龜鑑』, 『東文選』, 『青丘風雅』, 『箕雅』, 『大東詩選』, 『海東詩選』에 뽑힌 高麗時代까지의 漢詩의 詩題를 作家別·詩型別로 분류하고, 3곳 이상에 뽑힌 시들을 名詩로 간주

하여 정리한 것이다. 특히 該詩에 대한 각종 詩選集에서의 選拔 與否와 所收處를 밝힘으로써, 目錄 역할은 물론 選拔 頻度에 따른 該詩의 重要度(知名度), 個別 詩選集의 選詩 傾向 등을 엿볼 수 있게 하였다. 또한 여기에 수록한 시들에 대해서는 詩選集 상호 간의 對比·校勘을 통해 該詩의 作家와 詩句를 바로잡고, 각 詩選集의 編者의 嗜好에 따른 詩語의 改變을 살필 수 있게 하였다.

이 책이 三國 및 高麗時代 漢詩研究의 基礎資料가 되고, 나아가 이 時代의 漢詩史 記述에 一助가 되기를 期待하며, 자료의 정리와 교정을 도와 준 韓國學大學院의 禹現植 군·金仁會 군·裵美貞 양, 그리고 출판을 위해 애쓴 以會文化社 관계자 여러분에게 고마움을 전한다.

2005년 3월 31일

金 乾 坤

□ 일러두기

1. 臺本 및 收錄範圍

1) 이 책의 편찬에 이용한 각 詩選集은 현재 학계에 널리 유통되고 있는 것들로서 版本은 다음과 같다.

   * 『三韓詩龜鑑』: 嘉靖丙寅 重刻本(二友出版社 影印本, 1980)
   * 『東文選』: 正續編 合本 乙亥字 再印本(協成文化社 影印本, 1985)
   * 『青丘風雅』: 奎章閣 所藏 筆寫本(亞細亞文化社 影印本, 1980)
   * 『箕雅』: 서울大 圖書館 所藏 精寫本(亞細亞文化社 影印本, 1980)
   * 『大東詩選』: 亞細亞文化社 影印本, 1980
   * 『海東詩選』: 乙丑 三刊本(彰文閣 影印本)

2) 收錄範圍는 三國으로부터 高麗 末까지의 作家를 대상으로 하였다. 麗末·鮮初에 걸쳐 생존한 작가는 고려왕조를 위해 節義를 지켰거나 오래도록 고려왕조에 벼슬한 인물만 포함시켰고, 生沒年代가 불확실한 인물이나 釋氏는 기존 詩選集의 시대순 작가 배열을 참고하여 鄭道傳을 기준으로 그 이전의 작가에 한정하였다. 려말·선초 인물의 경우 시각에 따라 고려 혹은 조선으로 달리 귀속시킬 수 있는 인물이 포함되었을 수도 있음을 미리 밝혀둔다.

3) 본 책에 수록한 漢詩의 底本과 目錄의 詩題는 該詩가 각 詩選集에 거듭 뽑혔을 경우 각 詩選集의 수록 편수를 고려하여 『東文選』의 것을 위주로 하고, 『東文選』에 뽑히지 않은 시는 『青丘風雅』→『箕雅』→『大東詩選』→『海東詩選』→『三韓詩龜鑑의』 순으로 정하였다. 단, 『東文選』에 뽑혔더라도 작가가 잘못 표기되어 문제가 있을 때는 此後의 詩選集에 수록된 것으로 하였다.

2. 體制 및 排列

1) 작가는 一般作家와 釋氏로 구분하여 가, 나, 다 순으로 배열하고, 姓과 名의 첫 글자는 두음법칙을 따랐다.

   예) 柳淑 : 유숙, 崔林 : 최임

2) 初名, 官名이 다른 작가나 法號, 俗名이 있는 釋氏는 本名이나 더 잘 알려진 이름, 法名으로 작가의 이름을 정하였다.

   예) 金仁存 → 金緣　　沖止 → 圓鑑

3) 한 작품에 대하여 시선집에 따라 작가가 상이하게 표기되었을 경우, 작가 모두에게 시를 배속하고 상이한 내용을 註에 밝혔다.

4) 작가가 분명하지 않은 漢詩는 모두 無名氏에 포함하여 맨 뒤에 수록하였다.

5) 각 작가별 漢詩는 古詩→律詩→排律→絶句, 五言→七言→六言→雜體의 순서로 각 시형별 詩題의 가, 나, 다 순으로 배열하였다. 단, 四季를 읊은 시는 春, 夏, 秋, 冬 그대로 배열하였다.

6) 「和韻」, 「次韻」, 「同韻」 등으로 되어 있는 詩題는 작자가 다를 경우 가능한 한 原題로 복원하였다.

7) 同一 詩型의 同一 題目이라 하더라도 內容과 韻字가 다른 시는 (上), (下)로 구분하여 別詩로 처리하였다. 또 連作詩는 (一), (二), (三) 등으로 세분하고, 많이 뽑힌 詩選集의 것을 위주로 번호를 부여하였다.

8) 본 책에 수록한 각 漢詩의 말미에는 底本과 각 詩選集에서의 所收處를 밝혔다.

3. 校勘

1) 校勘은 該詩의 말미에 밝힌 첫 번째 所收處의 詩選集을 底本으로 하고, 各 詩選集과 文集(韓國文集叢刊)을 비교하였다.

2) 동일 漢詩에 대해 詩選集에 따라 작자가 다르게 되어 있을 경우, 여타 관련자료를 참고하여 원작자를 批正하고, 그 사실을 목록의 각주와 該詩의 교감기에 밝혔다.
3) 교감은 各 詩選集과 文集 간의 作者 및 詩語의 異同을 위주로 하였다.
4) 異音・異意・異綴이지만 습관적으로 통용해 온 글자는 특별한 경우를 제외하고 교감의 대상에서 제외하였다.
   예) 己·已·巳, 母·毋, 戌·戍, 祗·祇
5) 同音・同意이지만 異綴이거나 部首의 加減에도 불구하고 通用하는 글자도 교감의 대상에서 제외하였다.
   예) 只·祇, 捲·卷, 樽·尊

4. 略語

1) 目錄의 所收處에 표기된 앞의 숫자(글자)는 卷數를, 뒤의 숫자는 影印本의 面數를 나타낸다. 단, 『海東詩選』은 卷數 표시가 없으므로 面數만 표시하였다. 『大東詩選』의 면수는 영인처에서 부여한 것을 채택하였다.
2) 該詩의 校勘記에는 각 詩選集 명칭의 첫 글자를 약어로 사용하고, 文集의 경우 앞 두 글자와 권수를 숫자로 표기하였다.

目　次

羅·麗 名詩

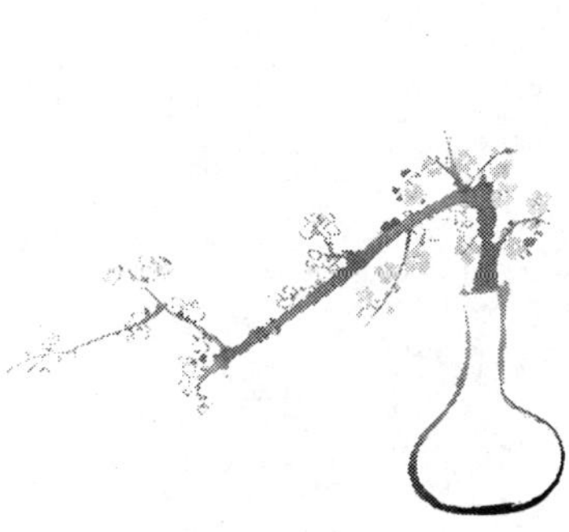

羅·麗 名詩 目次

李穀

李公遂

李奎報

李達衷

李湛

李茂芳

羅·麗 名詩

高兆基

1. 宿金壤縣

鳥語霜林曉　風驚客榻眠　簷殘半規月　夢斷[1]一涯天
落葉埋歸路　寒枝掛[2]宿煙　江東行未盡　秋盡水村邊

(『東文選』卷9, 靑3, 箕5, 大1, 海)

1) 夢斷 :〔箕〕〔大〕〔海〕人在.
2) 掛 :〔靑〕〔箕〕〔大〕〔海〕罥.

2. 山莊雨夜

昨夜松堂雨　溪聲一枕西[1]　平明看庭樹　宿鳥未離栖

(『東文選』卷19, 靑6, 箕1, 大1, 海)

1) 西 :〔箕〕高.

3. 寄遠

錦字裁成寄玉關　勸君珍重好加飱
封侯自是男兒事　不斬樓蘭[1]未擬還

(『東文選』卷19, 箕2, 大1, 海)

1) 樓蘭 :〔箕〕樓闌.

4. 書雲巖鎭

風入湖山萬竅號　　宿雲歸盡塞天高
蒼鷹直上百千尺　　那箇纖塵點羽毛

(『東文選』卷19, 三중, 靑6)

郭輿

1. 贈淸平[1]李居士

淸平山水冠東濱　　邂逅相逢見故人
三十年前[2]同擢第　　一千里外各栖身
浮雲入洞[3]曾無累[4]　　明月當溪不[5]染塵
擊目忘言良久處　　淡然相照舊精神

(『東文選』卷12, 三중, 箕7, 大1, 海)

1) 淸平 : 〔三〕淸平山.
2) 前 : 〔海〕來.
3) 洞 : 〔海〕谷.
4) 曾無累 : 〔三〕眞無繫.
5) 不 : 〔三〕豈.

2. 隨駕長源亭上登樓晩眺有野叟騎牛傍溪而歸應製[1]

大平容貌恣騎牛　　半濕殘霏過壟頭
知有水邊家近在　　從他落日傍溪流

(『東文選』卷19, 靑6, 箕2, 大1, 海)

1) 〈詩題〉: 〔靑〕隨駕長源亭應制賦野叟騎牛暮歸, 〔箕〕〔大〕〔海〕長源亭應製野叟騎牛.

郭預

1. 感渡海

扶桑之海遠不極	萬里蒼蒼接天色
有夷生寄[1]海中央	木道纔通變難測
聖明本自置度外	邊將貪功謀欲得
受命東征自往年	東南師期在六月
千艘駕浪會一岐島名屬日本國	十丈風帆檣欲折
相望涉夏不交鋒	辛苦何須爲君說
炎氛瘴霧熏着人	滿海浮屍寃氣結
望舒虧盈潮落生	九月已當三十日
是時八極顚風來	擊碎蒙衝何大疾
蒼皇誰借千金壺	枉敎壯士探蛟室[2]
哀哉十萬江南人[3]	攀依絶嶼赤身立
如今恨骨與山高	永夜羈魂[4]向天泣
當時將帥若生還	念此能無增鬱悒
壯哉萬古烏江上	恥復東歸棄功業

(『東文選』 卷6, 三하, 靑2, 箕13)

1) 寄 : 〔靑〕在.
2) 蛟室 : 〔箕〕蛟窟.
3) 十萬江南人 : 〔靑〕江南十萬人.
4) 羈魂 : 〔三〕羇魂.

2. 東郊馬上[1]

信馬尋春事	牛兒方力耕	鳥鳴天氣暖	魚泳浪紋平
野蝶成團戲	沙鷗作隊行	自嫌隨燕雀	不似鷺鷥[2]淸

(『東文選』 卷9, 箕5, 大1, 海)

1)〈詩題〉:〔箕〕〔大〕〔海〕東郊馬上演雅體.
2) 鷺鷥 :〔箕〕〔大〕〔海〕鷺鶿.

3. 壽康宮觀獵

原上雨初霽　燒痕春色新　一鷹如箭疾　萬馬若雲屯
雉困還遭犬　麕迷不避人　長楊賦未就　慚愧諫垣臣

(『東文選』卷9, 三상, 青3)

4. 詠橘樹

誰把炎洲種　移栽禁御[1]傍　脫身辭瘴海　托地近宮墻
玉瘦叢多刺　雲繁葉有芒　春葩渾帶白　秋實正含黃
結露凝爲腦　生絹用隔瓤　摘宜煩[2]素手　熟必待淸霜
噀露[3]濡衣袖　飛泉沃肺腸　縱經淮水遠　不減洞庭香
氣味含仙界　音塵隔故鄕　雖云非土性　只爲被恩光
恥與千奴並　唯容四皓藏　君看圯上老　去楚佐高皇

(『東文選』卷11, 箕11, 大1)

1) 禁御 :〔箕〕〔大〕御柳.
2) 煩 :〔大〕翻.
3) 露 :〔箕〕〔大〕霧.

5. 賞蓮

賞蓮三度到三池[1]　翠蓋紅粧似舊時
唯有看花玉堂老[2]　風情不減鬢如絲

(『東文選』卷20, 三중, 青6, 箕2, 大1, 海)

1) 三池 :〔箕〕〔大〕官池,〔海〕宮池.
2) 玉堂老 :〔箕〕〔大〕〔海〕玉堂客.

郭珚[1]

1. 思舊山[2]

舊山煙蘿中　　三椽有老屋[3]　　故人昨寄信　　當歸盈一掬
微官不放歸　　歸計徒自熟　　愁來鳴玉琴　　霜風生古木

(『東文選』 卷4, 靑1, 箕12, 大1)

1) 『東文選』 卷4에는 作家名이 郭琠으로 되어 있음.
2) 李達衷의 『霽亭集』 卷1에 잘못 수록되어 있음.
3) 老屋 : 〔箕〕〔大〕茅屋.

權適

1. 江陵送安上人之楓岳

江陵日暖花先發　　楓岳天寒雪未消
翻笑上人山水癖　　未能隨處作逍遙

(『三韓詩龜鑑』 卷중, 東19, 大1)[1]

1) 『東文選』, 『大東詩選』에는 金富儀의 作으로 되어 있으나, 『補閑集』 卷上 및 『三韓詩龜鑑』에는 權適의 作으로 되어 있음.

權漢功

1. 甘露寺多景樓[1]

北固登臨望閏州[2]　　一尊難洗古今愁
浪奔江勢猶含怒　　國破山顔[3]尙帶羞
淮海風烟連[4]古壘　　金焦鍾鼓殷岑樓
憑誰與問興亡事　　唯有沙鷗近葉舟

(『東文選』 卷16, 箕7, 大1, 海)

1) 〈詩題〉 : 〔箕〕〔大〕多景樓與益齋同賦, 〔海〕多景樓與益齋共賦.
2) 閏州 : 〔箕〕〔大〕〔海〕潤州.

3) 山顏 : 〔大〕山河.
4) 連 : 〔箕〕〔大〕〔海〕迷.

2. 皇慶癸丑酒酣得四書于大同江軒窓[1]

磯邊綠樹春陰薄　　江上靑山暮色多
宛在水中迷遠近　　夕陽[2]何處竹枝歌

(『東文選』 卷21, 靑6, 箕2, 大1, 海)

1) 〈詩題〉 : 〔靑〕皇慶癸丑酒酣得句書于大同江船牕, 〔箕〕〔大〕〔海〕書大同江船窓.
2) 夕陽 : 〔靑〕〔箕〕〔大〕〔海〕芳洲.

吉再

1. 閑居[1]

臨溪茅屋獨閑居　　月白風淸興有餘
外客不來山鳥語　　移床竹塢臥看書

(『東文選』 卷22, 箕2, 大1, 海)

1) 〈詩題〉 : 〔冶隱상〕述志.

金坵

1. 庚子歲朝蒙古過西京[1]

扁舟橫截碧江水　　晩抵荒凉長慶寺
悲詞輒欲弔江山　　恐有坤靈潛下淚
憶曾負笈遠追師　　正見西都全盛時
月明萬戶不知閉　　塵靜九衢無拾遺
如今往事盡如掃　　可憐城闕空靑草
鋤犁半入英雄居　　麻麥遍生朝市道

採桑何處蒨裾兒[2]　　哀唱一聲愁欲老

(『東文選』 卷6, 靑2, 箕13)

1) 〈詩題〉: 〔箕〕朝蒙古過西京, 〔止浦1〕過西京.
2) 蒨裾兒 : 〔箕〕〔止浦1〕蒨裙兒.

2. 過鐵州

當年怒寇闌塞門　　四十餘城如燎原
倚山孤堞當虜蹊　　萬軍鼓吻期一呑
白面書生守此城　　許國身比鴻毛輕
早推仁信結人心　　壯士嚾呼天地傾
相持[1]半月折骸炊　　晝戰夜守龍虎疲
勢窮力屈猶示閑　　樓上管絃聲更悲
官倉一夕紅焰發　　甘與妻孥就灰[2]滅
忠魂壯魄向何之　　千古州名空記鐵

(『東文選』 卷6, 三하, 靑2)

1) 相持 : 〔三〕常持.
2) 灰 : 〔止浦1〕火.

3. 文機障子詩

一朶蓬萊湧海高　　銀宮貝闕駕靈鼇
蘭燈燦爛頳虯卵[1]　　羽葆參差翠鳳毛
風護花奴頭上槿　　露濃金母手中桃
請看明月徘徊影　　應是姮娥望赭袍[2]

(『東文選』 卷14, 箕7, 大1, 海[3])

1) 虯卵 : 〔止浦1〕虯卯.
2) 望赭袍 : 〔海〕坐赭濠.
3) 『海東詩選』에는 作家名이 金樞로 잘못 표기되어 있음.

4. 落梨花

飛舞翩翩[1]去却回　倒吹還欲上枝開
無端一片黏絲網　時見蜘蛛捕蝶來

(『東文選』卷20, 三중, 箕2, 大1, 海)

1) 翩翩：〔三〕編編.

金九容

1. 寄達可翰林從軍韓政堂幕府[1]

四海尙紛紛　登樓獨念君　忽辭淸禁直　遠赴朔方軍
古塞懸明月　長城起靄雲　悠然倚金甲　誰與細論文

(『靑丘風雅』卷3, 箕5, 大1, 海)

1)〈詩題〉：〔箕〕〔大〕〔海〕寄達可從軍.

2. 帆急(二)[1]

帆急山如走　舟行岸自移　異鄉頻問俗　佳處强題詩
吳楚千年地　江湖五月時　莫嫌無一物　風月也相隨

(『靑丘風雅』卷3, 箕5, 大1, 海)

1)『靑丘風雅』에서는 5언율시로 분류하였으나,『惕若齋先生學吟集』卷下에는 5언고시로 분류되어 있으며, 이후에 다음의 구절이 이어져 있음."暮宿淸江口 籬邊繫小船 隔牕聞鶴唳 欹枕伴鷗眠 霧重山仍雨 風恬浪作煙 曉看茅屋處 淳朴一山川 山漸周圍水漸淸 泝流船疾浪花生 茂林脩竹無人處 時聽幽禽一兩聲"

3. 江水

江水東流不復回　雲帆直欲向西開
菰蒲兩岸微風起　楊柳長堤[1]細雨來
魂夢[2]遠迷箕子國　襟懷纔展楚王臺

行行見說巫山近[3]　　一聽猿聲轉覺哀

(『青丘風雅』卷5, 箕7, 大1, 海)

1) 長堤 : 〔箕〕〔大〕長程.
2) 魂夢 : 〔惕若하〕夢魂.
3) 巫山近 : 〔箕〕〔大〕〔海〕巫山色.

4. 遁村寄詩累篇次韻錄呈[1]

百年春夢倚[2]南柯　　一陣新凉感歲華[3]
風月有期[4]長作伴　　乾坤乘興即爲家
李侯不悟倉中鼠　　杜簿猶疑盞底蛇
從此共成眞隱遁　　莫將虛譽向人誇

(『東文選』卷16, 靑5, 箕7, 大1)

1) 〈詩題〉: 〔靑〕〔箕〕〔大〕次李浩然.
2) 倚 : 〔靑〕〔箕〕〔大〕〔惕若하〕付.
3) 歲華 : 〔靑〕〔箕〕〔大〕物華.
4) 有期 : 〔箕〕〔大〕有情.

5. 野草

纖纖野草自開花　　檣影如龍水面斜
日暮每依煙渚宿　　竹林深處有人家

(『青丘風雅』卷7, 箕2, 大1)

6. 驪江寄遁村[1]

解衣欹枕夢初驚　　時有沙禽忽報更
意在汀洲佳處住[2]　　岸移山轉覺舟行

(『青丘風雅』卷7, 箕2, 大1)

1) 〈詩題〉: 〔惕若하〕驪江五絶寄遁村李浩然(四).
2) 住 : 〔惕若하〕駐.

金克己

1. 憩炭軒村二老翁携酒見尋[1)]

幽尋[2)]荒草徑　下馬繫枯柳　何處白頭翁[3)]　竝肩來貿貿
山盤獻枯魚　野榼供濁酒　笑傲虛落間　荒狂便濡首
雖慚禮數薄　尙倚恩情厚　倒載赴前程　村童齊拍手

(『東文選』卷4, 三상, 靑1, 箕12)

1) 〈詩題〉 : 〔三〕憩炭軒村二老翁携酒見訪, 〔箕〕憩炭軒.
2) 幽尋 : 〔靑〕幽深.
3) 白頭翁 : 〔三〕〔靑〕白須翁.

2. 宿香村

雲行四五里　漸下蒼山根　烏鳶忽驚起[1)]　始見桑柘村
村婦理蓬鬢　出開林下門　靑苔滿古巷　綠稻侵頹垣
茅簷坐未久　落日低瓊盆　伐薪忽照夜　魚蟹腥盤飧
耕夫各入室　四壁農談諠　碎磔[2)]作魚貫　咿喔紛鳥言
我時耿不寐　欹枕臨西軒　露冷螢火濕　寒蛩[3)]噪空園
悲吟臥待曙　碧海含朝暾

(『東文選』卷4, 三상, 靑1, 箕12, 大1)

1) 驚起 : 〔三〕〔靑〕飛起.
2) 碎磔 : 〔三〕〔靑〕勃磔.
3) 寒蛩 : 〔三〕〔靑〕寒螿.

3. 龍灣雜興(二)

舊聞定遠城[1)]　樓雉何雄奇　覇圖一墮地　遺址空逶迤
封人昔爭境　取捨無定姿　邇來自出塞　窮寇何須追
北臨杳空闊　梟鴈號古陂　幾年犬豕窟　雲稼今離離
登眺自多感　況逢霜葉[2)]飛　可惜寒澗菊　淩霜吐芳蕤

微風送幽馥　向我如有期

(『東文選』 卷4, 三상, 靑1, 箕12)

1) 定遠城 : 〔三〕〔靑〕定遠域.
2) 霜葉 : 〔三〕秋葉.

4. 龍灣雜興(四)

我憐鎭水僧　淸淨無塵慮　抽身簿書間　半日陪杖屨
窓前巖溜飛　席上嶺雲度　嘯詠便[1]忘返　天昏山向暮[2]
俗士爭功名　沉碑劇杜預　豈知陶靖節　林下問征路[3]

(『東文選』 卷4, 三상, 靑1, 箕12)

1) 便 : 〔箕〕須.
2) 暮 : 〔靑〕慕.
3) 征路 : 〔箕〕前路.

5. 龍灣雜興(五)

巖巖妙高峰　壁立千丈直　偶尋林下僧　空畔躡雲碧
因窺壁間詩　五字皆破的　始知方外客　先我已探歷
斯人定淸曠　恨不同茗席　空令千載下　慷慨弔幽迹[1]

(『東文選』 卷4, 三상, 靑1)

1) 幽迹 : 〔靑〕遺跡.

6. 有感(一)

年光急流水　轉眄[1]難挽留　人情自疲役　到此[2]方始休
幸偸簿領[3]隙　淸景宜追求　鴨江最奇處　羸馬[4]時縱遊[5]
霜鱗戱柳渚　雪羽蹺[6]蘋洲　冬寒尙未嚴　野菊留淸秋
纖枝倩雨洗　細蘂[7]憑風揉　幽蘭已枯瘁　歲晩誰與儔
寧隨道傍葦　踐履羊與牛　何殊不羈士[8]　獨立違俗流

(『東文選』 卷4, 三상, 靑1, 箕12, 大1)

1) 轉眄 :〔青〕顧眄.
2) 到此 :〔三〕到處.
3) 簿領 :〔三〕簿令.
4) 羸馬 :〔箕〕羸馬.
5) 縱遊 :〔大〕從遊.
6) 蹺 :〔三〕翹.
7) 細蘂 :〔青〕細葉.
8) 不羈士 :〔三〕〔大〕不羇士.

7. 有感(三)

誰家紫髯將　鼻息橫素霓　問胡早富貴　華族聯山西
齷齪業文士　寧知東走迷　身微[1]似馬足　竟歲勞塵泥
天意元無私　物情自不齊　冥心念出處　漏盡城烏啼
憶與林下友　同棲白雲溪　風亭夏同偃　月榭秋共躋
別來今幾歲　歸夢杳天倪　浮名損[2]眞性　掩涕倍慘悽

(『東文選』卷4, 靑1, 箕12)

1) 微 :〔青〕迷.
2) 損 :〔青〕傷.

8. 醉時歌

釣必連海上之六鼇　射必落日中之九烏[1]
六鼇動兮魚龍震蕩　九烏[2]出兮草木焦枯
男兒要自立奇節　弱羽纖鱗安足誅
紫纓雲孫始墮地　自謂壯大陳雄圖
鍊石欲補東南缺　鑿石[3]將通西北迂
嗟哉計大未易報　半世飄零爲腐儒
不隨馮異西登隴　不逐孔明南渡瀘
論詩說賦破屋下　却把[4]短布抱[5]妻孥

時時壯憤掩不得[6]　　拔劍斫地空長吁
何時乘風[7]破巨浪　　坐令四海如唐虞
君不見淩煙閣上圖形容　　半是書生半武夫

(『東文選』 卷6, 三하, 靑2, 箕13, 大1)

1) 九烏 :〔三〕九鳥.
2) 九烏 :〔三〕九鳥.
3) 石 :〔靑〕空.
4) 把 :〔大〕抱.
5) 抱 :〔三〕〔靑〕〔箕〕〔大〕包.
6) 不得 :〔大〕不待.
7) 乘風 :〔大〕東風.

9. 黃山江

起餐傳舍曉度江　　江水渺漫天蒼茫
黑風四起立白浪　　舟與黃山爭低昻
津人似我履平地　　一棹[1]漁歌聲[2]短長
十生九死到前岸　　槐柳陰中村徑荒

(『東文選』 卷6, 三하, 靑2, 箕13)

1) 一棹 :〔箕〕一曲.
2) 聲 :〔三〕成.

10. 仍弗驛[1]

悠悠山下路　信轡詠凉天　水有含芒蟹　林無翳葉蟬
溪聲淸似雨　野氣淡如煙　入夜投孤店　村夫尙未眠

(『東文選』 卷9, 三상, 箕5, 大1, 海[2])

1) 〈詩題〉:〔海〕仍佛驛.
2) 『海東詩選』에는 林椿의 作으로 되어 있음.

11. 田家四時(一)

草箔[1]遊魚躍　楊堤候鳥翔　耕皐菖葉秀　饁畝蕨芽香
喚雨鳩飛屋　含泥鷰入樑　晩來茅舍下　高臥等羲皇

(『東文選』 卷9, 三상, 箕5, 大1)

1) 草箔 : 〔三〕草迫.

12. 田家四時(二)

柳郊陰正密　桑壟[1]葉初稀　雉爲哺雛瘦　蠶臨成繭肥
熏風[2]驚麥隴　凍雨暗苔磯　寂寞無軒騎　溪頭晝掩扉

(『東文選』 卷9, 三상, 箕5, 大1)

1) 桑壟 : 〔箕〕〔大〕桑塢.
2) 熏風 : 〔三〕〔大〕薰風.

13. 田家四時(三)[1]

搰搰田家苦　秋來得暫閑　鴈霜楓葉塢　蛩雨[2]菊花灣
牧笛穿煙去　樵歌帶月還　莫辭收拾早　梨栗滿空山

(『東文選』 卷9, 三상, 靑3, 箕5, 大1)

1) 〈詩題〉: 〔靑〕田家秋日.
2) 蛩雨 : 〔大〕蛩音.

14. 田家四時(四)

歲事長相續　終年未釋勞　板簷愁雪壓　荊戶厭風號
霜曉伐巖斧　月宵乘[1]屋綯　佇看春事起　舒嘯[2]便登皐

(『東文選』 卷9, 三상, 箕5, 大1)

1) 乘 : 〔箕〕〔大〕升.
2) 舒嘯 : 〔三〕舒笑.

15. 高原驛

百歲浮生逼五旬　　奇區世路少通津
三年去國成何事　　萬里歸家只此身
林鳥有情啼向客　　野花無語笑留人
詩魔觸處[1]來相惱　　不待窮愁已苦辛

(『東文選』卷13, 三상, 箕7, 大1, 海)

1) 觸處 : 〔大〕催處.

16. 讀林大學椿詩卷爲詩弔之(二)

世俗浮夸半死權　　憐君獨往臥雲煙
草書入妙人傳聖　　瓢飮安貧我歎賢
攬月倒江聊戱耳　　乘風遊穴便翛然
錦囊幸有詩千首　　簧鼓詞林觸處傳

(『東文選』卷13, 箕7, 大1)

17. 夜坐

紙帳[1]沈沈夜氣淸　　圖書萬卷一燈明
嘘嘘石硯寒雲色　　颯颯銅甁驟雨聲
薄祿微官貧始重　　浮名末利醉還輕
通宵塞雁空南去　　恨不歸家問死生

(『東文選』卷13, 三중, 箕7, 大1)

1) 紙帳 : 〔大〕紙窓.

18. 草堂書懷

蕭條白屋鬢成絲　　世上升沈[1]已可知
南阮定應輕[2]北阮　　東施那復效西施
預愁直道遭三黜　　先把狂歌賦五噫
誰識靜中閑味永　　典書沽酒醉吟詩

(『東文選』 卷13, 三중, 箕7, 大1)

1) 升沈 : 〔箕〕〔大〕昇沈.
2) 輕 : 〔大〕驚.

19. 派川縣[1]偶書

信馬行吟海北垠　　天教勝賞赴征軒
風蟬翳葉鳴槐縣　　雨鷰依枝集柳村
飄盡斷霞花結子　　割殘驚浪麥生孫
回頭却望鴻飛處　　草色連空惱客魂

(『東文選』 卷13, 三중, 箕7, 大1)

1) 派川縣 : 〔箕〕〔大〕派州縣.

20. 涓江渡吳學士韻[1]

渡口前驅擁劍檛[2]　　驚風卷地曉飛沙
寒聳颯颯冰凝毯　　病眼濛濛雪眩花[3]
鄕思望雲增宛轉　　客行隨岸幾欹斜
隔林隱隱看青旆　　遙認前村酒可賖

(『東文選』 卷13, 青4, 箕7, 大1)

1) 〈詩題〉 : 〔箕〕〔大〕涓江次吳學士韻.
2) 劍檛 : 〔青〕〔大〕劍撾.
3) 眩花 : 〔大〕凝花.

21. 漫成(一)

文章向老可相娛　一劍遊邊尙五車
衙罷不知爲塞吏　紙窓明處臥看書

(『東文選』 卷19, 三중, 靑6)

22. 西樓晚望

江風習習獵春叢　塞日[1]濛濛臥晩空
水色連天煙覆地　樵蹊[2]釣瀨[3]有無中

(『東文選』 卷19, 三중, 靑6, 箕2, 大1)

1) 塞日 : 〔大〕春日.
2) 樵蹊 : 〔箕〕〔大〕樵溪.
3) 釣瀨 : 〔箕〕釣灘.

23. 鴨江道中

徂年旅客兩依依　信馬行吟背落暉
戍鼓一聲來遠路　行行征雁帖雲飛

(『東文選』 卷19, 三중, 靑6)

24. 漁翁

天翁尙未貰[1]漁翁　故遣江湖少順風
人世嶮巇君莫笑　自家還在急流中

(『東文選』 卷19, 靑6, 箕2, 大1)

1) 未貰 : 〔靑〕〔箕〕〔大〕不貰.

25. 李花 此咏秋日李花

淒風冷雨[1]濕枯根　　一樹狂花獨放春
無奈異香來聚窟　　漢宮重見李夫人

(『東文選』卷19, 青6, 箕2, 大1)

1) 冷雨 : 〔青〕吟雨.

26. 朝參

鷄人報曉漏聲殘　　拜手龍墀謝賜環
尙歎紅雲前繚繞　　擡頭才得覩天顔

(『東文選』卷19, 青6, 箕2)

27. 贈彌勒住老[1]

林端窈渺路透遲[2]、　　境僻寧教俗士知
唯有雪衣松上鶴　　見公初到結廬時

(『東文選』卷19, 三중, 青6, 箕2, 大1)

1) 〈詩題〉: 〔三〕彌力寺, 〔青〕〔箕〕〔大〕贈彌勒寺住老.
2) 透遲 : 〔三〕〔箕〕〔大〕透迤.

28. 秋晩月夜

日落頑風起樹端　　飛霜貿貿葉聲乾
開軒不用迎淸月　　瘦骨秋來惻夜寒

(『東文選』卷19, 箕2, 大1, 海)

29. 通達驛

煙楊窣地拂金絲　　幾被行人贈別離
林外[1]一蟬諳客恨[2]　　曳聲來上夕陽枝

(『東文選』卷19, 三중, 箕2, 大1)

1) 林外 : 〔箕〕林下.
2) 客恨 : 〔箕〕〔大〕別恨.

金敦中

1. 宿樂安郡禪院[1]

偶到山邊寺　香煙一室開　林深唯竹栢　境靜絶塵埃
俗耳聞僧語　愁腸得酒杯　蕭然[2]已清爽　況有月華來

(『東文選』 卷9, 大1, 海)

1) 〈詩題〉 : 〔海〕澄光寺.
2) 蕭然 : 〔海〕藺然.

金富軾

1. 結綺宮

堯階三尺卑[1]　千載餘[2]其德　秦城萬里長　二世失其國
古今青史中　可以爲觀式[3]　隋皇何不思　土木竭人力

(『東文選』 卷4, 三상, 箕12, 大1, 海)

1) 卑 : 〔箕〕碑.
2) 餘 : 〔三〕稱.
3) 觀式 : 〔三〕規式.

2. 甘露寺次惠遠韻[1]

俗客不到處　登臨意思淸　山形秋更好　江色夜猶明
白鳥孤[2]飛盡　孤帆獨去輕　自慙蝸角上　半世覓功名

(『東文選』 卷9, 三상, 靑3, 箕5, 大1, 海)

1) 〈詩題〉 : 〔三〕〔靑〕甘露寺次惠素韻, 〔箕〕〔大〕〔海〕甘露寺次韻.
2) 孤 : 〔三〕〔靑〕〔箕〕〔大〕〔海〕高.

3. 觀瀾寺樓

六月人間暑氣融　江樓終日足淸風
山容水色無今古　俗態人情有異同
舴艋獨行明鏡裏　鷺鷥[1]雙去畵圖中
堪嗟世事如銜勒　不放衰遲一禿翁

(『東文選』卷12, 箕7, 大1)

1) 鷺鷥 : 〔箕〕〔大〕鷺鶿.

4. 對菊有感

季秋之月百草死　庭前甘菊凌霜開
無奈風霜漸飄薄[1]　多情蜂蝶[2]猶徘徊
杜牧登臨翠微上　陶潛悵望白衣來
我思古人空三嘆　明月忽照黃金罍

(『東文選』卷12, 三중, 靑4)

1) 飄薄 : 〔三〕飄簿.
2) 蜂蝶 : 〔三〕〔靑〕蛺蝶.

5. 燈夕

城闕深嚴[1]更漏長　燈山火樹粲[2]交光
綺羅縹緲春風細　金碧鮮明曉月凉
華蓋正高天北極　玉爐相對殿中央
君王恭默疎聲色　弟子休誇百寶粧

(『東文選』卷12, 三중, 靑4, 箕7, 大1, 海)

1) 深嚴 : 〔三〕〔靑〕〔箕〕〔大〕〔海〕沈嚴.
2) 粲 : 〔靑〕燦, 〔大〕璨.

6. 自宋回次和書狀秘書海中望山[1)]

千載歸來却唉丁　　雲帆數日出冥冥
早知海若觀難測　　方恨天門夢易醒
月注波濤銀瀉白　　雲橫島嶼黛凝青
君平昨夜占星象　　應怪河間有客星

(『東文選』 卷12, 箕7, 大1)

1)〈詩題〉:〔箕〕〔大〕自宋回次書狀.

7. 征西軍幕有感

山西留滯思愔愔　　不覺東風散老陰
倦客拂衣江岸靜　　行人催渡野洲深
鶯溪里巷三更夢　　鳳闕樓臺一片心
峴首風流吾敢望　　閑吟時復遣幽襟

(『東文選』 卷12, 箕7, 大1)

8. 玄化寺奉和御製[1)]

褰城前馬忽超然　　行遇孤雲一握天
警蹕聲高盈遠壑　　羽林兵峭裂寒煙
奇花墮艶緐經座　　甘露浮香上壽筵
酬奉文章爭落筆　　侍臣才氣似唐賢

(『東文選』 卷12, 箕7, 大1)

1)〈詩題〉:〔箕〕〔大〕玄化寺和御製.

9. 東宮春帖子[1)]

曙色明樓角　　春風着柳梢　　鷄人初報曉　　已向寢門朝

(『東文選』 卷19, 箕1, 大1, 海)

1)〈詩題〉:〔箕〕〔大〕〔海〕東宮春帖.

10. 聞教坊妓唱布穀歌有感 睿王喜聽此曲

佳人猶唱舊歌詞　　布穀飛來櫪樹稀
還似霓裳[1]羽衣曲　　開元遺老淚霑衣

(『東文選』卷19, 三중, 靑6, 箕2, 大1, 海)

1) 霓裳 :〔大〕霞裳.

11. 安和寺致齋

窮秋影密庭前樹　　靜夜聲高石上泉
睡起凄然如有雨　　憶曾蘆葦宿[1]漁船

(『東文選』卷19, 三중, 箕2, 大1)

1) 宿 :〔箕〕〔大〕泊.

金莘尹

1. 庚寅重九

輦下干戈起　殺人如亂麻　良辰不可負　白酒泛黃花

(『東文選』卷19, 三상, 箕1, 大1, 海)

金若水

1. 題任實郡公館[1]

老木荒榛夾[2]古蹊　　家家猶未飽蔬藜
山禽不識憂民意　　唯向林間自在啼

(『東文選』卷19, 箕2, 大1, 海)

1)〈詩題〉:〔箕〕〔大〕〔海〕題任實公館.
2) 夾 :〔大〕來.

金良鏡

1. 謝崔相國設餞宴[1)]

紫陌人相道[2)]　侯家有樂聲　誰知賢相國　寵餞老書生
琥珀春波瀲　珊瑚晩照明　舞嬌回雪轉　歌妙貫珠淸
別語千金重　歸心一羽輕　國恩何以報　出塞作長城

(『東文選』卷11, 箕11, 大1)

1) 〈詩題〉:〔箕〕〔大〕謝崔相國設餞.
2) 道 :〔大〕導.

2. 哭琴相國儀[1)]

瑞世文章五色麟　琴碁餘事亦淸眞
九門白日無雙客　十載黃扉只四人
身後淸風千古鏡　手中丹桂萬家春
爲公誰不交揮涕　白髮門生淚[2)]滿巾

(『東文選』卷14, 箕7, 大1)

1) 〈詩題〉:〔大〕哭金相國儀.
2) 淚 :〔箕〕〔大〕獨.

3. 書大觀殿黼座後障無逸圖上(二)

園花紅錦繡　宮柳碧絲綸　喉舌千般巧　春鶯却勝人

(『東文選』卷19, 箕1, 大1, 海)

4. 宮詞[1)]

銀臺承制五更來　月在西南玉漏催
再拜請將金鑰出　千門萬戶一時開

(『東文選』卷20, 靑6, 箕2, 大1, 海)

1) 〈詩題〉: 〔靑〕〔箕〕〔大〕〔海〕內直.

金緣

1. 大同江

雲捲長空水暎天　　大同樓上敞華筵
淸和日色篩帘幕[1]　　旖旎香煙[2]泛管絃
一帶長江澄似鏡　　兩行垂柳遠如煙
行看乙密臺前景　　自驗十年表未然

(『東文選』卷12, 三중, 大1)

1) 帘幕 : 〔三〕簾幕.
2) 香煙 : 〔三〕爐香.

金永暾

1. 扈從白馬山應御製[1]

翠葆行尋蒼海上　　玉簫吹送白雲間
紅塵一片飛難到　　萬點螺分雨後山

(『東文選』卷22, 大1, 海)

1) 〈詩題〉: 〔海〕白馬山扈從作.

金齊顔

1. 寄無說師

世事紛紛是與非　　十年塵土汚人衣
落花啼鳥春風[1]裏　　何處靑山獨掩扉

(『箕雅』卷2, 靑7[2], 大1, 海)

1) 春風 : 〔海〕春秋.
2) 『靑丘風雅』卷7에는 鄭樞의 作으로 되어 있음.

金之岱

1. 義城客舍北樓

聞韶公館後園深　中有危樓百餘尺
香風十里捲珠簾　明月一聲飛玉笛
煙輕柳影細相連　雨霽山光濃欲滴
龍荒折臂甲枝郎　仍按凭欄尤可怕[1)]

(『東文選』卷6, 箕13, 大1)

1) 怕 : 〔箕〕〔大〕拍.

2. 瑜伽寺

寺在煙霞無事中　亂山[1)]滴翠秋光濃
雲間絶磴六七里　天末遙岑千萬重
茶罷松簷掛微月[2)]　講闌風榻搖殘鍾
溪流應笑玉腰客　欲洗未洗紅塵蹤

(『東文選』卷14, 靑4, 箕7, 大1, 海)

1) 亂山 : 〔箕〕亂月.
2) 微月 : 〔箕〕微山.

魯璵

1. 順興宿水寺樓[1)]

輕裝短帽一尋幽　蘭院依然十載遊
壁價[2)]幾年詩共重　寺名千古水同流
寒推[3)]嶽色僧扃戶　冷踏溪聲客上樓
長嘯徘徊日云暮　倚欄回首起鄕愁

(『東文選』卷14, 箕7, 大1, 海)

1)〈詩題〉:〔箕〕〔大〕宿水寺樓,〔海〕宿水樓.
2) 壁價 :〔箕〕〔大〕〔海〕璧價.
3) 寒推 :〔箕〕〔大〕〔海〕寒堆.

閔思平

1. 次韻[1]

流年過眼隙駒如　　忽放狂歌憶孟諸
今世有誰收老馬　　此身無處泣前魚
銀蓴玉膾淸江上　　蒻笠[2]蓑衣細雨餘
好趁[3]秋風飛一棹　　不須回首更踟躕[4]

(『東文選』卷16, 箕7, 大1)

1)〈詩題〉:〔及菴4〕復次前韻(四).
2) 蒻笠 :〔大〕蒻笠.
3) 好趁 :〔箕〕〔大〕好赴.
4) 踟躕 :〔及菴4〕躕躇.

朴尙衷

1. 送河南王使郭檢校永錫九疇[1]

分政河南獨總戎　　中興諸將盡趍風
乾坤整頓分高下　　江漢朝宗有會同
任重誰知伊尹志　　時危自許孔明忠
君歸好贊平南策　　靑史應傳不世功

(『東文選』卷15, 箕7, 大1, 海)

1)〈詩題〉:〔箕〕〔大〕〔海〕送河南王使郭檢校.

朴宜中

1. 遣興[1)]

節序忽云暮　客行何所之　一身長作梗　雙鬢已成絲
短帽風聲緊　踈燈夜影遲　昨非今始覺　事事[2)]不如期

(『東文選』 卷10, 靑3, 箕5, 大2, 海)

1) 〈詩題〉:〔靑〕〔箕〕遣興次韻, 〔海〕遣興.
2) 事事 :〔海〕萬事.

2. 幽居卽事

幽居氣味[1)]少人知　獨愛吾廬護弊籬
朝望海雲開戶早　夜憐山月下簾遲
興來邀客嘗新釀　吟就呼兒改舊詩
因病抱關身已老　愧無功業補淸時

(『靑丘風雅』 卷5, 箕7, 大2)

1) 氣味 :〔箕〕〔大〕卽事.

3. 次韻金若齋[1)]

杜門終不接庸流　只許靑山入我樓
樂便吟哦慵便睡　更無閑事到心頭

(『靑丘風雅』 卷7, 箕2, 大2)

1) 〈詩題〉:〔箕〕〔大〕次韻.

朴寅亮

1. 使宋過泗州龜山寺

巉巖怪石疊成山　上有蓮坊[1)]水四環
塔影倒江翻浪[2)]底　磬聲搖月落雲間

門前客棹洪濤疾[3]　　竹下僧碁白日閑
一奉皇華堪惜別　　更留詩句約重攀

(『東文選』卷12, 三중, 箕7, 大1, 海)

1) 蓮坊 : 〔海〕蓮妨.
2) 翻浪 : 〔三〕蟠浪.
3) 洪濤疾 : 〔三〕〔海〕洪波急, 〔箕〕〔大〕洪波疾.

2. 伍子胥廟[1]

掛眼東門憤未消　　碧江[2]千古起波濤
今人[3]不識前賢志　　但問潮頭幾尺高

(『東文選』卷19, 三중, 青6, 箕2, 大1, 海)

1) 〈詩題〉: 〔三〕五子胥潮, 〔青〕浙江.
2) 碧江 : 〔青〕〔海〕浙江.
3) 今人 : 〔青〕〔海〕遊人.

朴仁範

1. 江行呈張峻秀才[1]

蘭橈晚泊荻花洲　　露冷蛩聲繞岸秋
潮落古灘沙觜沒　　日沈寒島樹容愁
風驅江上群飛鴈　　月送天涯獨去舟
共厭羈離年已老　　每言心事淚潸流

(『東文選』卷12, 箕7, 大1)

1) 〈詩題〉: 〔箕〕〔大〕江行呈張秀才.

2. 涇州龍朔寺閣兼柬雲栖上人[1]

翬飛仙閣在青冥　　月殿笙歌歷歷聽
燈撼螢光明鳥道　　梯回虹影到[2]巖扃

人隨流水何時盡　　竹帶寒山萬古青
試問是非空色理[3]　　百年愁醉坐來醒

(『東文選』卷12, 三중, 青4, 箕7, 大1)

1)〈詩題〉:〔三〕涇州龍朔寺閣,〔箕〕〔大〕涇州龍朔寺.
2) 到 :〔大〕倒.
3) 理 :〔箕〕〔大〕裏.

3. 九成宮懷古

憶昔文皇定鼎年　　四方無事幸林泉
歌鍾響徹煙霄[1]外　　羽衛光分草樹前
玉榭金階青靄合　　翠樓丹檻白雲連
追思冠劍橋山月　　千古行人盡慘然

(『東文選』卷12, 青4, 箕7, 大1, 海)

1) 煙霄 :〔箕〕〔大〕〔海〕雲霄.

朴椿齡

1. 大原寺[1] 全州

簿領三年百病身　　退公時訪舊情親
高低樹密疑無路　　次第花開別有春
洞壑陰晴俯仰異　　煙霞紫翠暮朝新
遠公不用過[2]溪水　　自有山人迎送人

(『東文選』卷12, 箕7, 大1, 海)

1)〈詩題〉:〔箕〕〔大〕〔海〕太原寺.
2) 過 :〔海〕退.

朴恒

1. 北京路上

一色平蕪觸處同　　四時無日不狂風
淺山白日能飛雨　　古塞黃沙忽放虹
地隔四千天共遠　　堠磨雙隻路何窮
漢家信美非吾土　　歸夢時時落海東

(『東文選』卷14, 靑4, 箕7, 大1, 海)

朴浩

1. 江口秋泊[1)]

荻花[2)]如雪鴈南飛　　倚棹行人[3)]動所思
晚浦風微青靄合　　霽江[4)]雲盡碧天垂
鷄潮冷濺漁船枕　　蟹火斜連島寺籬
湘瑟未休峯自翠　　錢生[5)]新得夢中詩

(『東文選』卷12, 三중, 箕7, 大1, 海)

1) 〈詩題〉: 〔三〕秋泊江口.
2) 荻花 : 〔海〕萩花.
3) 行人 : 〔箕〕〔大〕〔海〕何人.
4) 霽江 : 〔海〕宵江.
5) 錢生 : 〔海〕錢存.

朴孝修

1. 普門社西樓

松間喝道遠尋師　　春盡山花半在枝
薄領[1)]堆邊身自老　　水雲鄉裏夢常馳

祖禪每欲將心問　　民瘼那堪放手醫
徙倚未能題勝景　　俗塵還繞下樓時

(『東文選』卷16, 靑4, 箕7, 大1)

1) 薄領 : 〔靑〕〔箕〕〔大〕簿領.

白文寶

1. 矗石樓[1)]

登臨偏憶舊遊時　　强答江山更覓詩
國豈無賢戡世亂　　酒能撩我感年衰
境淸易使塵蹤絶　　席闊何妨舞手[2)]垂
點筆謾成春草句　　停杯且唱竹枝詞
妓從坐促爲歡密　　人與時偕欲去遲
此地高懷眞不世　　赤城玄圃未全奇

(『東文選』卷18, 箕11, 大1)

1)〈詩題〉:〔淡庵1〕次矗石樓韻.
2) 舞手 : 〔箕〕〔大〕無袖.

白文節

1. 光武

百戰車中講六經　　八珍案上憶蔞亭
雲臺滿壁丹靑濕　　七里灘頭訪客星

(『東文選』卷20, 三중, 靑6)

2. 訪山寺[1](二)

樹陰無罅小[2]溪流　　一炷淸香滿石樓
苦熱人間方卓午　　臥看初日在松頭

(『東文選』 卷20, 三중, 靑6, 箕2, 大1)

1)〈詩題〉:〔靑〕〔箕〕〔大〕方山寺.
2) 小 :〔大〕少.

白彌堅

1. 寄妻兄閔及庵[1]

笛聲江郡落梅花　　西望長安日已斜
栗里舊居楊柳在　　不知春色屬誰家

(『東文選』 卷21, 靑7, 箕2, 大1)[2]

1)〈詩題〉:〔箕〕〔大〕寄閔及庵.
2) 『靑丘風雅』, 『箕雅』, 『大東詩選』에는 元松壽의 作으로 되어 있음.

白元恒

1. 白絲吟

白絲鮮鮮雪華白　　錦上新紋眩紅碧
美人意在公子衣　　纖手殷勤把刀尺
姑惡姑惡姑果惡　　不許儂家事縫作
古來巧語悅如簧　　使妾今朝還故鄕
出門背立泣風雪　　西北[1]萬里雲天長
雲天長[2]不見郎　　斷蓬路遠心茫茫
欲彈朱絃世無耳　　空嗟白日東流水
白絲一染無白時　　棄妾重來當有期

(『東文選』 卷6, 靑2, 箕13, 大1)

1) 背立泣風雪, 西北 : 〔箕〕〔大〕七字缺落.
2) 雲天長 : 〔大〕三字缺落.

2. 行到祖江有作[1)]

小舟當發晩潮催　　駐馬臨江獨冷咍
岸上世情何日了　　前人未渡後人來

(『東文選』 卷20, 箕2, 大1, 海)

1) 〈詩題〉 : 〔箕〕〔大〕〔海〕祖江.

薛文遇

1. 驪興清心樓次韻

萬景森羅指點端　　登臨不覺[1)]屢回顔
長江西去赴蒼海[2)]　　複嶺北來圍淺山
透網魚跳寒雨裏　　忘機鷺立暝煙[3)]間
一生脫却功名累　　青蒻漁翁也自閑

(『東文選』 卷15, 箕7, 大1, 海)

1) 不覺 : 〔海〕不驚.
2) 蒼海 : 〔箕〕〔大〕〔海〕滄海.
3) 暝煙 : 〔箕〕〔大〕〔海〕暝煙.

偰遜

1. 擬戍婦擣衣[1)]詞

皎皎天上月　照此秋夜長　悲風西北來　蟋蟀鳴我床
君子遠行役　賤妾守空房　空房不足恨　感子寒無裳

(『東文選』 卷5, 箕12, 大1)

1) 擣衣 : 〔大〕搗衣.

2. 瑤池會上南極老人授長生籙辭母親生日作[1)]

乾坤合[2)]淸氣	雲物涵五色
婺星[3)]纏大陰	光彩射南極
南極老人雙綠瞳	鶴髮炯炯顔如童
手把九節杖	談笑與之凌大空
三十六帝皆相從	或騎騏驎駕飛龍
中道値九鳳	銜書乃是瑤池封
翩然竟指金天上	十二樓城玉相向
翠水之津大古桃	有樹以來三萬丈
樓北朱萱金作花	樹前大棗[4)]大如瓜
鈞天奏曠樂[5)]	北斗酌流霞
玉京眞衆森如樹	羽蓋霓旌織煙霧
無數嬋娟之素娥	巧笑淸謳起虛步
啁啾絲管間以笙鼇[6)]	麻姑擊節飛瓊獻桃
南極老人酣起舞	以手捧桃指下土
可憐小兒癡	兪之意良苦
授以長生籙	請歸獻慈親
一如老人在南極	九十八萬三千春
坐看東海飛黃塵	與西王母長爲隣

(『東文選』 卷7, 靑2, 箕13)

1) 〈詩題〉 : 〔箕〕瑤池會授長生籙辭母親生日作.
2) 合 : 〔靑〕含.
3) 婺星 : 〔靑〕婺星, 〔箕〕婺星.
4) 大棗 : 〔靑〕〔箕〕火棗.
5) 曠樂 : 〔靑〕廣樂.
6) 笙鼇 : 〔靑〕笙璈.

3. 紀夢寄簡朝中故舊[1]

於穆宣文閣　雍容端本堂　夢中猶昨日　覺後是他鄉
萬死心如鐵　三年鬢已蒼　生還倘能遂　甘老校書郎

(『青丘風雅』 卷3, 箕5, 大1, 海)

1) 〈詩題〉: 〔箕〕〔大〕〔海〕記夢寄朝中故舊.

4. 病中詠甁梅[1](一)

病愛仙人[2]玉雪肌　愁無健步也能移
林逋遂有西湖樂[3]　何遜還成東閣詩
小硏虛屛供[4]自照　疎燈斜月摠相宜
靜中忽契先天晝　已被枝頭數葉知

(『東文選』 卷16, 靑5, 箕7, 大1, 海)

1) 〈詩題〉: 〔箕〕〔大〕〔海〕甁梅.
2) 仙人 : 〔箕〕〔大〕〔海〕山人.
3) 樂 : 〔箕〕〔大〕〔海〕興.
4) 供 : 〔海〕空.

5. 三月晦日卽事

大麥靑靑小麥齊　柳花如雪杏花稀
風前一鳥打人過[1]　天際孤雲學鴈飛
轉愛晴光[2]卽欲醉　却愁春事便相違
錦韉玉勒紛紛滿　日暮遙憐獨詠歸

(『東文選』 卷16, 靑5, 箕7, 大1)

1) 過 : 〔靑〕〔箕〕〔大〕起.
2) 晴光 : 〔箕〕〔大〕淸光.

6. 山中雨[1]

一夜山中雨　風吹屋上茆　不知溪水長　祇覺釣船高

（『東文選』 卷19, 靑6, 箕1, 大1, 海）

1)〈詩題〉:〔靑〕一夜山中雨.

7. 過營城口號

雲深沙路淨無泥　碧草如茵散馬蹄
五月營城凉似水　冥冥山雨杜鵑啼

（『東文選』 卷21, 箕2, 大1）

偰長壽

1. 春色

春色可天地　江淮猶甲兵　謾依詩歲月　不羨世功名
白眼如無見　靑山似有情　濁醪聊適意　時復喚兒傾

（『東文選』 卷10, 靑3, 箕5, 大1）

2. 春日感寓[1]

迥野[2]平無際　澄江深不流　雨餘多牧笛　風急少行舟
一蝶穿花去　雙鳧就渚浮　此時[3]無限意　空在仲宣樓

（『靑丘風雅』 卷3, 箕5, 大1, 海）

1)〈詩題〉:〔箕〕〔大〕春日感遇,〔海〕春日.
2) 迥野 :〔箕〕〔海〕向野.
3) 此時 :〔海〕此間.

3. 漁翁

不爲浮名役役忙　生涯追逐水雲鄕

平湖春暖煙千里　　古岸秋高月一航
紫陌紅塵無夢寐　　綠蓑青蒻[1]共行藏
一聲欸乃歌中趣　　那羨人間有玉堂

（『東文選』 卷17, 靑5, 箕7, 大1）

1) 靑蒻 : 〔靑〕靑笠.

4. 漁艇

撤網[1]群魚急　回舟一棹輕　却從紅蓼岸　齊唱竹枝聲

（『東文選』 卷19, 靑6, 箕1, 大1, 海）

1) 撤網 : 〔靑〕撒網, 〔箕〕〔大〕〔海〕擁網.

5. 柳枝詞

垂線[1]鶯來擺　飄綿蝶去隨　本無安穩計　爭得繫離思

（『靑丘風雅』 卷6, 箕1, 大1, 海）

1) 垂線 : 〔箕〕〔大〕垂綠, 〔海〕垂絲.

6. 卽事

不知春色深多少　　秖見桃花爛熳開
遊蝶一雙無意緖　　愛花飛去却飛來

（『東文選』 卷22, 箕2, 大1, 海）

辛蕆

1. 平海東軒

亂紅濃綠遍村村　　信馬平蕪雨後原
繞郭長川如故里　　倚山[1]脩竹問誰園
宦途幾見鞭先着　　客路多慙席未溫

幸得餘閑欹午枕　　隔林無數鶻鳩喧

(『東文選』卷15, 箕7, 大1)

1) 倚山 : 〔箕〕〔大〕傍山.

2. 臥水木橋[1]

斫斷長條跨一灘　　濺霜飛雪帶驚瀾
須臾步步臨深意　　移向功名宦路看

(『東文選』卷21, 靑6, 箕2, 大1, 海)

1) 〈詩題〉: 〔靑〕〔箕〕〔大〕〔海〕木橋.

安軸

1. 王昭君

君王曉開黃金闕　　氈車轔轔[1]北使發
明妃含淚出椒房　　有意春風吹鬢髮
漢山秦塞漸茫茫　　逆耳悲笳秋夜長
可憐穹廬一眉月　　曾照臺前宮樣粧
將身已與胡兒老　　唯恐紅顔凋不早
琵琶絃中不盡情　　塚上年年見靑草

(『東文選』卷6, 靑2, 箕13)

1) 轔轔 : 〔箕〕鱗鱗.

2. 登州古城懷古

暮天懷古立城頭　　赤葉黃花滿眼秋
不覺蕭墻藏近禍　　唯憑海島作深謀
百年丘隴無情草　　十里風煙有信鷗

遙望朔方空嘆息　　一聲羌笛使人愁

(『東文選』卷15, 箕7, 大1)

安珦

1. 有感

香燈處處皆祈佛　　絲管家家競祀神
唯有數間夫子廟　　滿庭秋草寂無人

(『箕雅』卷2, 大1, 海)

吳世才

1. 戟巖

北嶺石巉巉　傍人[1]號戟巖　逈撞[2]乘鶴晉　高刺上天咸
揉柄電爲火　洗鋒霜是鹽　何當作兵器　敗楚[3]亦亡凡

(『東文選』卷9, 箕5, 大1, 海)

1) 傍人 : 〔箕〕〔大〕〔海〕邦人.
2) 逈撞 : 〔箕〕〔大〕逈春, 〔海〕廻春.
3) 敗楚 : 〔箕〕〔大〕〔海〕破楚.

2. 病目

老與病相隨[1]　窮年一布衣　玄花多掩映[2]　紫石少光輝
怯照燈前字　羞承[3]雪後暉　待看金牓罷　閉目坐忘機[4]

(『東文選』卷9, 青3, 箕5, 大1, 海)

1) 相隨 : 〔青〕〔箕〕〔大〕〔海〕相期.
2) 掩映 : 〔青〕〔箕〕〔大〕〔海〕掩翳.
3) 羞承 : 〔青〕羞看.
4) 坐忘機 : 〔青〕〔箕〕〔大〕學忘機, 〔海〕學妄機.

吳珣

1. 江頭

春江無際暝烟[1]沈　　獨把漁竿坐夜深
餌下纖鱗知幾箇　　十年空有釣鰲心

(『東文選』卷21, 青7, 箕2, 大1)

1) 暝烟 : 〔青〕瞑烟.

2. 望三角山

聳空三朵碧芙蓉　　縹緲煙霞幾萬重
却憶當年倚樓處　　日沈蕭寺數聲鍾

(『東文選』卷21, 青7, 海)

王伯

1. 山居春日

村家昨夜雨濛濛　　竹外桃花忽放紅
醉裏不知雙鬢雪　　折簪繁蕚立東風

(『東文選』卷20, 青6, 箕2, 大1, 海)

禹倬

1. 暎湖樓

嶺南游蕩閱年多　　最愛湖山景氣加
芳草渡頭分客路　　綠楊堤畔有農家
風恬鏡面橫煙黛　　歲久墻頭長土花
雨歇四郊歌擊壤　　坐看林杪[1]張寒槎

(『東文選』卷15, 箕7, 大1, 海)

1) 林杪 : 〔箕〕林抄.

元松壽

1. 送天台洪若海照磨[1)]

客子起鄕思　蕭蕭霜葉飛　歡迎纔結襪　惜別已霑衣
祖席依寒樹　歸舟帶夕暉　遠遊雖不惡　魂夢繞庭闈

(『東文選』 卷10, 箕5, 大1, 海)

1) 〈詩題〉 : 〔箕〕〔大〕〔海〕送洪若海.

2. 次安政堂村居閑詠[1)]

綠野堂開[2)]洞裏天[3)]　世塵終不染江煙
新詩滿眼山當戶　喜氣渾家水漑田
兩岸微風楊柳外　一池明月藕花前
但敎有酒身無事　安用垂名動萬年

(『東文選』 卷17, 箕7, 大1, 海)

1) 〈詩題〉 : 〔箕〕〔大〕〔海〕次安政堂村居韻.
2) 開 : 〔海〕門.
3) 洞裏天 : 〔海〕洞裏天.

3. 伏觀洪南陽侯彦博次曹南堂詩韻[1)](一)

少日心期未老閑　宦途[2)]容易損朱顔
君恩報了方歸去　吾眼無由對碧山

(『東文選』 卷22, 靑7, 箕2, 大1)

1) 〈詩題〉 : 〔靑〕伏觀南陽侯洪彦博次曹南堂詩. 〔箕〕〔大〕次曹南堂韻.
2) 宦途 : 〔箕〕〔大〕宦情.

柳淑

1. 次伽倻寺住老詩[1](二)

林下閑開綠野堂　　溪山勝景稻魚鄕
菊將松竹成三逕　　琴與圖書共一床
但願交遊繼支許　　何須富貴羡金張
古人可笑歸來晩　　宦路風波浩莫量

(『東文選』卷16, 靑5, 箕7, 大1[2])

1)〈詩題〉: 〔靑〕〔箕〕〔大〕次伽倻寺住老韻.
2)『大東詩選』卷1에는 李仁復의 作으로 되어 있음.

2. 碧瀾渡

久負江湖約　風塵[1]二十年　白鷗如欲笑　故故近樓前

(『東文選』卷19, 靑6, 箕1, 大1, 海)

1) 風塵 : 〔靑〕〔箕〕〔大〕〔海〕紅塵.

兪升旦

1. 宿保寧縣

晝發海豐郡[1]　侵宵到保寧　竹鳴風警寢　雲泣雨留行
暮靄頭還[2]重　朝暾骨乍輕　始知身老病　唯解卜陰晴

(『東文選』卷9, 靑3, 箕5, 大1)

1) 郡 : 〔靑〕〔箕〕〔大〕縣.
2) 還 : 〔靑〕〔箕〕〔大〕仍.

2. 趙相國獨樂園(一)

蘚刻丹書[1]額　壺藏白日仙　淸歡雖共客　眞樂獨全天

庭雨蕉先響　園晴草自煙　桃花流水遠　回却武陵船[2)]

(『東文選』 卷9, 靑3, 箕5, 大1)

1) 丹書 : 〔靑〕丹靑.
2) 武陵船 : 〔大〕武陵仙.

3. 穴口寺

地縮兼旬路　天低近尺隣　雨宵猶見月　風晝不蹐塵
晦朔潮爲曆　寒暄草記辰　干戈看世事　堪羨臥雲人

(『東文選』 卷9, 三상, 靑3, 箕5, 大1)

4. 和趙相國同年席上詩

般斧誰掄一代雄　靈椿獨秀衆材中
安危經濟當今日　將相功名屬我公
幾轉玉弢馴犬豕　時留珠唾警兒童
百般計校皆無歉　揚觶唯祈壽不窮

(『東文選』 卷13, 箕7, 大1)

尹紹宗

1. 東郊

三韓禮樂五百年　蒼蒼萬古扶蘇山
攀龍附鳳六大師　白日大名天地間
安得北斗酌滄溟[1)]　洗我生晩輪囷肝
東郊痛飮浩浩歌　一眉新月隨歸鞍

(『東文選』 卷8, 靑2, 箕13, 大2)

1) 滄溟 : 〔箕〕〔大〕滄浪.

尹澤

1. 從毅陵宴杏園

雨灑紅簾酒滿尊　　檀槽一曲感皇恩
城南春色皆圍遶　　應爲東君在此園

(『東文選』 卷21, 靑7, 箕2[1], 大1, 海)

1) 『箕雅』에는 王伯의 作으로 되어 있음.

乙支文德

1. 贈隋右翊衛大將軍于仲文[1]

神策究天文　妙算窮地理　戰勝功旣高　知足願云[2]止

(『東文選』 卷19, 大1, 海)

1) 〈詩題〉: 〔大〕遺于仲文. 〔海〕與隋將于仲文.
2) 云 : 〔大〕言.

李堅幹

1. 奉使關東聞杜鵑

旅館挑殘一盞燈　　使華風味淡於僧
隔窓杜宇終宵聽　　啼在山花第幾層

(『東文選』 卷20, 靑7, 箕2, 大1, 海)

李穀

1. 己巳六月舟發禮成江南往韓山江口阻風[1]

山居畏虎豹　水行厭蛟蜃　人生少安處　肘下生白刃
不如從險易　天命且自信　速行固所願　遲留亦何吝

日月江河流　　百年眞一瞬　　作詩相棹歌　　明當風自順

(『靑丘風雅』 卷1, 箕12, 大1)

1)〈詩題〉:〔箕〕〔大〕禮成江阻風,〔稼亭14〕天曆己巳六月舟發禮成江南往韓山江口阻風五首(三).

2. 妾薄命用太白韻(二)

生不識人面　　長年在深屋　　一爲色所誤　　反遭[1]珉欺玉
憎愛古無常　　朝恩暮乃疎　　悒悒詠秋扇　　望絶登君車
金牀爲誰拂　　繡被久已收　　閨空寒月落　　但見螢火流
沈憂暫成夢　　依稀[2]鬪百草　　世無相如才　　誰令復舊好

(『東文選』 卷4, 靑1, 箕12)

1) 反遭 :〔靑〕返遭.
2) 依稀 :〔箕〕〔稼亭14〕依俙.

3. 同禁內諸生遊紫霞洞[1]

草堂睡起落花閑　　捲簾南北多靑山
靑山笑我不出門　　兀兀窮年文字間
長安萬家無所適　　肯向高門低我顔
山中之遊是何夕　　屐齒[2]磴磴[3]響溪石
詩豪更値玉堂賢　　八斗文章超古昔
須攀翠壁記玆遊　　明朝依舊紅塵客

(『東文選』 卷7, 靑2, 箕13)

1)〈詩題〉:〔靑〕〔箕〕同諸生遊紫霞洞,〔稼亭14〕同禁內諸生遊紫霞洞次韻.
2) 屐齒 :〔靑〕〔箕〕〔稼亭14〕屐齒.
3) 磴磴 :〔箕〕鏗鏗.

4. 雪夜小酌

臘近纔呈瑞　冬溫不失和　履聲人起早　篆迹鳥留多
舊業餘書榻　歸期誤釣蓑　擁爐俱是客　奈欠[1]酒錢何

(『東文選』 卷9, 靑3, 箕5, 大1)

1) 欠 : 〔稼亭16〕乏.

5. 燕

簷前相對語　客裏故相依　身世炎涼迫[1]　乾坤羽翼微
巢成還棄去　雛長各[2]分飛　見爾增悲慨　今年又未歸

(『靑丘風雅』 卷3, 箕5, 大1, 海)

1) 迫 : 〔箕〕〔大〕〔海〕近.
2) 各 : 〔箕〕〔稼亭17〕却, 〔海〕右.

6. 李陵臺

許國身何有　成功命不侔　漢皇雖好武　飛將未封侯
苦戰知無賴　生降亦可羞　高臺銜落日　爲爾故遲留

(『靑丘風雅』 卷3, 箕5, 大1, 海)

7. 癸未元日崇天門下[1]

正朝大闢大明宮　萬國衣冠此會同
虎豹守閽[2]嚴內外　鴛鷺分序肅西東
壽觴灩灩浮春色　仙仗摐摐立曉風
袍笏昔曾陪俊彦　天門翹首[3]思難窮

(『東文選』 卷15, 靑4, 箕7, 大1)

1) 〈詩題〉 : 〔靑〕癸未元正崇天門下, 〔箕〕〔大〕元正崇天門下.
2) 閽 : 〔箕〕〔大〕關.
3) 翹首 : 〔靑〕〔箕〕〔大〕矯首.

8. 氷渡漢江[1]

沙頭逆旅正蕭條　幾傍蘆簷望斗杓
半夜疾風吹破屋　一江流水凍成橋
須臾便見人心小　尋丈休誇馬足驕
過了畏途還自笑　不知歸去老漁樵

(『青丘風雅』卷4, 箕7, 大1)

1)〈詩題〉:〔稼亭15〕戊辰冬氷渡漢江.

9. 正朝雪[1]

雪從除夜到正朝　旋入春風不禁消
扇影未分雙闕仗　靴聲早集五門橋[2]
從敎賀列朝衣濕　好傍昭容舞袖飄
便是新年多瑞氣　願隨椒酒進民謠

(『東文選』卷15, 靑4, 箕7, 大1)

1)〈詩題〉:〔稼亭17〕正旦雪.
2) 五門橋 :〔箕〕〔大〕午門橋.

10. 七夕小酌[1]

平生足迹[2]等雲浮　萬里相逢信有由
天上風流牛女夕　人間佳麗帝王州
笑談款款尊如海　簾幕深深雨送秋
乞巧曝衣非我事　且[3]憑詩句遣閑愁

(『東文選』卷15, 靑4, 箕7, 大1, 海)

1)〈詩題〉:〔靑〕七夕.
2) 足迹 :〔箕〕〔大〕〔海〕蹤跡.
3) 且 :〔靑〕只.

11. 途中避雨有感

甲第當街蔭綠槐　　高門應爲子孫開
年來易主無車馬　　唯有行人避雨來

(『青丘風雅』卷6, 箕2, 大1, 海)

李公遂

1. 下第贈登第者[1)]

白日明金榜　青雲起草廬　那知廣寒桂　尙有一枝餘

(『東文選』卷19, 箕1, 大1, 海)

1)〈詩題〉:〔海〕下第贈登第.

李奎報

1. 蓼花白鷺

前灘富魚蝦　有意劈波入　見人忽驚起　蓼岸還飛集
翹頸待人歸　細雨毛衣濕　心猶在灘魚　人道忘機立

(『東文選』卷4, 青1, 箕12, 大1)

2. 遊家君別業西郊草堂(二)

日高醉未起　簷燕欺人飛　童僕方巾車　苦促南畝歸
起坐罷梳沐　長嘯出松扉　林深日未炤　草露猶未晞[1)]
徐行望淸甽[2)]　決渠雨霾霏[3)]　田婦白葛裙　田夫綠麻衣
相携唱田壟　荷鋤[4)]如雲圍　勉哉趁菖杏　耕穫且莫違

(『東文選』卷4, 青1, 箕12, 大1)

1) 未晞 :〔大〕未晞.
2) 甽 :〔東國2〕川.

3) 霾霏 : 〔東國2〕霏霏.
4) 鋤 : 〔箕〕〔大〕〔東國2〕鉏.

3. 犬灘[1)]

淸曉發[2)]龍浦　黃昏泊犬灘　黠雲欺落日　狠石捍[3)]狂瀾
水國秋先冷　船亭[4)]夜更寒　江山眞勝畫　莫作畫圖[5)]看

(『東文選』 卷9, 三상, 箕5, 大1)

1) 〈詩題〉 : 〔東國6〕八月七日黎明發龍潭寺明日泛舟龍浦過洛東江泊犬灘時夜深月明迅湍激石靑山蘸波水極淸澈跳魚走蟹俯可數也倚船長嘯肌髮淸快洒然有蓬瀛之想不覺沈痾頓釋江上有龍源寺寺僧聞之出迎於江上固請入寺予辭之邀僧至船上相對略話因題二首(二).
2) 發 : 〔東國6〕泛.
3) 捍 : 〔三〕捭.
4) 船亭 : 〔三〕船停.
5) 畫圖 : 〔東國6〕畫屛.

4. 九品寺[1)]

山險[2)]馬頻[3)]蹶　路長人易[4)]疲　驚鼯時[5)]入草　宿鳥已安枝
虛閣秋來早　危峯月上遲　僧閑無一事　除却點茶時

(『東文選』 卷9, 三상, 靑3, 箕5, 大1)

1) 〈詩題〉 : 〔東國14〕遊九品寺迫晩.
2) 險 : 〔箕〕陰.
3) 頻 : 〔東國14〕猶.
4) 易 : 〔大〕已.
5) 時 : 〔東國14〕潛.

5. 宿德淵院[1)]

落日三杯醉　淸風一枕眠　竹虛同客性　松老等僧年
野水搖蒼石　村畦繞翠巓　晩來山更好　詩思湧如泉

(『靑丘風雅』 卷3, 箕5, 大1)

1) 〈詩題〉 : 〔東國7〕和宿德淵院(二)

6. 寓龍巖寺[1]

羈紲[2]不到處　白雲僧自閑　煙光愁暮樹　松色護秋山
落日寒蟬噪　長天倦鳥還　病中深畏客　白晝[3]鎖松關[4]

(『東文選』卷9, 三상, 箕5, 大1)

1) 〈詩題〉: 〔三〕寓龍巖寺. 〔東國6〕十六日次中庸子詩韻으로 되었는데, 같은 卷의 앞 詩題 〈到龍巖寺書壁上〉을 줄여서 잘못 붙인 것으로 보임.
2) 羈紲 : 〔箕〕〔大〕〔東國6〕羇紲.
3) 白晝 : 〔東國6〕白日.
4) 松關 : 〔箕〕〔大〕禪關.

7. 草堂端居和子美新賃草屋韻[1](二)

寓興撫桐孫　虛心對竹君　林深鴉哺[2]子　園靜鳥呼群
坐石吟移日　開窓臥送雲　塵喧卽咫尺　閉戶不曾聞

(『東文選』卷9, 三상, 靑3, 箕5, 大1)

1) 〈詩題〉: 〔東國10〕又次新賃草屋詩韻(二).
2) 哺 : 〔箕〕〔大〕嘯.

8. 草堂端居和子美新賃草屋韻(三)

點點階苔紫　茸茸徑草靑　殘生浮似夢　破屋豁於亭
不省空囊倒　猶嫌一日醒[1]　詩成誰復愛　自寫枕頭屛

(『東文選』卷9, 三상, 箕5, 海)

1) 醒 : 〔海〕醍.

9. 草堂端居和子美新賃草屋韻(四)

心已如焦穀　人誰射毒沙　老於詩境界[1]　謀却酒生涯
默笑觀時變　閑吟感物華　在家堪作佛　靈運已忘家

(『東文選』卷9, 三상, 箕5)

1) 境界 : 〔東國10〕世界.

10. 秋送金先輩登第還鄉[1]

射策登高第　　騰裝返故鄉　　春同鶯出谷　　秋趁雁隨陽
落日愁[2]行色　　孤煙慘別腸　　明年會相見　　好去莫霑裳

(『東文選』 卷9, 三상, 箕5, 大1)

1) 〈詩題〉: 〔箕〕〔大〕送金先輩登第還鄉, 〔東國1〕秋送金先輩上第還鄉.
2) 愁 : 〔大〕隨.

11. 下寧寺[1]

偶到湖邊寺　　清風散酒醺　　野荒偏引燒　　江暗易生雲
碧嶺侵沙斷　　奔流夾岸分　　孤舟何處泊　　漁笛晩來聞

(『東文選』 卷9, 三상, 箕5, 大1)

1) 〈詩題〉: 〔東國6〕醉遊下寧寺.

12. 過龍潭寺[1]

水氣凄涼襲短衫　　清江一帶碧於藍
柳餘陶令門前五　　山勝禺强海上三
天水相連迷俯仰　　雲煙始捲占東南
孤舟暫繫平沙岸　　時有胡僧出小菴

(『東文選』 卷14, 箕7, 大1)

1) 〈詩題〉: 〔東國6〕八月七日黎明發龍潭寺明日泛舟龍浦過洛東江泊大灘時夜深月明迅湍激石青山蘸波水極清澈跳魚走蟹俯可數也倚船長嘯肌髮清快洒然有蓬瀛之想不覺沈痾頓釋江上有龍源寺寺僧聞之出迎於江上固請入寺予辭之邀僧至船上相對略話因題二首(一).

13. 寄吳德全[1]

海山東去路悠悠　　一落天涯故[2]倦遊
黃稻日肥鷄鶩喜　　碧梧秋老鳳凰愁

煙波不返遊吳棹　　雪月期浮訪剡舟
聖代未應終見棄　　莫辭[3]垂白釣淸流

(『東文選』卷14, 箕7, 大1)

1)〈詩題〉:〔東國1〕吳德全世才東遊不來以詩寄之.
2) 故 :〔東國1〕久.
3) 辭 :〔東國1〕思.

14. 杜門

爲避人間謗議騰　　杜門高臥髮鬅鬙
初如蕩蕩懷春女　　漸作寥寥結夏僧
兒戲牽衣聊足樂　　客來敲戶不須應
窮通榮辱皆天賦　　斥鷃何曾羨大鵬

(『東文選』卷14, 三중, 靑4, 箕7, 海)

15. 扶寧浦口[1]

流水聲中暮復朝　　海村籬落苦蕭條
湖淸巧印當心[2]月　　浦闊貪吞入口潮
古石浪舂平作礪　　壞船苔沒臥成橋
江山[3]萬景吟難狀　　須倩丹靑畫筆描

(『東文選』卷14, 箕7, 大1)

1)〈詩題〉:〔東國10〕題浦口小村.
2) 當心 :〔大〕潭心.
3) 江山 :〔大〕江上.

16. 辛酉五月端居無事和子美成都草堂詩韻[1](三)

不把餘[2]愚汙及溪[3]　　幽棲粗免宦途迷
披襟快得[4]風來北　　隱几從敎[5]日向西

世味淺深曾染指　　人生得失[6]已忘蹄
半窓林影搖森翠　　讀罷書頭落薦泥[7]

(『東文選』卷14, 三중, 箕7, 大1)

1) 〈詩題〉:〔東國10〕辛酉五月草堂端居無事理園掃地之暇讀杜詩用成都草堂詩韻書閑適之樂五首.
2) 餘 :〔東國10〕余.
3) 汙及溪 :〔東國10〕自汚溪.
4) 快得 :〔東國10〕快却.
5) 從教 :〔箕〕終教.
6) 得失 :〔東國10〕得喪.
7) 落薦泥 :〔三〕薦落呢,〔東國10〕薦落泥.

17. 辛酉五月端居無事和子美成都草堂詩韻(五)

古來達士貴知微　　田園將蕪何日歸
莫問纍纍兼若若　　不曾是是況非非
墮車醉者只全酒　　抱[1]甕丈人寧有機
禦寇南華如可作　　吾將問道一摳衣[2]

(『東文選』卷14, 靑4, 箕7)

1) 抱 :〔東國10〕把.
2) 摳衣 :〔靑〕樞衣.

18. 鸚鵡

衿披[1]藍綠觜丹砂　　都爲能言見罻羅
嬌姹小兒圓舌澁　　玲瓏處女慧容[2]多
慣聞人語傳聲巧　　新學宮詞道[3]字訛
牢鎖玉籠無計出　　隴山歸夢漸蹉跎

(『東文選』卷14, 箕7, 大1)

1) 衿披 :〔箕〕衿披.
2) 慧容 :〔東國10〕惠容.
3) 道 :〔大〕導.

19. 寓居天龍寺[1)]

全家來寄碧山傍　　矮帽輕衫臥一床
肺渴更知村酒好　　睡昏聊喜野茶香
竹根迸地龍腰曲　　蕉葉當窓鳳尾長
三伏早休民訟少　　不妨時復事空王

(『東文選』卷14, 箕7, 大1)

1)〈詩題〉:〔東國9〕寓居天龍寺有作.

20. 重遊北山

俯仰頻驚歲屢更　　十年猶是一書生
偶來古寺尋遺迹[1)]　　却對高僧話舊情
半壁夕陽飛鳥影　　滿山秋月冷猿聲
幽懷一鬱殊難寫　　時下[2)]中庭獨[3)]步行[4)]

(『東文選』卷14, 靑4, 箕7, 大1)

1) 遺迹 :〔靑〕〔箕〕〔大〕〔東國1〕陳迹.
2) 時下 :〔箕〕〔大〕時有.
3) 獨 :〔東國1〕信.
4) 步行 :〔箕〕〔大〕自行.

21. 扶寧馬上記所見[1)]

分憂無暇日　乘馹走平原　是處花迷路　誰家竹鎖園
藤纏扶倒蔓　槐仆露孤根　逸駕如鞭鶴　輕裝可趁猿
湖天春霧暗　蠻店瘴雲溫　苔活添新暈　潮狂過舊痕
入村逢燕社　望海問鼇番　古堰晨開塹[2)]　宮城[3)]晝掩門
郡胥迎導路　邑宰出開樽　役役皆王事　陶陶亦聖恩
沙邊鷗獨舞　林表鳥能言　父老休驚避[4)]　書生不自尊

(『東文選』卷11, 箕11, 大1)

1)〈詩題〉:〔東國10〕二月復指扶寧郡馬上讀小畜詩用茶園詩韻記所見.

2) 塹 : 〔箕〕〔大〕壘, 〔東國10〕闇.
3) 宮城 : 〔東國10〕空城.
4) 驚避 : 〔箕〕〔大〕相避.

22. 晩望[1]

李杜嘲啾後　乾坤寂寞中　江山自閑暇　片月掛長空

(『東文選』 卷19, 箕1, 大1, 海)

1) 〈詩題〉 : 〔海〕旣望.

23. 北山雜題(一)[1]

欲試山人[2]心　入門先醉㬉　了不見喜慍　始覺眞高士

(『東文選』 卷19, 三상, 箕1, 大1)

1) 〈詩題〉 : 〔箕〕〔大〕北山雜詠, 〔東國12〕山中寓居(一). 『東國李相國集』 卷5 〈北山雜題〉 九首(아래 2수 포함)의 連作이 아님.
2) 山人 : 〔東國12〕高人.

24. 北山雜題(三)

山花發幽谷　欲報山中春　何曾管開落　多是定中人

(『東文選』 卷19, 三상, 靑6, 箕1, 大1)

25. 北山雜題(四)

山人不浪出[1]　古徑蒼苔[2]沒　應恐紅塵人　欺我綠蘿月

(『東文選』 卷19, 三상, 靑6, 箕1, 大1)

1) 浪出 : 〔東國5〕出山.
2) 蒼苔 : 〔東國5〕荒苔.

26. 山夕詠井中月[1]

山僧貪月色　并汲[2]一甁中　到寺方應覺　甁傾月亦空

(『靑丘風雅』 卷6, 箕1, 大1, 海)

1) 〈詩題〉 : 〔箕〕〔大〕〔海〕詠井中月.

2) 幷汲 :〔箕〕井汲.

27. 江上月夜望客舟

官人閑捻笛横[1]吹　　蒲席[2]凌風走似飛
天上月輪天下共　　自疑私載一船歸

(『靑丘風雅』 卷6, 箕2, 大1)

1) 横 :〔箕〕〔大〕〔東國辛1〕橫.
2) 蒲席 :〔東國辛1〕蒲蓆.

28. 江上曉雨[1]

江岸人歸[2]白鷺飛　　漁翁日暮得魚歸
輕雲薄薄那成雨　　海氣干天偶作霏[3]

(『箕雅』 卷2, 大1, 海)

1)〈詩題〉:〔東國16〕江上晩雨.
2) 歸 :〔東國16〕稀.
3) 霏 :〔海〕霖.

29. 過奇相國林園[1](二)

金釵零落歸何處　　珠履繽紛[2]記昔年
我亦當時居客後[3]　　白頭今過[4]淚如泉

(『東文選』 卷20, 三중, 靑6)

1)〈詩題〉:〔東國辛1〕過故奇相國林泉.
2) 繽紛 :〔東國辛1〕參羅.
3) 居客後 :〔東國辛1〕陪飮客.
4) 今過 :〔東國辛1〕重過.

30. 元夕燈籠詩[1]

五色雲中拜玉皇　　壓頭星月動寒芒
都人不覺天文爛　　遙認銀燈爍爍光

(『靑丘風雅』 卷6, 箕2, 大1)

1)〈詩題〉:〔東國13〕燈籠詩(一).

31. 春日訪山寺

風和日暖鳥聲喧　　垂柳陰中半掩門
滿地落花僧醉臥　　山家猶帶大平痕

(『東文選』 卷20, 靑6, 箕2, 大1)

32. 春日晝眠尹學錄韻[1]

睡鄕偏與醉鄕隣　　兩地歸來只一身
九十日春都是夢　　夢中還作夢中人

(『東文選』 卷20, 三중, 靑6)

1)〈詩題〉:〔三〕春曉醉眠尹學錄韻,〔靑〕春晝眠尹學錄韻,〔東國2〕次韻尹學錄春曉醉眠.

33. 夏日[1]

輕衫小簟臥風欞　　夢斷啼鶯三兩聲
密葉翳花春後在　　薄雲漏日雨中明

(『東文選』 卷20, 三중, 箕2, 大1)

1)〈詩題〉:〔東國2〕夏日卽事(二).

李達衷

1. 樂吾堂感興詩[1](一)

有物在重淵　凡鱗[2]難竝比[3]　何嘗點其額　亦不頳厥尾
晦養安所安　無心就劉累　動也苟失時　鱣鯨困螻蟻

(『東文選』 卷5, 靑1, 箕12, 大1)

1)〈詩題〉:〔靑〕〔箕〕〔大〕樂吾堂感興.
2) 鱗 :〔大〕物.
3) 竝比 :〔大〕幷比.

2. 樂吾堂感興詩(七)

將行有河海　將涉無舟航　要見我所思　欲往還彷徨
才非傅說楫　世運亦未昌　潛光且竢命　妄動遭禍殃

(『東文選』 卷5, 箕12, 大1)

3. 醉歌

吾將濯吾足滄浪　豈肯受吾辱
吾將洗吾耳穎川　豈肯帶吾累
吾足本跛躄安坐　不出誰削迹
吾耳本聾聵惡言　雖至[1]誰爲怪
無用之用爲太用　深味斯言日三誦

(『青丘風雅』 卷2, 箕13, 大1)

1) 雖至 : 〔箕〕〔大〕不至.

李湛

1. 枯木

白蚪倒立碧山陰　斤斧人遙歲月深
堪嘆春風吹又過　舊枝無復有花心

(『東文選』 卷21, 青7, 箕2, 大1[1], 海)

1) 『大東詩選』에는 作者가 李湛之로 되어 있음.

李茂芳

1. 次寒松亭韻[1]

亭依松麓斷　東望海無門　境靜仙蹤在　沙明鳥篆存
碑心苔暈綠　石面雨痕昏　一掬泉無渴　源乎天地根

(『東文選』 卷10, 大1, 海)

1) 〈詩題〉: 〔海〕寒松亭.

李邦直

1. 扈駕西都[1)]

春風駿馬逸長城　　水遠天長霽色明
釣得溪漁挑野菜　　午陰多處[2)]等閑烹

(『青丘風雅』 卷7, 箕2, 大1)

1) 西都 : 〔箕〕〔大〕西郊.
2) 多處 : 〔箕〕〔大〕深處.

李穡

1. 讀書

讀書如游山　深淺皆自得　清風來泬寥[1)]　飛雹動陰黑
玄虯蟠重淵　丹鳳翔八極　精微十六字　的的在胸臆[2)]
輔以五車書　博約見天則　王風久蕭索　大道翳荊棘
誰知蓬窓[3)]底　掩卷長太息

(『青丘風雅』 卷1, 箕12, 海)

1) 泬寥 : 〔箕〕〔海〕〔牧隱7〕泬寥.
2) 胸臆 : 〔牧隱7〕胸憶.
3) 蓬窓 : 〔海〕篷窓.

2. 蠶婦

城中蠶婦多　桑葉何其肥　雖云桑葉少　不見蠶苦飢[1)]
蠶生桑葉足　蠶大桑葉稀　流汗走朝夕　非緣身上衣

(『青丘風雅』 卷1, 箕12, 大1)

1) 苦飢 : 〔牧隱22〕苦饑.

3. 寒風三首與葉孔昭同賦[1](一)

寒風西北來　客子思故鄕　悄然共長夜　燈光[2]搖我床
古道已云遠　但見浮雲翔　悲哉庭下松　歲晩逾蒼蒼
願言篤交誼　善保金玉相

(『東文選』 卷5, 箕12, 大1)

1) 〈詩題〉: 〔箕〕〔大〕寒風.
2) 燈光 : 〔箕〕〔大〕燈火.

4. 貞觀吟楡林關作

晉陽公子結豪客　風雲壯懷滿八極
赫然一起揮天戈　隋堤楊柳無顔色
已踵殷周成武功　宜追虞夏敷文德
持盈守成貴安靖　好大喜功多反側
三韓箕子不臣地　置之度外疑亦得
胡爲至動金玉武　銜枚自將臨東土
貔貅夜擁鶴野月　旌旗曉濕鷄林雨
謂是囊中一物耳　那知玄花落白羽
鄭公已死言路澁　可笑豐碑蹶復立
回頭三叫貞觀年　天末悲風吹颯颯

(『東文選』 卷8, 靑2[1], 箕13, 大1)

1) 『靑丘風雅』에는 李仁復의 作으로 되어 있음.

5. 遣懷

倏忽百年半　蒼黃東海隅　吾生元踽踽　世路亦崎嶇
白髮或時有　靑山何處無　微吟意不盡　兀坐似枯株

(『東文選』 卷10, 箕5, 大1)

6. 讀漢史

吾道多迷晦　儒冠摠冶容　子雲殊寂寞　伯始自中庸
六籍終安用　三章[1]竟不從　悠悠千載下　重憶孔明龍

(『東文選』卷10, 箕5, 大1)

1) 三章 : 〔牧隱7〕三童.

7. 浮碧樓

昨過永明寺　暫登浮碧樓　城空月一片　石老雲千秋
麟馬去不返　天孫何處遊　長嘯倚風磴　山青江自流

(『東文選』卷10, 青3, 箕5, 大1, 海)

8. 偶吟

桑海眞朝暮　浮生況有涯　陶潛方愛酒　江摠未還家
小雨山光活　微風柳影斜　句[1]回還[2]游意　獨坐賞年華

(『東文選』卷10, 箕5, 大1)

1) 句 : 〔牧隱22〕自.
2) 還 : 〔箕〕〔大〕〔牧隱22〕遠.

9. 早行

凌晨問前路　曉色未全分　帶月馬頭夢　隔林人語聞
樹平連野霧　風細起溪雲　已過三河縣　丹心志[1]在君

(『靑丘風雅』卷3, 箕5, 大1)

1) 志 : 〔箕〕〔大〕只, 〔牧隱2〕祗.

10. 南新店

文章可是立功名　　自咲儒冠大瘦生
楊子著書空自負　　馬卿題柱竟何成
人情不似春山色　　客夢偏驚夜雨聲
過了長城風日好　　何人畫[1]我海邊行

(『東文選』 卷16, 箕7, 大1)

1) 畫 : 〔大〕盡.

11. 大都與同舍同賦[1](二)

斐然吾黨欲歸歟　　趨向須明發軔初
衣綻尚餘慈母線　　帙多難盡古人書
春來客榻氈猶蝨　　風送鄉船食有魚
不向馬蹄塵作拜　　高情幸喜勝閑居

(『青丘風雅』 卷5, 箕7, 大1)

1) 〈詩題〉 : 〔牧隱2〕自詠(一). 『青丘風雅』의 편찬자가 〈與同舍同賦〉 1수와 〈自詠〉 제1 수를 합쳐 〈大都與同舍二首〉라고 제목을 잘못 붙인 것으로, 『箕雅』와 『大東詩選』도 그대로 따르고 있음. 이 시는 〈自詠〉 제1 수임.

12. 讀杜詩

錦里先生豈是貧　　桑麻杜曲又回春
鉤簾丸藥身無病　　畫紙敲針意更眞
偶値亂離[1]增節義　　肯因衰老損精神
古今絶唱誰能繼　　賸馥殘膏丐[2]後人

(『東文選』 卷16, 靑5, 箕7, 大1)

1) 亂離 : 〔靑〕離亂.
2) 丐 : 〔大〕丏.

13. 夜雨

夜雨空階滴不休　　病餘情興[1]轉悠悠
神仙已遠誰青骨[2]　　天地無窮我白頭
頗信殘年如上瀨[3]　　可憐當日欲東周
祗今心跡誰能辨[4]　　高臥元龍百尺樓

(『東文選』 卷16, 箕7, 大1)

1) 情興 : 〔箕〕〔大〕淸興.
2) 靑骨 : 〔箕〕〔大〕靑眼.
3) 上瀨 : 〔箕〕〔大〕下瀨.
4) 辨 : 〔大〕辦.

14. 又賦[1]

病裏情懷每自悲　　蒼天肯復管安危
時時對鏡憐黃瘦　　事事臨機恨白癡
頗信流光如電影　　又驚芳信到花枝
牢籠物像[2]知無力　　驅使由來只小詩

(『東文選』 卷16, 箕7, 大1)

1) 〈詩題〉 : 〔箕〕〔大〕自京師東歸. 『牧隱詩藁』 卷3 및 『東文選』 卷16에는 〈自京師東歸途中作〉이라는 시 2수가 별도로 있음. 『東文選』의 〈自京師東歸途中作〉 다음에 〈又賦〉가 수록되어 있으므로 『箕雅』와 『大東詩選』의 편찬자가 앞 詩의 연작으로 간주하여 詩題를 잘못 붙인 것으로 보임.
2) 物像 : 〔箕〕〔大〕物色.

15. 卽事

幽居野興老彌淸　　恰得[1]新詩眼底生
風定餘花猶自落　　雲移少雨[2]未全晴
墻頭粉蝶別枝去　　屋角錦鳩[3]深樹鳴
齊物逍遙非我事　　鏡中形色甚分明

(『東文選』 卷16, 箕7, 大1)

1) 恰得 :〔大〕怡得.
2) 少雨 :〔箕〕〔大〕小雨.
3) 錦鳩 :〔箕〕〔大〕綿鳩.

16. 天壽節入覲大明殿[1)]

大闢明堂曉色寒　　旌旗高拂玉闌干
雲開寶座聞天語　　春滿霞觴[2)]奉聖懽
六合一家堯日月　　三呼萬歲漢衣冠
不知身世今安在　　恐是[3)]青冥控紫鸞

(『東文選』卷16, 箕7, 大1, 海)

1)〈詩題〉:〔箕〕〔大〕〔海〕天壽節覲大明殿,〔牧隱2〕天壽節日臣穡從本國進表陪臣入覲大明殿.
2) 霞觴 :〔箕〕〔大〕〔海〕〔牧隱2〕金巵.
3) 恐是 :〔箕〕〔大〕〔海〕疑是.

17. 漢浦弄月

日落沙逾白　雲移水更清　高人弄明月　只欠紫鸞笙

(『東文選』卷19, 青6, 箕1, 大1, 海)

18. 寄東亭

春深門巷少經過　　桃李花開落又多
記得去年亭上坐　　一簾疎雨洒生波

(『東文選』卷22, 箕2, 大1)

19. 紀事

衣鉢誰知[1)]海外傳　　圭齋[2)]一語尙琅然
邇來物價皆翔貴　　獨我文章不直錢

(『東文選』卷22, 箕2, 大1)

1) 誰知 : 〔箕〕〔大〕當從.
2) 圭齋 : 〔牧隱13〕圭齊.

20. 洞庭晩靄

一點君山夕照紅　　闊呑吳楚勢無窮
長風吹上黃昏月　　銀燭紗籠暗淡中

(『東文選』卷22, 箕2, 大1, 海)

21. 訪密城兩朴先生[1)]

碧桃花下月黃昏　　爭挽長條雪洒樽
當日同遊幾人在　　自怜携影更敲門

(『東文選』卷22, 靑7, 箕2, 大1)

1) 〈詩題〉: 〔靑〕訪密陽朴先生還京, 〔箕〕〔大〕訪密陽朴先生, 〔牧隱31〕訪密城兩朴先生還京(一).

22. 晨興卽事

湯沸風爐[1)]雀[2)]噪簷　　老妻盥櫛試梅鹽
日高三丈紬衾暖　　一片乾坤屬黑甛

(『靑丘風雅』卷7, 箕2, 大1)

1) 風爐 : 〔大〕風鑪.
2) 雀 : 〔大〕鵲.

李崇仁

1. 感興(一)

昨日苦炎燠[1]　今朝忽[2]凄慄　霜露衆卉腓　歲月如駒隙
人生窮壤[3]間　身世兩役役　況復非金石　行年不盈[4]百
所以古時人[5]　分陰當自惜

(『東文選』卷5, 靑1, 箕12)

1) 炎燠 :〔靑〕炎熱.
2) 忽 :〔靑〕急.
3) 窮壤 :〔靑〕〔陶隱1〕穹壤.
4) 不盈 :〔靑〕不滿.
5) 古時人 :〔靑〕古之人.

2. 渡遼曲

遼陽城中[1]秋風起[2]　遼陽城下黃沙飛
征夫渡海事驃姚　幾年望鄕猶未歸
空閨思婦嚬雙蛾　挑燈扎扎[3]鳴寒梭
織成錦字憑誰寄　靑鳥不來知奈何

(『東文選』卷8, 靑2, 箕13)

1) 中 :〔靑〕〔陶隱1〕上.
2) 秋風起 :〔靑〕〔陶隱1〕春風吹.
3) 扎扎 :〔靑〕軋軋,〔箕〕札札.

3. 嗚呼島 一名半洋山

嗚呼島在東溟中　滄波渺然一點碧
夫何使我雙涕[1]零　祇爲哀此田橫客
田橫氣槪橫素秋　壯士[2]歸心實五百
咸陽隆準眞[3]天人　手注天潢洗秦虐

橫何爲哉不歸來　　冤血[4]自汚蓮花鍔
客雖聞之爭[5]奈何　　飛鳥依依無處托
寧從地下共追隨　　軀命如絲安足惜
同將一刎寄孤嶼　　山哀浦思日色薄
嗚呼千秋與萬古　　此心菀結誰能識
不爲轟霆有所洩　　定作長虹射天赤[6]
君不見古今多少輕薄兒　　朝爲同袍暮仇敵

(『東文選』卷8, 靑2, 箕13, 大1)

1) 雙涕 : 〔箕〕〔大〕雙淚.
2) 壯士 : 〔靑〕〔陶隱1〕義士.
3) 眞 : 〔靑〕直.
4) 冤血 : 〔靑〕〔陶隱1〕怨血.
5) 爭 : 〔大〕將.
6) 天赤 : 〔箕〕天紫.

4. 哭遁村

屈指誰知我　傷心欲問天　若齋曾萬里　遁老又重泉
慷慨驚人語　淸新絶俗篇　卽今俱已矣　烏得不潸然

(『靑丘風雅』卷3, 箕5, 大1)

5. 新雪[1]

蒼茫歲暮天　新雪遍山川　鳥失山中木　僧尋石上泉
飢烏啼[2]野外　凍柳臥溪邊　何處人家在　遠林生白煙

(『靑丘風雅』卷3, 箕5, 大1)

1)〈詩題〉: 〔陶隱2〕失題.
2) 啼 : 〔陶隱2〕號.

6. 憶三峰

不見鄭生久　秋風又颯然　新篇最堪誦　狂態更誰憐
天地容吾輩　江湖臥數年　相思渺何限[1]　極目斷鴻邊

(『東文選』 卷10, 靑3, 箕5, 大1)

1) 何限 : 〔大〕何恨.

7. 倚杖

倚杖柴門外　悠然發興長　四山疑列戟　一水聽鳴璫
鶴立松丫暝[1]　雲生石竇涼　遙憐十年夢　款款此中忙

(『靑丘風雅』 卷3, 箕5, 大1, 海)

1) 暝 : 〔箕〕瞑.

8. 題玉田禪師松月軒有揭文安公曼碩歐陽文公原功諸先生題詠[1]

獨向層峯[2]裏　新開丈室淸　疏松留鶴老　好月近人明
河漢高秋影　風霜半夜聲　師心遣[3]有相　燕坐[4]樂無生

(『東文選』 卷10, 箕5, 大1, 海)

1) 〈詩題〉 : 〔箕〕〔大〕〔海〕題松月軒.
2) 層峯 : 〔大〕層蜂, 〔陶隱2〕曾峯.
3) 遣 : 〔箕〕〔大〕遺.
4) 燕坐 : 〔箕〕〔大〕宴坐.

9. 扈從城南

郊甸秋成早　君王玉趾臨　觀魚前事陋　講武睿謀深
鼓角蒼江[1]動　旌旗白日陰　詞臣多侍從　會見獻虞箴

(『東文選』 卷10, 箕5, 大1)

1) 蒼江 : 〔箕〕〔大〕滄江.

10. 元日奉天殿早朝

煌煌蠟燭[1]照彤墻　　宮漏聲催動曙光
彩仗分開庭上下　　赭袍高拱殿中央
梯航玉帛通蠻貊　　禮樂衣冠邁漢唐
朝罷更叨[2]霑錫宴　　東風吹暖泛椒觴

(『東文選』 卷16, 靑5, 箕7, 大1)

1) 蠟燭 : 〔陶隱2〕蠟炬.
2) 叨 : 〔陶隱2〕功.

11. 呈訥村先生內相宗盟[1]

星巒一朶聳層巓　　黛色[2]蔥蘢[3]照几筵
道味耶城老居士　　風流香案舊儒仙
秋晴共蠟遊山屐　　夜靜還謌問月篇
應笑鄕生猶落魄　　半簪衰髮雪飄然

(『靑丘風雅』 卷5, 箕7, 大1, 海)

1) 〈詩題〉 : 〔箕〕〔大〕〔海〕呈訥村, 〔陶隱2〕復用前韻錄呈訥村先生內相宗盟求敎(一).
2) 黛色 : 〔陶隱2〕岱色.
3) 蔥蘢 : 〔箕〕〔大〕〔海〕蔥瓏.

12. 秋回

天末秋回尙未歸　　孤城落照不勝悲
曾陪鴛鷺[1]趨文陛　　今向江湖理釣絲
骨自罹讒成大瘦　　詩因放意有新奇
明珠薏苡終須辨[2]　　只恐難調長者兒

(『東文選』 卷16, 靑5, 箕7, 大1)

1) 鴛鷺 : 〔陶隱2〕元鷺.
2) 須辨 : 〔靑〕誰辨, 〔箕〕〔大〕難辨.

13. 村居[1]

赤葉明村逕　清泉漱石根　地偏[2]車馬少　山氣自黃昏

(『青丘風雅』 卷6, 箕1, 大1, 海)

1) 〈詩題〉:〔陶隱3〕謝人惠石榴.
2) 地偏 :〔海〕地僻.

14. 過淮陰感漂母事[1]

一飯王孫感慨多　不知[2]菹醢竟如何
孤墳千載精靈在　笑殺高皇猛士[3]歌

(『青丘風雅』 卷7, 箕2, 大1)

1) 〈詩題〉:〔陶隱3〕過淮陰有感漂母事.
2) 不知 :〔陶隱3〕不須.
3) 猛士 :〔陶隱3〕壯士.

15. 題僧舍

山北山南細路分　松花含雨落繽紛
道人汲井歸茅舍　一帶青煙染白雲

(『青丘風雅』 卷7, 箕2, 大1, 海)

李承休

1. 雲

一片纔從泥上生　東西南北互[1]縱橫
謂爲霖雨蘇群槁　空掩中天日月明

(『三韓詩龜鑑』 卷중, 東20, 大1)[2]

1) 互 :〔東〕〔大〕已.
2) 『東文選』과 『大東詩選』에는 鄭可臣의 作으로 되어 있음. 그러나 『櫟翁稗說』 後集2 및 『東人詩話』 卷上에는 李承休의 作으로 되어 있음.

李嵓

1. 寄息影菴禪老

浮世虛名是政丞　　小窓閑味卽山僧
箇中亦有風流處　　一朶梅花照佛燈

(『東文選』 卷21, 箕2. 大1, 海)

李仁老

1. 贈四友 倣樂天

1) 詩友林耆之

昔在文陣間　爭名勇先購　吾嘗避銳鋒　君亦飽毒手
如今厭矛楯　相逢但呼酒　宜停雙鳥鳴　須念兩虎鬪

(『東文選』 卷4, 三상, 靑1, 箕12, 大1)

2) 山水友趙亦樂

陶朱雖相越　一舸泛溟渤　安石在晉朝　雅賞東山[1]月
今我與夫子　豈是愛簪紱　散盡東海金　行採西山蕨

(『東文選』 卷4, 三상, 靑1, 箕12, 大1)

1) 東山 : 〔三〕靑山.

3) 酒友李湛之[1]

我飮止[2]數杯　君飮須一石　及當醉陶陶　至樂相與敵
兩臉若春融　千愁盡氷釋　何須校少多[3]　且得適其適

(『東文選』 卷4, 三상, 靑1, 箕12, 大1)

1) 〈詩題〉 : 〔靑〕酒友湛之.
2) 止 : 〔箕〕〔大〕只.
3) 少多 : 〔靑〕多少.

4) 空門友宗聆

支遁從安石　　鮑昭[1]愛惠休　　自古龍象流　　時與麟鳳遊
詩法不相妨　　古今同一丘　　共在圓寂光　　寧見[2]別離愁

(『東文選』卷4, 三상, 青1, 箕12, 大1)

1) 鮑昭 : 〔三〕〔青〕鮑照.
2) 見 : 〔大〕遣.

2. 續行路難(一)

登山莫編怒虎須　　蹈海莫採眠龍珠
人間寸步千里阻　　太行孟門眞坦途
蝸角戰甘[1]鬧蠻觸　　路岐多處泣揚朱[2]
君不見嚴陵尙傲劉文叔　　七里灘頭一竿竹

(『東文選』卷6, 三하, 青2, 箕13, 海)

1) 甘 : 〔三〕〔青〕〔箕〕〔海〕酣.
2) 揚朱 : 〔三〕〔青〕〔箕〕〔海〕楊朱.

3. 續行路難(二)

我欲飈車[1]叩閶闔　　請挽天河洗六合
狂謀謬算[2]一不試[3]　　蹄涔幾歲藏鱗甲
峨洋未入子期聽　　羆虎[4]難逢周后獵
行路難歌正悲　　匣中雙劍蛟龍泣

(『東文選』卷6, 三하, 青2, 箕13, 大1)

1) 飈車 : 〔大〕飊車.
2) 謬算 : 〔箕〕謬計.
3) 不試 : 〔大〕未試.
4) 羆虎 : 〔三〕〔青〕熊虎, 〔大〕熊羆.

4. 扈從放牓

半簾紅日黃金闕　　多士三千雁成列[1)]
忽從丹陛姓名傳　　縱步青雲歧路闊
吐鳳成文價益高　　畫蛇着足難藏拙
老手曾經百戰餘　　今怪吳牛虛喘月

(『東文選』卷6, 三하, 靑2, 箕13, 大1)

1) 列 : 〔三〕烈.

5. 謾興

境僻人誰到　春深酒半酣　花光迷杜曲[1)]　竹影似城南
長嘯愁無四　行歌樂有三　靜中滋味在[2)]　豈是世人諳

(『東文選』卷9, 三상, 靑3, 箕5, 大1, 海)

1) 杜曲 : 〔大〕〔海〕社曲.
2) 在 : 〔三〕〔靑〕〔箕〕〔大〕〔海〕永.

6. 燈夕

電鞭初報一聲雷　　春色先凝萬歲杯
銀燭影中寒漏永　　玉簫聲裏暖風催
仙桃帶露枝偏重　　瑞莢含煙葉盡開
輦路月明絲管沸　　翠蛾[1)]爭唱紫雲回

(『東文選』卷13, 箕7, 大1)

1) 翠蛾 : 〔箕〕〔大〕翠眉.

7. 雪用東坡韻

霽色稜稜欲曉鴉　　雷聲陣陣逐香車
寒侵綠酒難生暈　　威逼紅燈未放花

一棹去時知客興[1]　　孤煙起處認山家
閉門高臥無人到　　留得筒錢[2]任畫叉

(『東文選』卷13, 箕7, 大1, 海)

1) 客興 : 〔海〕容興.
2) 筒錢 : 〔箕〕〔大〕〔海〕銅錢.

8. 與友人夜話

試問隣墻過一壺　　擁爐相對暖髭鬚
厭追洛社新年少　　閑憶高陽舊酒徒
半夜聞鷄聊起舞　　幾廻捫蝨話良圖
胸中磊磊龍韜策　　許補征南一校無

(『東文選』卷13, 三중[1], 靑4)

1) 『三韓詩龜鑑』卷中에는 林椿의 作으로 되어 있으나, 『西河集』에 收錄되어 있지 않음.

9. 宴金使口號

流虹瑞節綺筵開　　共喜仙槎海上回
萬仞雲峯鼇戴出　　一封泥詔鳳啣來
香煙暗鎖芙蓉帳　　春色濃凝琥珀杯
醉擁笙歌乘月去　　路人爭看玉山頹[1]

(『東文選』卷13, 三중[2], 箕7, 大1)

1) 頹 : 〔箕〕〔大〕堆.
2) 『三韓詩龜鑑』卷中에는 林椿의 作으로 되어 있음.

10. 遊智異山

頭流山逈暮雲低　　萬壑千巖似會稽
策杖欲尋靑鶴洞　　隔林空聽白猿啼

樓臺縹渺三山遠[1]　　苔蘚依俙四字題
始[2]問仙源何處是　　落花流水使人迷

(『東文選』 卷13, 靑4, 箕7, 大1)

1) 遠 : 〔箕〕〔大〕近.
2) 始 : 〔箕〕〔大〕試.

11. 次張學士未開牧丹

春寒勒却小園花　　舞蝶遊蜂欲戀何
楚雨未飄三峽暮　　吳娃尙阻五湖波
苦遮丹口晨粧嬾[1]　　深鎖紅房睡味多
自是含嫱[2]呼不出　　豈緣銷瘦却羞他

(『東文選』 卷13, 箕7, 大1)

1) 嬾 : 〔箕〕〔大〕嫩.
2) 含嫱 : 〔箕〕〔大〕含嬌.

12. 山居

春去花猶在　天晴谷自陰　杜鵑啼白晝　始覺卜居深[1]

(『東文選』 卷19, 三상, 靑6, 箕1, 大1, 海)

1) 深 : 〔海〕洪

13. 書天壽僧院壁[1]

待客[2]客未到　尋僧僧亦無　唯餘林外鳥　款曲[3]勸提壺

(『東文選』 卷19, 三상, 靑6, 箕1, 大1, 海)

1) 〈詩題〉 : 〔箕〕題天壽院壁, 〔大〕題天尋院壁, 〔海〕題天壽僧院壁.
2) 待客 : 〔三〕〔靑〕送客.
3) 款曲 : 〔箕〕〔大〕〔海〕款款.

14. 過漁陽

槿花低映碧山峯　　卯酒初酣白玉容
舞罷霓裳[1]歡未足　　一朝雷雨送[2]猪龍

(『東文選』 卷20, 靑6, 箕2, 大1)

1) 霓裳 : 〔大〕霞裳.
2) 送 : 〔箕〕〔大〕起.

15. 內庭寫批有感[1]

孔雀屛深燭影微　　鴛鴦睡美[2]豈分飛
自憐憔悴靑樓女　　長爲他人作嫁衣

(『東文選』 卷20, 三중, 靑6, 箕2, 大1)

1) 〈詩題〉 : 〔箕〕〔大〕夜直銀臺.
2) 睡美 : 〔箕〕〔大〕雙宿.

16. 燈夕[1](一)

風細不敎金燼落　　更長漸見[2]玉蟲生
須知一片丹心在　　欲助重瞳日月明

(『東文選』 卷20, 靑6, 箕2, 大1)

1) 〈詩題〉 : 〔靑〕〔箕〕〔大〕元夕燈籠詩.
2) 見 : 〔箕〕〔大〕覺.

17. 洞庭秋月

雲端瀲瀲黃金餠　　霜後溶溶碧玉濤
欲識夜深風露重　　倚船漁夫一肩高 元朝趙子昂承旨改此聯云記得大湖楓葉晩垂虹亭上訪三高

(『東文選』 卷20, 三중, 箕2, 大1)

18. 山市晴嵐

朝日微昇疊嶂寒　　浮嵐細細引輕紈
林間出沒幾多屋　　天際[1]有無何處山

(『東文選』卷20, 三중, 箕2)

1) 天際 : 〔三〕天末.

19. 瀟湘夜雨

一帶滄波兩岸秋　　風吹細雨洒歸舟
夜來泊近江邊竹　　葉葉寒聲摠是愁

(『東文選』卷20, 三중, 箕2, 大1, 海)

20. 杏花鸜鴿圖

欲雨未雨[1]春陰垂　　杏花一枝復兩枝
問誰領得春消息　　唯有鸜之與鴿之

(『東文選』卷20, 三중, 青6)

1) 未雨 : 〔三〕〔青〕不雨.

李仁復

1. 題蘭坡李御史壽父卷[1] 居仁

猗蘭生有香　　故與君子配　　操入宣父琴　　紉爲楚臣佩
高風縱云遠　　賸馥今猶在　　夫君亦有美　　藝此勤灌漑
芳根幾許深　　綠葉尤可愛　　方期雨露濡　　豈被蓬蒿礙
時於九畹間　　潔己正相對　　榮華發容顔　　和順積肝肺
所居必移氣　　明德應無晦　　君乎[2]勉旃哉　　維以佐時乂

(『東文選』卷4, 箕12, 大1)

1)〈詩題〉:〔箕〕題蘭坡李御史卷,〔大〕題蘭坡李御史.
2) 君乎 :〔箕〕〔大〕君子.

2. 送偰符寶還大明[1]

帝運初興漢　民心久戴商　羨君來奉使[2]　愧我未觀光
驛路山橫翠　船窓月送涼　贈言吾不佞　努力更流芳

(『東文選』 卷10, 箕5, 大1, 海)

1)〈詩題〉:〔海〕送偰符寶還大明.
2) 奉使 :〔大〕對使.

3. 送楊廣按廉韓掌令哲冲[1]

經術儒爲貴　廉能世所賢　判花參國論　捧簡肅朝聯
揚歷名尤著　澄淸志益堅　先聲威斧鉞　行色耀旌旃
王事雖云急　民生亦可憐　繭絲方絡繹　烽火尙連延
海渴煙生竈　山空柿滿川　流亡思樂土　鰥寡望豐年
已覺無恒産　誰將解倒懸　賰窮[2]宜速發　聽訟豈容偏
野廣田疇闊　春晴景物鮮　郡樓江遶練　官路柳飛緜
題詠交珠玉　謳歌入管絃　竚看[3]風績立　應向月卿遷
顧我今衰矣　臨岐獨黯然　願君須努力　吾道更扶顚

(『東文選』 卷11, 靑3, 箕11)

1)〈詩題〉:〔靑〕送楊廣按廉韓掌令哲中,〔箕〕送楊廣按廉使韓哲中.
2) 賰窮 :〔靑〕〔箕〕賑窮.
3) 竚看 :〔箕〕佇看.

4. 寄元朝同年馬彦翬承旨兼東傳子通學士[1]

每向瓊林憶醉歸　賜花春暖影離離
別來更覺交情厚　老去安知世事非

駑鈍尙慙懷棧豆　　鵬飛誰復顧藩籬
請君莫笑東夷陋　　海上三山聳翠微

(『東文選』卷15, 靑4, 箕7, 大1, 海)

1)〈詩題〉:〔箕〕寄元朝同年馬承旨傳學士,〔大〕〔海〕寄元朝同年馬承旨傳學士

5. 送柳思庵[1]

人間膏火自相煎　　明哲如公史[2]可傳
已向危時安社稷　　更從平地作神仙
五湖夢斷煙波綠　　三徑秋深野菊鮮
愧[3]我未能投紱去　　邇來雙鬢雪飄然[4]

(『東文選』卷15, 靑4, 箕7, 大1)

1)〈詩題〉:〔靑〕〔箕〕〔大〕送柳思庵淑.
2) 史 :〔大〕事.
3) 愧 :〔靑〕〔箕〕〔大〕顧.
4) 邇來雙鬢雪飄然 :〔靑〕西風塵土意茫然.

6. 錄鎭邊軍人語(二)

深院春光暖　崇臺月影淸　向來歌舞地　戰鼓有新聲

(『東文選』卷19, 箕1, 大1, 海)

李資玄

1. 樂道吟

家住碧山岑　從來有寶琴[1]　不妨彈一曲　祇是少[2]知音

(『靑丘風雅』卷6, 箕1, 大1, 海)

1) 家住碧山岑, 從來有寶琴 :〔海〕春光花猶在, 天晴谷自陰.
2) 少 :〔大〕小.

李藏用

1. 禪月寺四涼亭次韻[1]

襟袂殷勤片片涼	老禪欄檻俯崇岡
江山卽是解脫境	草木亦生知見香
地迥易教人倚久	天高剩與鳥飛長
功名二字眞無賴	遮斷淸風六尺床

(『東文選』 卷14, 箕7, 大1)

1) 〈詩題〉: 〔箕〕〔大〕禪月寺次韻.

2. 紅樹

一葉初驚落夜聲	千林忽變向霜晴
最憐照破[1]靑嵐影	不覺催生白髮莖
廢苑瞞盱秋思苦	遙山唐突夕陽明
去年今日燕然路	記得屛風幛[2]裏行

(『東文選』 卷14, 靑4, 箕7, 大1, 海)

1) 照破: 〔箕〕〔大〕照殿.
2) 幛: 〔大〕帳.

3. 自寬

萬事唯宜一笑休	蒼蒼在上豈容求
但知吾道何如耳	不用斜陽獨倚樓

(『東文選』 卷20, 三중, 靑6)

李齊賢

1. 古風(一)

公子遠行役　鞍馬光翕艴　憔悴王樓女[1)]　忍淚不敎滴
念之不可忘　奮飛無羽翼　寒鍾鳴苦遲　何時東方白

(『東文選』卷4, 靑1, 箕12)

1) 女 : 〔益齋3〕妾.

2. 古風(二)

三冬天地閉　龍蛇蟄幽宮　世道多反覆　君子有固窮
虛窓列遠岫　白雲度晴空　從嗔不迎客　揮琴送飛鴻

(『東文選』卷4, 靑1, 箕12)

3. 古風(三)

山中有故人　貽我尺素書　學仙若有契　此世眞籧廬[1)]
軒裳非所慕　木石難與居　不如飮我酒　死生任自如

(『東文選』卷4, 靑1, 箕12)

1) 籧廬 : 〔箕〕〔益齋3〕蘧廬.

4. 古風(四)

淸朝樂無事　十日九下帷　偶然出官道　立馬看奔馳
草草功名子[1)]　紛紛豪俠兒　歸來對黃卷　一笑還自怡

(『東文選』卷4, 靑1, 箕12)

1) 功名子 : 〔益齋3〕功名士.

5. 澠池

強秦若[1]翼虎　儒趙眞首鼠　特會非同盟　安危在此擧
藺卿膽如斗　杖劍立左右　叱咤生風雷　萬乘自擊缶
桓桓百萬兵　一言有重輕　廉頗伏[2]高義　犬子慕遺名
駕言池上遊　去我今幾秋　餘威起毛髮　萬木寒颼颼

(『東文選』卷4, 靑1, 箕12, 大1)

1) 若 : 〔大〕有.
2) 伏 : 〔箕〕〔大〕服.

6. 漢武帝望思臺[1]

漢皇好奇士　江充來大臺　舌端寄毒螫　肚裏藏禍胎
狺狺吠舊主　仝趙飛驚灰　茂陵自英武　將相多賢才
胡爲不絜矩　利祿崇奸回　天倫化豺虎　戾園空草萊

(『東文選』卷4, 靑1, 箕12)

1) 〈詩題〉: 〔靑〕〔箕〕望思臺.

7. 汾河

汾河日夜流浩浩　　兩岸行人幾番老
陶唐舊物山獨在　　萬古興亡靑未了
劉郎曾此歌秋風　　簫鼓動地愁魚龍
平生謾有凌雲志　　未見仙人冰雪容

(『東文選』卷7, 靑2, 箕13)

8. 函關行

孟嘗賓客三千少　　連鑣[1]結軌臨淄道
大冠如箕劍柱頤　　然諾相傾泰山倒

咸陽塵土令人老　　天涯去夢迷芳草
孤鶴投籠不自由　　猛虎得肉寧辭飽
馮驩無魚空自歎　　雍門有琴且勿彈
冀闕天深函谷遠　　誰膏吾車度千山
張陳應慙養卒口　　毛薛亦讓屠兒手
丈夫有志無賢愚　　莫惜黃金鑄鷄狗[2)]

(『東文選』卷7, 箕13, 大1)

1) 連鑣 :〔箕〕〔大〕連鑾.
2) 鷄狗 ;〔大〕狗雞.

9. 北上(二)

去魯情何極　遊秦興未闌　每懷姜被暖　誰念范袍寒
對酒頻彈劍　吹燈乍枕鞍　白雲看漸遠　安得報平安

(『東文選』卷9, 箕5, 大1, 海)

10. 延祐己未予從於忠宣王降香江南之寶陀窟王召古杭吳壽山一本作陳鑑如誤也令寫陋容而北村湯先生爲之贊北歸爲人借觀因失其所在[1)]其後三十二年余奉國表如京師復得之驚老壯之異貌感離合之有時題四十字爲識[2)]

我昔留形影　青青兩鬢春　流傳幾歲月　邂逅尙精神
此物非他物　前身定後身　兒孫渾不識　相問是何人

(『東文選』卷9, 靑3, 箕5, 大1)

1) 其所在 :〔靑〕所在.
2)〈詩題〉:〔箕〕〔大〕京師得舊寫眞.

11. 焦山

裵老開浮玉　胸襟讓一焦　海呑吳地盡　山控楚天遙
蜃氣窓間日　鷗聲砌下潮　欲歸還倚杖　松竹晩蕭蕭

(『箕雅』卷5, 大1, 海)

12. 感懷(一)

枕肱茅店夜三更　矯首金臺路幾程
苦節頗同彈鋏客　芳年已過棄繻生
窮通有命悲親老　緩急非才愧主明
畢竟行藏誰與問　滿窓霜月獨鍾情

(『東文選』卷15, 箕7, 大1)

13. 感懷(二)

半世雕蟲恥壯夫　中年跨馬倦征途
盃盤[1]草草燈花落　關塞迢迢曉月孤
華表未歸千載鶴　上林誰借一枝烏
有錢徑買澆腸酒　莫使詩班入鬢鬚

(『東文選』卷15, 靑4, 箕7)

1) 盃盤 : 〔箕〕香盤.

14. 高亭山 伯顔丞相駐軍之地

江上山如淡掃眉　人家處處槿花籬
停舟欲問松間寺　策杖先窺[1]竹下池
帆影暮連芳草[2]遠　鍾聲曉出白雲遲
憑欄一望三吳小　像想[3]將軍立馬時

(『東文選』卷15, 靑4, 箕7, 大1)

1) 窺 : 〔箕〕〔大〕觀.
2) 芳草 : 〔青〕青草.
3) 像想 : 〔青〕〔箕〕〔大〕想像.

15. 菊齋權文正公挽詞[1)]

揚歷淸華到上台　　君王獨倚棟梁材
詩書滿屋無樊素　　簪履盈門有老萊
千歲鶴歸三嶠月　　九淵龍化五更雷
才踈未足銘淸德　　淚洒當年玉鏡臺

(『東文選』 卷15, 箕7, 大1)

1) 〈詩題〉 : 〔箕〕〔大〕權菊齋挽.

16. 路上 自蜀歸燕

馬上行吟蜀道難　　今朝始復入秦關
碧雲暮隔魚鳧水　　紅樹秋連鳥鼠山
文字剩添千古恨　　利名誰博一身閑
令人最憶安和路　　竹杖芒鞋自往還

(『東文選』 卷15, 青4, 箕7, 大1)

17. 多景樓陪權一齋用古人韻同賦[1)]

楊子津南古潤州　　幾番歡樂幾番愁[2)]
佞臣謀國魚貪餌　　黠吏憂民鳥養羞
風鐸夜喧潮入浦　　煙蓑暝立雨侵樓
中流擊楫非吾事　　閑望天涯范蠡舟

(『東文選』 卷15, 箕7, 大1)

1) 〈詩題〉 : 〔箕〕〔大〕多景樓陪權一齋用古韻同賦.
2) 愁 : 〔箕〕〔大〕憂.

18. 多景樓雪後

樓高正喜雪漫空　　晴後奇觀更不同
萬里天圍銀色界　　六朝山擁水精宮[1]
光搖醉[2]眼滄溟日　　清透詩腸[3]草木風
却笑區區何事業　　十年揮汗九街中

(『東文選』 卷15, 靑4, 箕7, 大1)

1) 水精宮 : 〔靑〕水晶宮.
2) 醉 : 〔益齋1〕翠.
3) 詩腸 : 〔靑〕詩字缺落.

19. 宿臨安海會寺

梵宮臺殿遠嵯峨　　沙步移舟夜始過
峽月轉廊隨響屐　　溪風入戶動鳴珂
山因蘇子知名久　　樹自錢王閱事多
陌上春歸花寂寂　　唯聞谷鳥和村歌 陌上花曲卽此地事

(『東文選』 卷15, 箕7, 大1)

20. 二陵早發[1]

夢破[2]郵亭耿[3]曉燈　　欲乘鞍馬覺凌兢
雲迷杜史燒丹竈　　雪壓文王避雨陵
觸事誰知胸磈磊　　吟詩只得髮鬅鬙
塵巾折角裘穿縫　　羞向龍門見李膺

(『東文選』 卷15, 箕7, 大1)

1) 〈詩題〉 : 〔箕〕〔大〕寄呈趙子昂學士.
2) 破 : 〔箕〕〔大〕罷.
3) 耿 : 〔大〕取.

21. 八月十七日放舟向峩眉山[1]

錦江江上白雲秋　　唱徹[2]驪駒下酒樓
一片紅旂[3]風閃閃　　數聲柔櫓水悠悠
雨催寒犢歸漁店　　波送輕鷗近客舟
孰謂書生多不偶　　每因王事飽淸遊

(『東文選』卷15, 箕7, 大1, 海)

1)〈詩題〉:〔箕〕〔大〕〔海〕放舟向峩嵋山.
2) 唱徹 :〔大〕唱撤.
3) 紅旂 :〔箕〕〔大〕〔海〕紅旗.

22. 黃土店[1](二)

咄咄書空但坐愁　　式微何處是菟裘
十年艱險魚千里　　萬古升沈貉一丘
白日西飛魂正斷　　碧江東注淚先流
滿門簪履無鷄狗　　飽德如吾死合羞

(『東文選』卷15, 靑4, 箕7, 大1)

1)〈詩題〉:〔箕〕〔大〕黃土店聞上王被譖.

23. 黃土店(三)

寸腸氷炭亂交加　　一望燕山九起嗟
誰謂鱣鯨困螻蟻　　可憐蟣蝨訴蝦蟆
才微杜漸顔宜赭　　責重扶顚髮[1]易[2]華
萬古金縢遺冊在　　未容群叔誤周家

(『東文選』卷15, 箕7, 大1)

1) 髮 :〔箕〕〔大〕鬢.
2) 易 :〔益齋2〕已.

24. 金剛山普德窟[1)]

陰風生巖曲[2)]　溪水深更綠　倚杖望層巓　飛簷駕雲木[3)]

(『青丘風雅』 卷6, 箕1, 大1, 海)

1) 〈詩題〉: 〔箕〕〔大〕〔海〕普德窟.
2) 巖曲 : 〔箕〕〔大〕〔海〕巖谷.
3) 木 : 〔大〕來.

25. 九曜堂

溪水潺潺石逕斜　寂寥誰似道人家
庭前臥樹春無葉　盡日山蜂咽草花

(『東文選』 卷21, 青6, 箕2, 大1)

26. 范蠡

論功豈啻破强吳　最在扁舟泛五湖
不解載將西子去　起宮還有一姑蘇

(『東文選』 卷21, 青6, 箕2, 大1)

27. 山中雪夜[1)]

紙被生寒佛燈暗　沙彌一夜不鳴鍾
應嗔宿客開門早　要看庵前[2)]雪壓松 樂天宿客不來嫌冷淡似用儀禮宿賓之宿子美犬迎曾宿客則寄宿之宿今用杜語

(『東文選』 卷21, 青6, 箕2, 大1)

1) 〈詩題〉: 〔箕〕〔大〕山中雪後.
2) 庵前 : 〔青〕〔箕〕〔大〕庭前.

28. 鄴城

漢月依依照露盤　金人獨自淚[1)]闌干

須知鄴下荀文若　　永媿遼東管幼安

(『青丘風雅』 卷6, 箕2, 大1)

1) 淚 : 〔箕〕〔大〕涕.

29. 涿郡

美壤每每接大行　　東秦右臂北燕吭
劉郎却愛蠶叢國　　故里虛生羽葆桑

(『東文選』 卷21, 靑6, 箕2, 大1)

30. 瀟湘夜雨

楓葉蘆花水國秋　　一江風雨洒扁舟
驚廻楚客三更夢　　分與湘妃萬古愁

(『東文選』 卷21, 箕2, 大1)

31. 漁磯晚釣

魚兒出沒弄微瀾　　閑擲纖鉤柳影間
日暮欲歸衣半濕[1]　　綠煙和雨暗前山

(『東文選』 卷21, 箕2, 海)

1) 濕 : 〔海〕綠.

32. 淮陰漂母墳[1](二)

婦人猶解識英雄　　一見殷勤慰困窮
自棄爪牙資敵國　　項王無賴目重瞳

(『東文選』 卷21, 靑6, 箕2, 大1)

1) 〈詩題〉 : 〔箕〕〔大〕漂母墳.

李存吾

1. 送胡若海照磨還台州[1](一)

南省郎官聘我邦　　風儀瀟洒[2]已心降
主人寵迫[3]彤弓一　　門客知深白璧雙
禹貢山川[4]猶戰伐　　箕封民俗自淳厖
秋風不識留君意[5]　　直送飛艎渡浙江[6]

(『東文選』卷16, 靑5, 箕7, 大1, 海)

1) 〈詩題〉: 〔箕〕〔大〕送胡若海還台州, 〔海〕送胡若海遷台州
2) 瀟洒 : 〔箕〕蕭洒.
3) 寵迫 : 〔箕〕〔大〕寵過, 〔海〕竈遇.
4) 山川 : 〔海〕山河.
5) 君意 : 〔海〕客意.
6) 浙江 : 〔大〕淅江.

李之氐

1. 西都口號[1]

大同江水瑠璃碧　　長樂宮花錦繡紅
玉輦一遊非好事　　大平風月與民同

(『東文選』卷19, 三중, 箕2, 大1, 海)

1) 〈詩題〉: 〔海〕永崇殿.

李瑱

1. 山居偶題

滿空山翠滴人衣　　草綠池塘白鳥飛
宿霧夜棲深樹在　　午風吹作雨霏霏

(『東文選』卷20, 靑6, 箕2, 大1, 海)

李集

1. 漢陽途中

病餘身已老　客裏歲將窮　瘦馬鳴斜日[1)]　羸僮背朔風
臨津氷合凍[2)]　華岳雪連空　回首松山下　君門縹緲中

(『東文選』卷10, 靑3, 箕5, 大1, 海)

1) 斜日 : 〔靑〕〔海〕〔遁村〕西日.
2) 凍 : 〔靑〕〔遁村〕渡.

2. 敍懷奉寄宗工鄭相國[1)]

平林渺渺抱汀洲　十頃烟波漫不流
待得滿船秋月白　好吹長笛過江樓

(『靑丘風雅』卷7, 箕2, 大1, 海)

1)〈詩題〉: 〔箕〕〔大〕〔海〕寄鄭相國, 〔遁村〕敍懷四絶奉寄宗工鄭相國.

李混

1. 西京永明寺[1)]

永明寺中僧[2)]不見　永明寺前江自流
山[3)]空孤塔立庭際　人斷小舟橫渡頭
長天去鳥欲何向　大野東風吹不休
往事微茫[4)]問無處　淡煙斜日使人愁

(『東文選』卷14, 三하, 箕7, 大1, 海)

1)〈詩題〉: 〔箕〕〔大〕〔海〕浮碧樓.
2) 僧 : 〔海〕人.
3) 山 : 〔箕〕〔大〕月.
4) 微茫 : 〔箕〕〔大〕微凉.

2. 春日江上卽事(三)

風定江淸上小舟　　兩兩鴛鴦相對浮
愛之欲近忽飛去　　芳洲日暮謾回頭

(『東文選』 卷20, 三중, 靑6)

任奎

1. 江村夜興

月黑烏[1]飛渚　煙沈江自波　漁舟何處宿　漠漠一聲歌

(『東文選』 卷19, 三상, 靑6, 箕1, 大1, 海)

1) 烏 : 〔三〕〔靑〕〔箕〕〔大〕〔海〕鳥.

林宗庇

1. 馬上寄人

廻首海陽城　傍城山嶙峋　山遠已不見　況是城中人

(『三韓詩龜鑑』 卷상, 東19[1], 靑6)

1) 『東文選』에는 崔讜의 作으로 되어 있음.

林椿

1. 李平章光縉挽詞[1]

兩大黃扉相　時稱萬石君　獨全知畏愼　早白爲憂勤
遺令孤皆奉　陰功世莫聞　秋風數行淚　洒向[2]北邙墳

(『東文選』 卷9, 三상, 靑3, 箕5, 海)

1) 〈詩題〉 : 〔三〕平章李光縉挽詞, 〔靑〕李平章光縉挽章, 〔箕〕〔海〕李平章挽, 〔西河2〕李相國光緖挽詞.
2) 向 : 〔西河2〕與.

2. 冬日途中

凌晨獨出洛州城　　幾許[1]長亭與短亭
跨馬行衝微雪白　　擧鞭吟數亂峯青
天邊日[2]落歸心促　　野外風寒醉面醒
寂寞孤村投宿處　　人家門戶早常扃

(『東文選』 卷13, 三중, 箕7, 大1)

1) 幾許 : 〔西河1〕幾里.
2) 日落 : 〔大〕月落.

3. 與李眉叟會湛之家[1]

久因流落去長安　　空學南音戴[2]楚冠
歲月屢驚[3]羊胛熟　　風騷重會鶴天[4]寒
十年計活[5]挑燈話　　半世功名抱鏡看
自笑老來追後輩　　文思宦意一時闌

(『東文選』 卷13, 三중, 靑4, 箕7, 大1, 海)

1) 〈詩題〉: 〔西河3〕與眉叟同會湛之家.
2) 戴 : 〔西河3〕著.
3) 驚 : 〔靑〕經.
4) 鶴天 : 〔海〕鶡天.
5) 計活 : 〔三〕〔靑〕〔箕〕〔大〕〔海〕〔西河3〕契濶.

4. 次友人韻[1]

十載崎嶇面撲埃　　長遭造物小兒猜
問津路遠槎難到　　燒藥功遲鼎不開
科第未消羅隱恨　　離騷空寄屈平哀
襄陽自是無知己　　明主何曾[2]棄不才

(『東文選』 卷13, 三중, 靑4, 箕7, 大1)

1) 〈詩題〉: 〔西河3〕次友人見贈詩韻(一).

5. 戱贈密州倅[1)]

紅粧待曉帖金鈿　　為被催呼上綺筵
不怕長官嚴號令　　謾嗔行客惡因緣
乘樓未作吹簫伴　　奔月還爲竊藥仙
寄語靑雲賢學士　　仁心不用示[2)]蒲鞭

(『東文選』 卷13, 三중, 箕7, 大1)

1) 〈詩題〉: 〔三〕戱贈密州, 〔箕〕〔大〕戱贈星州倅, 〔西河2〕戱密州倅.
2) 不用示 : 〔大〕不用試, 〔西河2〕愼勿施.

6. 茶店晝睡[1)](一)

頹然臥榻便忘形　　午枕風來睡自醒
夢裏此身無處着　　乾坤都是一長亭

(『東文選』 卷19, 三중, 靑6)

1) 〈詩題〉: 〔三〕〔靑〕茶店晝眠, 〔西河1〕李郎中惟誼茶店晝睡.

7. 暮春聞鶯[1)]

田家甚熟[2)]麥將[3)]稠　　綠樹時聞[4)]黃栗留
似識洛陽花下客　　殷勤百囀未能休

(『東文選』 卷19, 靑6, 箕2, 大1)

1) 〈詩題〉: 〔靑〕〔箕〕〔大〕聞鶯.
2) 甚熟 : 〔西河3〕三月.
3) 將 : 〔西河3〕初.
4) 時聞 : 〔靑〕〔箕〕〔大〕〔西河3〕初聞.

張延祐

1. 寒松亭曲

月白寒松夜　　波安鏡浦秋　　哀鳴來又去　　有信一沙鷗

(『東文選』 卷19, 箕1, 大1, 海)

張鎰

1. 過昇平郡[1] 曾倅此郡太守孫億眷官妓 好好按部重過好好已老矣

霜月凄凉燕子樓　　郎官一去[2]夢悠悠
當時座客休嫌老　　樓上佳人亦白頭

(『東文選』 卷20, 三중, 靑6, 箕2, 大1)

1) 〈詩題〉: 〔靑〕過昇平郡燕子樓, 〔箕〕〔大〕過昇平燕子樓.
2) 一去 : 〔箕〕〔大〕一曲.

鄭瑎

1. 代書寄李起郎[1]

春光欲入萬株楊　　燕市笙歌沸畫堂
爛醉知[2]君送佳節　　不應離恨似吾長

(『東文選』 卷20, 靑6, 箕2, 大1, 海)

1) 〈詩題〉: 〔箕〕〔大〕〔海〕寄李起郎.
2) 知 : 〔海〕如.

鄭夢周

1. 己酉冬宿長守驛寄益陽太守李容[1]

白雲在靑山　遊子去鄕國　歲暮雪霜重[2]　胡爲遠行役
驛亭中夜起　鷄鳴聲喔喔　明發[3]赴前程　悠悠[4]懷抱惡
故人日已[5]遠　回首淚盈掬

(『東文選』 卷5, 箕12, 海)

1) 〈詩題〉: 〔箕〕〔海〕長守驛寄益陽李太守. 〔圃隱2〕宿長守驛寄益陽守李容.
2) 重 : 〔圃隱2〕寒.
3) 明發 : 〔圃隱2〕明日.
4) 悠悠 : 〔圃隱2〕悠然.
5) 已 : 〔箕〕〔海〕以.

2. 江南柳

江南柳江南柳　　春風裊裊黃金絲
江南柳色年年好　　江南行客歸何時
蒼海[1]茫茫萬丈波　　家山遠在天之涯
天涯之人日夜望歸舟　　坐對落花空長嘆
但識相思苦　　肯識此間行路難
人生莫作遠遊客　　少年兩鬢如雪白

(『東文選』 卷8, 箕13, 大1)

1) 蒼海 : 〔箕〕〔大〕滄海.

3. 客夜[1] 此奉使京師時作

客夜人誰問　沈吟欲二更　詩從枕上得　燈在壁間明
默默思前事　遙遙計去程　俄然睡一覺　童僕[2]報鷄鳴

(『東文選』 卷10, 箕5, 大1)

1) 〈詩題〉 : 〔箕〕〔大〕京師客夜, 〔圃隱1〕客夜在丘西驛.
2) 童僕 : 〔圃隱1〕僮僕.

4. 旅寓[1]

平生南與北　心事轉蹉跎　故國海西岸　孤舟天一涯
梅牕春色早　板屋雨聲多　獨坐消長日　那堪苦憶家

(『東文選』 卷10, 靑3, 箕5, 大1)

1) 〈詩題〉 : 〔圃隱1〕洪武丁巳奉使日本作(四).

5. 洪武丁巳奉使日本作[1]

水國春光動　天涯客未行　草連千里綠　月共兩鄕明
遊說黃金盡　思歸白髮生　男兒四方志　不獨爲功名

(『東文選』 卷10, 靑3, 箕5, 大1, 海)

1)〈詩題〉:〔靑〕洪武丁巳奉使日本.〔箕〕〔大〕〔海〕奉使日本.

6. 多景樓贈季潭

欲展平生[1]氣浩然　　須來甘露寺樓前
甕城畫角斜陽裏　　苽浦[2]歸帆細雨邊
古鑊尙留梁歲月[3]　　高軒[4]直壓楚山川
登臨半日逢僧話　　忘却東韓路八千

(『東文選』 卷16, 箕7, 大1)

1) 平生 :〔箕〕〔大〕胸中.
2) 苽浦 :〔箕〕〔大〕〔圃隱1〕瓜浦.
3) 歲月 :〔箕〕〔大〕日月.
4) 高軒 :〔箕〕〔大〕高臺.

7. 大倉贈禮部主事胡璉[1]

男子平生愛遠遊　　異鄕胡乃歎[2]淹留
無人更掃[3]陳蕃榻　　有客獨登王粲樓
萬戶砧聲明月夜　　一竿[4]帆影白蘋洲[5]
時來飮酒城東市　　豪氣猶能塞九州 更掃一作爲 下竿一作江

(『東文選』 卷16, 箕7, 大1)

1)〈詩題〉:〔箕〕〔大〕贈禮部主事胡璉,〔圃隱1〕大倉九月贈工部主事胡璉.
2) 歎 :〔圃隱1〕款.
3) 更掃 :〔圃隱1〕爲下.
4) 一竿 :〔圃隱1〕一江.
5) 白蘋洲 :〔箕〕〔大〕白鷗洲,〔圃隱1〕白蘋秋.

8. 登全州望景臺

千仞岡頭石徑橫　　登臨使我不勝情
靑山隱約[1]扶餘國　　黃葉繽紛百濟城
九月高風愁客子　　百年[2]豪氣誤書生

天涯日沒浮雲合　　惆悵[3]無由望玉京

(『東文選』 卷16, 箕7, 大1)

1) 隱約 : 〔箕〕隱若.
2) 百年 : 〔大〕十年.
3) 惆悵 : 〔大〕翹首, 〔圃隱2〕惆悵.

9. 偶題[1](三)

弊盡貂裘志未伸　　羞將寸舌比蘇秦
張騫査上天連海　　徐福祠前草自春
眼爲感時垂淚[2]易　　身因許國遠遊頻
故園手種新楊柳　　應向春風[3]待主人

(『東文選』 卷16, 靑5, 箕7, 大1)

1) 〈詩題〉 : 〔靑〕洪武丁巳奉使日本, 〔箕〕奉使日本, 〔圃隱1〕洪武丁巳奉使日本作(六).
2) 垂淚 : 〔靑〕〔圃隱1〕垂泣.
3) 春風 : 〔靑〕〔箕〕〔大〕〔圃隱1〕東風.

10. 偶題[1](五)

客子年來已遠遊　　又觀[2]風俗海東頭
行人脫履邀尊長　　志士磨刀報世讎
藥圃雪深新綠嫩　　梅村月落[3]暗香浮
自知信美非吾土　　何日言歸訪[4]葉舟

(『東文選』 卷16, 箕7, 大1)

1) 〈詩題〉 : 〔箕〕奉使日本, 〔圃隱1〕洪武丁巳奉使日本作(八).
2) 觀 : 〔圃隱1〕尋.
3) 落 : 〔圃隱1〕上.
4) 訪 : 〔圃隱1〕放.

11. 乙丑九月贈張溥[1]

大明聲教暨東溟　　藩國年年貢帝庭
天子遠頒新寵典　　使臣來續舊圖經
鷄林樹葉[2]心同赤　　龍首山光眼共青
華夏[3]卽今歸混一　　臨分不用涕頻零

(『東文選』 卷16, 箕7, 大1)

1) 〈詩題〉 : 〔箕〕〔大〕贈張溥, 〔圃隱2〕送周典簿倬還朝.
2) 樹葉 : 〔箕〕〔大〕樹色.
3) 華夏 : 〔圃隱2〕夷夏.

12. 定州重九韓相命賦

定州重九登高處　　依舊黃花照眼明
浦漵南連宣德鎭　　峯巒北倚女眞城
百年戰國興亡事　　萬里征夫慷慨情
酒罷元戎扶上馬　　淺山斜日照紅旌

(『東文選』 卷16, 箕7, 大1)

13. 重九題明遠樓[1]

青谿[2]石壁抱[3]州回　　更起新樓眼豁開[4]
南畝黃雲知歲熟　　西山爽氣覺朝來
風流太守二千石　　邂逅故人三百盃
直欲夜深吹玉笛　　高攀明月共徘徊

(『東文選』 卷16, 箕7, 大1, 海)

1) 〈詩題〉 : 〔箕〕〔大〕〔海〕明遠樓, 〔圃隱2〕重九日題益陽守李容明遠樓.
2) 青谿 : 〔圃隱2〕淸溪.
3) 抱 : 〔箕〕〔大〕控.
4) 豁開 : 〔海〕谿開.

14. 春興[1)]

春雨細不滴　夜中微有聲　雪盡南溪漲　草芽多少[2)]生

(『東文選』 卷19, 箕1, 大1, 海)

1)〈詩題〉:〔圃隱2〕春.
2) 草芽多少 :〔海〕草芽多小,〔圃隱2〕多少草芽.

15. 江南曲

江南女兒花揷頭　笑呼伴侶遊芳洲
蕩槳[1)]歸來日欲暮　鴛鴦雙飛無限愁

(『青丘風雅』 卷7, 箕2, 大1, 海)

1) 蕩槳 :〔箕〕〔大〕〔海〕〔圃隱1〕蕩槳.

16. 寄李正言[1)]

春風苦憶李長沙　徙倚南樓日欲斜
宣室承恩應未遠　石灘明月不須誇

(『東文選』 卷22, 箕2, 大1)

1)〈詩題〉〔箕〕〔大〕寄李正言存吾.

17. 復州食櫻桃

五月遼東暑氣微　櫻桃初熟壓低枝
嘗新客路還腸斷　不及吾君薦廟時

(『青丘風雅』 卷7, 箕2, 大1)

18. 征婦怨(一)

一別年多消息稀　塞垣存沒有誰知
今朝始寄寒衣去　泣送歸時在腹兒

(『青丘風雅』 卷7, 箕2, 大1)

19. 題驪興樓[1]

煙雨空濛滿[2]一江　　樓中宿客夜開窓
明朝上馬衝泥去　　回首滄波[3]白鳥雙

(『東文選』卷22, 箕2, 大1)

1) 〈詩題〉: 〔箕〕〔大〕淸心樓.
2) 滿 : 〔圃隱2〕渺.
3) 滄波 : 〔箕〕〔大〕烟波.

鄭襲明

1. 石竹花

世愛牧丹紅　栽培滿院中　誰知荒草野　亦有好花叢
色透村塘[1]月　香傳隴樹風　地偏公子少　嬌態屬田翁

(『東文選』卷9, 靑3, 箕5, 大1, 海)

1) 村塘 : 〔靑〕村堂.

2. 贈妓

百花叢裏淡丰[1]容　　忽被狂風減却紅
獺髓未能醫玉頰　　五陵公子恨無窮

(『東文選』卷19, 三중, 靑6, 箕2, 大1, 海)

1) 淡丰 : 〔海〕淡未.

鄭允宜

1. 書江城縣舍

凌晨走馬入孤城　　籬落無人杏子成
布穀不知王事急　　傍林終日勸春耕

(『東文選』卷20, 靑6, 箕2, 大1, 海)

鄭地

1. 題錦江船亭[1)]

隋家賀若弼　　晉室祖將軍　　仗劍過江水　　期還誓掃雲

(『東文選』卷19, 大1, 海)

1)〈詩題〉:〔海〕題錦江松亭.

鄭知常

1. 送人

庭前一葉落　　床下百蟲悲　　忽忽不可止　　悠悠何所之
片心山盡處　　孤夢月明時　　南浦春波綠　　君休負後期

(『東文選』卷9, 三상, 箕5, 大1, 海)

2. 開聖寺八尺房[1)]

百步九折登巑岏　　家[2)]在半空唯數間
靈泉澄淸寒水落　　古壁暗淡蒼苔斑
石頭松老一片月　　天末雲低千點山
紅塵萬事不可到　　幽人獨得長年閑

(『東文選』卷12, 箕7, 大1, 海)

1)〈詩題〉:〔箕〕〔大〕〔海〕開聖寺.
2) 家:〔海〕寺.

3. 長源亭

岧嶢雙闕枕江濱　　淸夜都無一點塵
風送客帆雲片片　　露凝宮瓦玉鱗鱗
綠楊閉戶八九屋　　明月捲簾三兩人[1)]

縹緲蓬萊在何處[2]　　夢闌黃鳥囀青春

(『東文選』 卷12, 三중, 青4, 箕7, 大1)

1) 三兩人 : 〔三〕〔青〕〔箕〕〔大〕三四人.
2) 何處 : 〔三〕〔青〕〔箕〕〔大〕何許.

4. 題登高寺

石逕崎嶇苔錦斑　　錦苔行盡入禪關
地應碧落不多遠　　僧與白雲相對閑
日暖燕飛來別殿　　月明猿嘯響空山
丈夫本有四方志　　吾豈匏爪[1]繫此間

(『東文選』 卷12, 箕7, 大1)

1) 匏瓜 : 〔箕〕瓠瓜.

5. 題邊山蘇來寺[1]

古徑寂寞縈松根　　天近斗牛聊可捫
浮雲流水客到寺　　紅葉蒼苔僧閉門
秋風微涼吹落日　　山月漸白啼清猿
奇哉厖眉一老衲　　長年不夢人間喧

(『東文選』 卷12, 青4, 箕7, 大1)

1) 〈詩題〉 : 〔箕〕〔大〕邊山蘇來寺.

6. 團月驛

飮闌攲枕畵屏低　　夢覺前村第一鷄
却憶夜深雲雨散　　碧空孤月小樓西

(『東文選』 卷19, 箕2, 大1)

7. 西都[1]

紫陌春風細雨過　輕塵不動柳絲斜
綠窓朱戶笙歌咽　盡是梨園弟子家

(『東文選』卷19, 三중, 靑6, 箕2, 大1)

1)〈詩題〉:〔三〕西郊.

8. 送人[1]

雨歇長堤草色多　送君南浦動悲歌
大同江水何時盡　別淚年年添綠波

(『東文選』卷19, 三중, 箕2, 大1, 海)

1)〈詩題〉:〔箕〕〔大〕〔海〕大同江.

9. 醉後

桃花紅雨鳥喃喃　繞屋青山閒翠嵐
一頂烏紗慵不整　醉眠花塢夢江南

(『東文選』卷19, 三중, 靑6, 箕2, 大1)

鄭樞

1. 汚吏同朴獻納用陳簡齋集中韻[1] 晋祿

城中[2]鳥[3]亂啼[4]　城下汚吏集　府牒暮夜[5]下　豈辭行露濕
窮民相歌哭[6]　子夜誅求急　舊時千丁縣　今朝十室邑
君閽[7]虎豹守　此言無自入[8]　白駒在空谷　何以得維縶

(『東文選』卷5, 靑1, 箕12, 大1)

1)〈詩題〉:〔靑〕汚吏同朴獻納(晋祿)用陳簡齋韻賦之.〔箕〕〔大〕汚吏用簡齋韻.
2) 城中 :〔靑〕〔圓齋상〕城頭.
3) 鳥 :〔靑〕〔圓齋상〕烏.

4) 亂啼 : 〔箕〕〔大〕飛啼.
5) 暮夜 : 〔靑〕昨夜.
6) 歌哭 : 〔靑〕〔圓齋상〕聚哭.
7) 君閽 : 〔靑〕君門.
8) 自入 : 〔箕〕〔大〕由入.

2. 金幱窟[1]

爲訪金幱窟[2]　棠舟放海門　洪濤懷[3]地軸　神物護雲根
霧濕丹靑色　天成刻削痕　煙中看鷺下　想見[4]白衣尊

(『靑丘風雅』 卷3, 箕5, 大1, 海)

1) 〈詩題〉 : 〔海〕金爛窟, 〔圓齋상〕金蘭窟.
2) 金幱窟 : 〔海〕金爛窟, 〔圓齋상〕金蘭窟.
3) 懷 : 〔海〕搖.
4) 想見 : 〔大〕相見.

3. 萬景臺[1]

一抹橫天黑　滄溟眼底窮　始疑山隱霧　漸認[2]浪浮空
鳥絶鴻濛內　龍吟滉瀁中　長帆[3]誰見借　萬里願乘風

(『靑丘風雅』 卷3, 箕5, 大1, 海)

1) 〈詩題〉 : 〔圓齋상〕題萬景臺.
2) 認 : 〔箕〕〔大〕覺.
3) 長帆 : 〔箕〕〔大〕〔海〕長風.

4. 宿驪興淸心樓[1]

夜入黃驪縣　舟人欲臥時　渚行風作暴　樓宿月如期
天豁[2]長江動　沙明雜樹奇　三更發淸嘯　便覺舞馮夷

(『東文選』 卷10, 箕5, 大1)

1) 〈詩題〉 : 〔箕〕〔大〕宿淸心樓.
2) 豁 : 〔大〕濶.

5. 寄贈巖遁[1] 朴兌

繞屋扶疎綠樹煙　　幽齋不語對山川
百年耐友唯巖遁[2]　　千首新詩卽浪仙[3]
有約不來花盡謝　　相思未見[4]月重圓
倚樓[5]淸嘯何時聽　　回望龍池一悵然

（『靑丘風雅』卷5, 箕7, 大1, 海）

1）〈詩題〉：〔箕〕〔大〕〔海〕寄巖遁.
2）巖遁 ：〔圓齋상〕巖叟.
3）浪仙 ：〔圓齋상〕閬仙.
4）未見 ：〔大〕不見.
5）樓 ：〔圓齋상〕欄.

6. 定州途中

定州關外草萋萋　　沙磧無人日向西
過海腥風[1]吹戰骨　　白楡多處馬頻嘶

（『東文選』卷21, 靑7, 箕2, 大1）

1）腥風 ：〔靑〕醒風.

鄭誧

1. 結廬

結廬在澗曲　地僻心茫然　山光滿席上　澗水鳴窓前
高謌紫芝曲　靜撫朱絲絃　門無車馬至　此樂可終年

（『東文選』卷4, 靑1, 箕12）

2. 瀋陽雜詩(二)

明月流中天　晃朗無纖陰　幽人喜無寐　兀坐到夜深
夜深群動息　浩然萬里心　比隣有遠客　席月鳴瑤琴

初彈紫芝曲　漸變操南音　聞之三嘆息　和以梁父唫[1]
徘徊月漸側　悲風生遠林　將子且止之　毋使我沾襟

(『東文選』 卷4, 靑1, 箕12, 大1)

1) 梁父唫 : 〔靑〕〔箕〕〔大〕〔雪谷상〕梁甫吟.

3. 癸未重九[1]

地僻秋將盡　山寒菊未花　病知詩[2]愈苦　貧覺酒難賒
野路天容大　村墟日脚斜　客懷無以遣　薄暮過田家

(『東文選』 卷9, 箕5, 大1, 海)

1) 〈詩題〉: 〔箕〕〔大〕〔海〕重九.
2) 詩 : 〔箕〕〔大〕〔海〕心.

4. 東萊雜詩(四)

落日逢僧話　春郊信馬行　煙消村巷永　風軟海波平
老樹依巖立　長松擁道迎　荒臺漫無址　猶說海雲名

(『東文選』 卷9, 箕5, 大1)

5. 送白介夫(彌堅)遊河東

十年京洛共遊歡　今日河梁別更難
獵獵秋風吹破帽[1]　凄凄[2]朝雨濕征鞍
樹疎野店投人宿　山好溪途立馬看
莫向南州苦留滯　倚閭慈母眼長寒

(『東文選』 卷16, 箕7, 大1, 海)

1) 破帽 : 〔箕〕〔大〕〔海〕短帽.
2) 凄凄 : 〔大〕悽悽.

6. 贈李天覺達尊[1]

萬事隨時各有宜　　仕齊操瑟豈非癡
平生恥與噲等伍　　後世必有楊雄知
刻鵠不成猶有類　　屠龍雖妙竟何施
如今更信儒冠誤　　不忍[2]乘酣廢我詩 自註時罷科學

(『東文選』 卷16, 靑4, 箕7, 大1)

1)〈詩題〉:〔箕〕〔大〕贈李天覺.
2) 不忍 :〔大〕不認.

7. 江口

移舟逢急雨　倚棹[1]望歸雲　海闊疑無地　山明喜有村

(『東文選』 卷19, 靑6, 箕1, 大1, 海)

1) 棹 :〔箕〕〔大〕〔海〕檻.

8. 西江雜興(一)

風靜長江綠潑油　　征帆一一集潮頭
篙師放火鳴鼉鼓　　知是東南賈客舟

(『靑丘風雅』 卷7, 箕2, 大1)

9. 西江雜興(二)

靑山似畫滿蓬窓[1]　　細雨如絲灑石矼
已是夜闌淸不寐　　舟人更唱禮成江 樂府有禮成江曲

(『東文選』 卷21, 靑7, 箕2, 大1)

1) 蓬窓 :〔大〕篷窓.

10. 西江雜興(三)

十日秋霖江面肥　殘雲[1]更作雨霏霏
夜來樓下濤聲壯　淸曉人家水半扉

(『靑丘風雅』 卷7, 箕2, 大1)

1) 殘雲 : 〔大〕殘雪.

11. 題梁州客舍壁[1]

五更燈影[2]照殘粧　欲話別離先斷腸
落月半庭推[3]戶出　杏花疎影滿衣裳

(『東文選』 卷21, 箕2, 大1, 海)

1) 〈詩題〉 : 〔箕〕〔大〕梁州客館別情人, 〔海〕別情人.
2) 燈影 : 〔箕〕〔大〕〔海〕燈燭.
3) 推 : 〔箕〕堆.

鄭沆

1. 題僧伽窟

崎嶇石棧躡雲行　華構隣天若化城
秋露輕霏千里爽　夕陽遙浸一江明
漾空嵐細連香穗　啼谷禽閑遞磬聲
可羨高僧心上事　世途名利[1]摠忘情

(『東文選』 卷12, 箕7, 大1)

1) 名利 : 〔箕〕〔大〕榮利.

曹繼芳

1. 山居[1)]

扣門[2)]俗客[3)]直須麾　莫使山家奇事知
屋角梨花開滿樹　子規來叫月明時

(『東文選』 卷21[4)], 靑6, 箕2, 大1, 海)

1) 〈詩題〉: 〔靑〕〔箕〕〔大〕〔海〕山寺.
2) 扣門 : 〔靑〕〔箕〕〔大〕〔海〕敲門.
3) 俗客 : 〔靑〕〔箕〕〔大〕〔海〕宿客.
4) 『東文選』에는 作家名이 曹係芳으로 되어 있음.

趙云仡

1. 送春日別人

謫宦傷心涕淚揮　送人[1)]兼復送春[2)]歸
春風好去無留意　久在人間學是非

(『東文選』 卷22, 箕2, 大1)

1) 送人 : 〔箕〕〔大〕送春.
2) 送春 : 〔箕〕〔大〕送人.

2. 即事

柴門[1)]日午喚人開　徐步[2)]林亭坐石苔
昨夜山中風雨在[3)]　滿溪流水泛花來

(『東文選』 卷22, 靑7, 箕2, 大1, 海)

1) 柴門 : 〔箕〕〔大〕〔海〕柴扉.
2) 徐步 : 〔靑〕〔箕〕〔大〕〔海〕步出.
3) 在 : 〔靑〕〔箕〕〔大〕〔海〕惡.

陳溫

1. 四時詞

1) 春

玉帳牙床別院中　　閑吟隨意繞花叢
忽聞杏杪鶯兒囀　　手放金丸看落紅

(『東文選』 卷20, 靑6, 箕2[1], 大1)

1) 『箕雅』에는 陳澕의 作으로 되어 있음.

2) 秋

釦砌微微着淡霜　　裌衣新護玉膚凉
王孫不解悲秋賦　　只喜深閨夜漸長

(『東文選』 卷20, 靑6, 箕2[1], 大1)

1) 『箕雅』에는 陳澕의 作으로 되어 있음.

陳澕

1. 追和歐梅感興[1](四)

陋巷少閑燥　　迺爲淫潦迫　　遊鞍稀拂拭　　但見蛛絲織
嘗[2]聞傲吏語　　學道[3]無鬼責　　問渠百年間　　憂患那得力
吾故把藜羹　　無心慕肉食

(『東文選』 卷4, 靑1, 箕12, 大1)

1) 〈詩題〉: 〔箕〕〔大〕感興和歐梅.
2) 嘗 : 〔靑〕吾.
3) 學道 : 〔箕〕〔大〕草道.

2. 金明殿石菖蒲

花瓷碎玉含微涓　　溪毛翠嫩根龍纏
風姿癯瘦甚可愛　　知是草中山澤仙
自將靈液侵[1]寒碧　　曉來葉葉垂清滴
已驚秋意滿房櫳　　忽覺詩魂迷水石
蓮花清淨出淤泥[2]　　白芷芳馨生海隅
誰識蒼然几案上　　寸莖[3]歲久還生鬚
禪窓日永香煙裊　　一枕隨風竹陰好
上人睡足眼波寒　　宴坐相看不知老

(『東文選』 卷6, 青2, 箕13)

1) 侵 : 〔青〕〔箕〕浸.
2) 淤泥 : 〔青〕〔梅湖〕泥淤.
3) 寸莖 : 〔青〕〔梅湖〕寸根.

3. 使金通州九日

去年九日秋澄閣　　楓酣晚霜湖色薄
鴉鬟[1]捧酒壽佳賓　　手揉[2]秋香沈琥珀
畫欄細裊茱萸煙　　醉眼生紅呼不覺
江東陳跡俯仰間　　此日西遊天一角
漁陽南畔不見山　　野店蚊雷屯豹脚
道傍强飲不成歡　　短日紅煙[3]添寂寞
唯有西風猶古態[4]　　蕭蕭吹[5]着烏紗[6]落

(『東文選』 卷6, 三하, 青2, 箕13, 大1)

1) 鴉鬟 : 〔青〕雅鬟.
2) 揉: 〔大〕操.
3) 紅煙 : 〔箕〕〔大〕紅塵.
4) 古態 : 〔箕〕〔大〕舊態.
5) 吹 : 〔大〕〔梅湖〕醉.

6) 烏紗 : 〔三〕烏紗.

4. 書雲巖寺

昨夜山梅一枝發　山中老僧不知折
使君年少正多情　走傍寒叢問消息
恨無仙人雙玉簫　吹破人間遠離別
到山三日不登山　無奈東風却凄切[1]
明朝上馬入紅塵　誰賞堂前一簾月

(『東文選』 卷6, 三하, 靑2, 箕13)

1) 凄切 : 〔梅湖〕悽切.

5. 蓴菜崔山人寄書請賦

吾聞晉日雲雷擾　英雄性命誰自料
腸斷[1]蛾眉金谷春　夢寒鶴唳華亭曉
江東季鷹酷愛蓴　秋風歸帆疾如鳥
後來眞味識者稀　豈獨知幾人自少
君不見五侯[2]席上厭羶葷　玉椀氷絲時一要
千里瓶罌費携擔　懸知咀嚼無風調
爭如江南無事人　一頂烏紗臨碧沼
手採[3]柔條活欲動[4]　石鼎微煎看徐攪[5]
下鹽却笑羊酪麤　解酒欲鬪鱸魚妙
寄書乞詩意有在　諷我欲脫紅塵鬧
靑衫薄宦有何好　夢魂已落滄洲渺
我行何必待秋風　明日[6]休官理歸棹

(『東文選』 卷6, 三하, 靑2)

1) 腸斷 : 〔三〕斷腸.

2) 五侯 : 〔三〕五候.
3) 探 : 〔梅湖〕探.
4) 動 :〔梅湖〕飮.
5) 攪 : 〔靑〕攬.
6) 明日 : 〔靑〕明月.

6. 秋日書懷

當貴也悲秋　孤吟況弊裘　閱多人寵辱　問幾日歸休
落葉埋金井　疎砧響石樓　聊將倦遊興　攲枕[1]夢滄洲

(『東文選』 卷9, 三상, 箕2, 大1, 海)

1) 攲枕 : 〔海〕歌枕.

7. 京都[1]

小雨朝來捲細毛　浴江初日暈紅濤[2]
千門撲地魚鱗錯　雙闕攙天鷲翼[3]高
吳苑裌衣晴鬪草　漢宮仙秩醉分桃
多慙每[4]忝金閨侍　與倚淸香捧[5]赭袍

(『東文選』 卷14, 靑4, 箕7, 大1, 海)

1) 〈詩題〉: 〔梅湖〕松都.
2) 紅濤 : 〔靑〕洪濤.
3) 鷲翼 : 〔箕〕〔大〕〔海〕〔梅湖〕鶩翼.
4) 每 : 〔梅湖〕久.
5) 捧 : 〔梅湖〕奉.

8. 賞春亭玉蘂花(二)

懶隨桃李鬪嬌饒[1]　素艶閑愁鎖寂寥
虢國夫人嫌粉黛　漢皐仙子佩瓊瑤
半墻疎影風前亞　掠鼻淸香雨後飄

十二玉欄春欲暮　　急須摹取上鮫綃

(『東文選』 卷14, 靑4, 箕7, 大1)

1) 嬌饒 : 〔箕〕〔大〕〔梅湖〕嬌嬈.

9. 月溪寺樓上初晴晩眺[1)]

小樓高倚碧孱顔　　雨後登臨物色閑
帆帶綠煙歸遠浦　　潮穿黃葦到前灣
水分天上眞身月　　雲漏江邊本色山
客路幾人閑似我　　曉來吟到晩鴉還

(『東文選』 卷14, 箕7, 大1)

1) 〈詩題〉 : 〔箕〕〔大〕月溪寺晩眺, 〔梅湖〕月桂寺晩眺.

10. 上琴承制[1)](二)

達情宣澤爲高憂　　早領群儒價益[2)]優
西掖尙餘紅葉[3)]興　　內庭兼侍赭袍遊
擎天巨梓千尋直　　捧日祥雲五色浮
御案獸香熏袖裏　　詔牋鴉字[4)]落毫頭
曾因物得[5)]傾朝望　　不許人間告后猷
想像萬機偏有賴　　蓬窓[6)]喜淚小難收

(『東文選』 卷18, 箕2, 大1)

1) 〈詩題〉 : 〔箕〕〔大〕上琴待制.
2) 益 : 〔梅湖〕宬.
3) 紅葉 : 〔梅湖〕紅藥.
4) 鴉字 : 〔箕〕〔梅湖〕雅墨, 〔大〕雅語.
5) 物得 : 〔箕〕〔大〕〔梅湖〕物外.
6) 蓬窓 : 〔大〕篷窓.

11. 野步[1)]

小梅零落柳僛垂　　閑踏青嵐[2)]步步遲
漁店閉門人語少　　一江春雨碧絲絲

(『東文選』 卷20, 三중, 箕2, 大1)

1)〈詩題〉:〔箕〕〔大〕春興.
2) 青嵐 :〔箕〕〔大〕淸風.

12. 柳

鳳城西畔萬條金　　句引春愁作暝陰[1)]
無限狂風吹不斷　　惹煙和雨到秋深

(『青丘風雅』 卷6, 箕2, 大1, 海[2)])

1) 暝陰 :〔梅湖〕瞑陰.
2)『海東詩選』에는 作家名이 '陳학'으로 잘못 표기되어 있음.

13. 春晩[1)]

雨餘庭院簇莓苔　　人靜雙扉[2)]晝不開
碧砌落花深一寸　　東風吹去又吹來

(『東文選』 卷20, 三중, 青6, 箕2, 大1)

1)〈詩題〉:〔梅湖〕春晩題山寺.
2) 雙扉 :〔三〕荊扉.

蔡寶文

1. 珍島碧波亭次崔按部永濡韻[1)]

畫欄飛出碧波頭[2)]　　夾道黃蘆與綠筠
柳岸緬思彭澤令　　桃村時見武陵人
蔽虧煙際蓬萊朶　　出沒波間日月輪

金橘數枝低馬首　　未應全道使君貧

(『東文選』 卷13, 箕7, 大1)

1)〈詩題〉:〔箕〕〔大〕珍島碧波亭.
2) 頭 :〔箕〕〔大〕濱.

蔡璉

1. 簾

半捲書窓曉　新秋霽景澄　風來一陣雨　月映萬條氷
麗日篩[1]紅暈　遙岑漏碧層　香閨凉夜[2]永　幾處隔銀燈

(『靑丘風雅』 卷3, 箕5, 大1, 海)

1) 篩 :〔海〕節.
2) 凉夜 :〔箕〕〔大〕〔海〕良夜.

蔡洪哲

1. 月影臺

文章習氣轉崔嵬　　忽憶崔侯一上臺
風月不隨黃鶴去　　煙波相逐[1]白鷗來
雨晴山色濃低檻　　春盡松花亂入杯
更有琴心隔塵土　　他時好與雨雲廻

(『東文選』 卷14, 箕7, 大1)

1) 相逐 :〔箕〕〔大〕長送.

崔匡裕

1. 郊居呈知己

車馬何人肯暫勞　　滿庭寒竹靜蕭騷
林含落照溪光遠　　簾捲殘秋岳色高

仙桂未期攀兎窟　　鄕書無計過鯨濤
生成仲虺裁商誥　　莫使非珍[1]似旅獒

(『東文選』 卷12, 箕7, 大1)

1) 非珍 : 〔箕〕〔大〕儒珍.

2. 憶江南李處士居

江南曾過戴公家　　門對空江浸曉霞
坐月芳樽傾竹葉　　遊春蘭舸泛桃花
庭前露藕紅侵砌　　窓外晴山[1]翠入紗
徒憶舊遊頻結夢　　東風憔悴泣[2]京華

(『東文選』 卷12, 靑4, 箕7, 大1)

1) 晴山 : 〔靑〕靑山, 〔箕〕〔大〕雲山.
2) 泣 : 〔靑〕〔箕〕〔大〕滞.

3. 長安春日有感[1]

麻衣難拂路歧塵　　鬢改顔衰曉鏡新
上國好花愁裏艶　　故園芳樹夢中春
扁舟[2]煙月思浮海　　羸馬關河倦問津
祇爲未酬螢雪志　　綠楊鶯語大傷神

(『東文選』 卷12, 三중, 靑4, 箕7, 大1, 海)

1) 〈詩題〉 : 〔三〕〔靑〕長安春有感.
2) 扁舟 : 〔海〕扇舟.

崔斯立

1. 待人

天壽門前柳絮飛　　一壺來待故人歸

眼穿落日長程[1]晚[2]　　多少行人近却非

(『東文選』 卷20, 靑7, 箕2, 大1)

1) 長程 :〔箕〕〔大〕長亭.
2) 晩 :〔靑〕畔.

崔思齊

1. 入宋船上寄京中諸友[1]

天地何疆界　山河自異同　君無謂宋遠　廻首一帆風

(『東文選』 卷19, 大1, 海)

1)〈詩題〉:〔大〕〔海〕使宋船上.

崔承老

1. 禁中東池新竹

錦籜初開粉節明　　低臨輦路綠陰成
宸遊何必將天樂　　自有金風撼玉聲

(『靑丘風雅』 卷6, 箕2, 大1)

崔承祐

1. 關中送陳策先輩赴邠州幕[1]

禰衡詞賦陸機文　　再捷名高已不群
珠淚遠辭裴吏部　　玳筵今奉竇將軍
尊前有雪吟京洛　　馬上無山入塞雲
從此幕中聲價重　　紅蓮丹桂共芳芬

(『東文選』 卷12, 箕7, 大1, 海)

1)〈詩題〉:〔箕〕〔大〕〔海〕送陳策先輩赴邠州幕.

2. 送曹進士松入羅浮[1)]

雨晴雲斂鷓鴣飛　　嶺嶠臨流話所思
厭次狂生[2)]須讓賦　　宣城太守敢言詩
休攀月桂凌天險　　好把煙霞[3)]避世危
七十長溪三洞裏　　他年名遂也相宜

(『東文選』 卷12, 靑4, 箕7, 大1)

1) 〈詩題〉：〔靑〕送進士曹松入羅浮, 〔箕〕〔大〕送曹松入羅浮.
2) 狂生 ：〔靑〕〔箕〕〔大〕先生.
3) 煙霞 ：〔靑〕煙蘿.

崔元祐

1. 題茂珍客舍

脩竹家家翡翠啼　　雨催寒食水生溪
蒼苔小草官橋路　　怕見殘紅入馬蹄

(『東文選』 卷21, 靑7, 箕2, 大1, 海)

崔惟善

1. 御苑仙桃[1)]

御苑桃新種　移從閬苑仙　結根丹地上　分影紫庭前
細葉看如畫　繁英望欲燃　品高鷄省樹　香按獸爐煙
天近知[2)]春茂　晨淸帶露鮮　是應王母獻　聖壽益千年[3)]

(『東文選』 卷11, 靑3, 箕11, 大1)[4)]

1) 〈詩題〉：〔靑〕御苑種仙桃.
2) 知 ：〔靑〕先.
3) 千年 ：〔靑〕千年歲(歲字衍文).
4) 『靑丘風雅』, 『箕雅』, 『大東詩選』에는 崔惟淸의 作으로 되어 있음. 그러나 『補閑集』 卷上의 詩話로 미루어 崔惟善의 作이 옳은 것으로 보임.

崔惟淸

1. 雜興(一)

春草忽已綠　滿園胡蝶飛　東風欺人睡　吹起床上衣
覺來寂無事　林外射落暉　倚檻[1]欲嘆息　靜然已忘機

(『東文選』 卷4, 三상, 箕12, 大1)

1) 檻 : 〔三〕〔箕〕〔大〕楹.

2. 雜興(二)

人生百歲間　忽忽如風燭　且問富貴心　誰肯死前足
仙夫不可期　世道多飜覆　聊傾北海尊[1]　浩歌仰看屋

(『東文選』 卷4, 三상, 靑1, 箕12, 大1)

1) 北海尊 : 〔三〕〔靑〕〔箕〕〔大〕北海酒.

3. 雜興(三)

蒼蒼山中桂　托根臨嶮巇　霰雪紛可畏　孤貞亮難移
夜月冷相照　春風綠漸滋　攀枝久佇立　空詠小山辭[1]

(『東文選』 卷4, 三상, 箕12, 大1)

1) 小山辭 : 〔三〕北山辭.

4. 雜興(五)

默默又默默　百年會有極　頭上蓬已疎　眼邊花正黑
春至苦無悰　夢歸竟何益　擧頭看白日　長安在西北

(『東文選』 卷4, 三상, 靑1, 箕12)

5. 雜興(六)

志士惜事業　宵人戀珠金　經營兩不暇　羲和走駸駸
荒壟廢[1]百草　賢愚同一沈　何如[2]且日飮[3]　實腹而虛心

(『東文選』卷4, 三상, 靑1, 箕12)

1) 癈 :〔三〕蔽,〔靑〕〔箕〕廢.
2) 何如 :〔箕〕如何.
3) 日飮 :〔箕〕不飮.

6. 雜興(七)

嬌雲弄晴暉[1]　庭草綠如染　鳥酣囀[2]嚶嚶　蝶喜[3]飛苒苒
芳序忽如此　愁眉不須斂　擬待桃李開　瓮頭方瀲瀲

(『東文選』卷4, 三상, 靑1, 箕12)

1) 晴暉 :〔箕〕暗暉.
2) 囀 :〔箕〕轉.
3) 喜 :〔箕〕戱.

7. 雜興(八)[1]

六載遊[2]楊州　五賞楊州春　楊州春似舊　老面但日皴[3]
壯志雖已鑠　風情與時新　最憐街頭柳　嫋嫋[4]欲惱人

(『東文選』卷4, 三상, 靑1, 箕12, 大1)

1) 『靑丘風雅』卷1에서는 〈雜興〉 9首 중 5首를 뽑고 있는데, 이 시에 대해서는 〈漢陽〉이라 題하고 別詩로 취급함.
2) 遊 :〔靑〕遷.
3) 皴 :〔大〕皺.
4) 嫋嫋 :〔三〕溺溺.

崔滋

1. 國子監直廬聞採眞峰鶴唳[1)]

雲掃長空月正明　　松巢獨鶴不勝淸
滿山猿鳥知音少　　刷盡疎翎半夜鳴

(『東文選』卷20, 三중, 靑6, 箕2, 海)

1)〈詩題〉:〔三〕國子監直廬採眞峰鶴唳,〔箕〕〔海〕直廬聞採眞峰鶴唳.

崔致遠

1. 江南女

江南蕩風俗　養女嬌且憐　冶性[1)]恥針線　粧成調管絃
所學非雅音　多被春心[2)]牽　自謂芳華色　長占艶陽年
却笑隣舍[3)]女　終朝弄機杼　機杼[4)]縱[5)]勞身　羅衣不到汝

(『東文選』卷4, 三상, 靑1, 箕12, 大1, 海)

1) 冶性 :〔三〕〔靑〕〔箕〕〔大〕〔海〕〔孤雲1〕性冶.
2) 春心 :〔海〕春風.
3) 隣舍 :〔箕〕〔大〕隣家.
4) 機杼 :〔海〕機杍.
5) 縱 :〔箕〕終.

2. 旅遊唐城有先王樂官將西歸夜吹數曲戀恩悲泣以詩贈之[1)]

人事盛還衰　浮生實可悲　誰知天上曲　來向海邊吹
水殿看花處　風欞對月時　攀髯今已矣　與爾淚雙垂

(『東文選』卷9, 三상, 靑3, 箕5, 大1, 海)

1)〈詩題〉:〔箕〕〔大〕〔海〕夜贈樂官,〔孤雲1〕旅遊唐城贈先王樂官.

3. 贈雲門蘭若智光上人[1]

雲畔構[2]精廬　安禪四紀餘　笻無出山步　筆絶入京書
竹架泉聲緊　松欞日影疎　境高吟不盡　瞑目悟眞如

(『東文選』 卷9, 三상, 靑3, 箕5, 大1, 海)

1)〈詩題〉:〔箕〕〔大〕〔海〕贈智光上人.
2) 構:〔箕〔大〕結,〔海〕搆.

4. 登潤州慈和寺上房[1]

登臨暫隔路歧塵　吟想興亡恨益新
畫角聲中朝暮浪　靑山影裏古今人
霜摧玉樹花無主　風暖金陵草自春
賴有謝家餘境在　長教詩客爽精神

(『東文選』 卷12, 三중, 箕7, 大1)

1)〈詩題〉:〔箕〕〔大〕登潤州慈和寺.

5. 暮春卽事和顧雲友使[1]

東風遍閱百般[2]香　意緖偏饒柳帶長
蘇武書回深塞盡　莊周夢逐落花忙
好憑殘景朝朝醉　難把離心寸寸量
正是浴沂時節日[3]　舊遊魂斷白雲鄕

(『東文選』 卷12, 三중, 箕7, 大1)

1)〈詩題〉:〔箕〕〔大〕暮春卽事.
2) 百般 :〔三〕百盤.
3) 時節日 :〔三〕時節也.

6. 酬楊贍秀才[1]

海槎雖定隔年回　衣錦還鄕愧不才

暫別燕城當葉落　　遠尋蓬島趁花開
谷鶯遙想高飛去　　遼豕寧慙再獻來
好把壯心謀後會　　廣陵風月待銜杯

(『東文選』 卷12, 靑4, 箕7, 大1)

1) 〈詩題〉: 〔靑〕〔箕〕〔大〕酬楊瞻秀才, 〔桂苑20〕酬楊瞻秀才送別.

7. 秋日再經盱眙[1]縣寄李長官[2]

孤蓬[3]再此接恩輝　　吟對秋風恨有違
門柳已凋新歲葉　　旅人猶着去年衣
路迷霄漢愁中老　　家隔煙波夢裏歸
自笑身如[4]春社鷰　　畫梁高處又來飛

(『東文選』 卷12, 三중, 箕7, 大1, 海)

1) 盱眙 : 〔三〕旴眙.
2) 〈詩題〉: 〔箕〕〔大〕〔海〕再經盱眙縣.
3) 孤蓬 : 〔大〕孤篷.
4) 如 : 〔三〕同.

8. 春曉偶書

叵耐東流水不回　　只催詩景[1]惱人來
含情朝雨細復細　　弄艶好花開未開
亂世風光無主者　　浮生名利轉悠哉
思量可恨劉伶婦　　强勸夫郎踈酒盃

(『東文選』 卷12, 三중, 箕7, 大1)

1) 詩景 : 〔三〕時景.

9. 和張進士喬村居病中見寄喬字松年[1]

一種詩名四海傳　　浪仙爭得似松年
不唯騷雅標新格　　能把行藏[2]繼古賢
藜杖夜携孤嶠月[3]　　葦簾朝捲遠村煙
病來吟寄漳濱句　　因付漁翁入郭船

(『東文選』卷12, 靑4, 箕7, 大1)

1) 〈詩題〉: 〔靑〕和進士張喬村居病中見寄, 〔箕〕〔大〕和張喬, 〔孤雲1〕和張進士喬村居病中見寄.
2) 行藏 : 〔箕〕〔大〕行裝.
3) 嶠月 : 〔孤雲1〕嶼月.

10. 秋夜雨中

秋風唯苦吟　舉世[1]少知音　窓外三更雨　燈前萬里[2]心

(『東文選』卷19, 三상, 靑6, 箕1, 大1, 海)

1) 擧世 : 〔三〕〔靑〕〔箕〕〔大〕〔海〕世路.
2) 萬里 : 〔孤雲1〕萬古.

11. 題伽耶山讀書堂[1]

狂噴[2]疊石吼重巒　　人語難分咫尺間
常恐是非聲到耳　　故教流水盡籠山

(『東文選』卷19, 箕2, 大1, 海)

1) 〈詩題〉: 〔箕〕〔大〕〔海〕題伽倻山.
2) 狂噴 : 〔箕〕〔大〕〔海〕〔孤雲1〕狂奔.

12. 題芋江驛亭[1]

沙汀立馬待回舟　　一帶煙波萬古愁
直得山平兼水渴　　人間離別始應休

(『東文選』卷19, 三중, 靑6, 箕2, 大1)

1) 〈詩題〉: 〔箕〕〔大〕芋江驛亭.

13. 贈金川寺主[1)]

白雲溪畔剏仁祠　　三十年來此住持
笑指門前一條路　　纔離山下有千歧

(『東文選』 卷19, 三중, 青6, 箕2, 大1)

1) 〈詩題〉: 〔三〕〔青〕〔箕〕〔大〕贈金川寺主人.

14. 黃山江臨鏡臺[1)]

煙巒簇簇水溶溶　　鏡裏人家對碧峯
何處孤帆飽風去　　瞥然飛鳥杳無蹤

(『東文選』 卷19, 青6, 箕2, 大1)

1) 〈詩題〉: 〔青〕〔箕〕〔大〕臨鏡臺.

崔沆

1. 絶句[1)]

滿庭月色無煙燭　　入座山光不速賓
更有松絃彈譜外　　只堪珍重未傳人

(『東文選』 卷19, 箕2, 大1, 海)

1) 각 詩選集에 崔沖의 작품으로 소개되어 있으나, 崔沆의 作으로 밝혀짐. (李鍾文, 「崔沆의 詩에 대하여」, 『어문논집』 26, 고려대 국어국문학연구회, 1986.)

崔瀣

1. 送尹樂正莘傑北上[1)]

人生一世間　有命懸在天　窮達各其分　惟道貴如絃
奈何枉尋者　悠悠動百千　先生中有恃　物莫外[2)]相牽
願言一終始　名節兩俱全

(『東文選』 卷4, 箕12, 大1)

1) 〈詩題〉: 〔箕〕送尹莘傑北上, 〔大〕送尹葦傑北上.
2) 物莫外 : 〔大〕物外莫.

2. 高巒感興十二韻

埸夾孤嶼[1)]上　旅食度朝昏[2)]　婦矮行如鼈　民窮貌似猿
俗雖乖習尙　禮或識卑尊　日落腥煙合　秋深[3)]瘴氣溫
峯巒同翼翼　浦溆轉蜿蜿　帆截分天影　沙堆認水痕
海經將古驗[4)]　潮曆問今煩　老樹嫌風亞　驚濤得石喧[5)]
將僧同止息　與世隔囂喧[6)]　把釣時堪待　乘桴興又存
長歌誰見和　大息只無言　須信煙波樂　猶爲聖主恩

(『東文選』 卷11, 靑3, 箕11)

1) 孤嶼 : 〔箕〕孤島.
2) 朝昏 : 〔靑〕晨昏.
3) 深 : 〔靑〕凉.
4) 驗 : 〔靑〕險.
5) 石喧 : 〔箕〕石龥.
6) 囂喧 : 〔箕〕囂龥.

3. 己酉三月褫官[1)]後作

塞翁雖失馬　莊叟詎知魚　倚伏[2)]人如問　當須質子虛

(『東文選』 卷19, 靑6, 海)

1) 褫官 :〔海〕遞官.
2) 倚伏 :〔海〕倚杖.

4. 雨荷

貯椒[1]八百斛　千載笑其愚　何如[2]綠[3]玉斗　竟日量明珠

牧隱云此誚
不廉饒富者

(『東文選』 卷19, 箕1, 大1, 海)

1) 貯椒 :〔箕〕〔大〕〔海〕胡椒.
2) 何如 :〔箕〕〔大〕〔海〕如何.
3) 綠 :〔箕〕〔大〕〔海〕碧.

5. 四皓歸漢

漢用奇謀立帝功　指麾豪傑似兒童
可怜皓首商山客　亦墮留侯計畫中

(『東文選』 卷20, 靑6, 箕2, 大1, 海)

6. 太公釣周

當年把釣[1]釣無鉤　意不求魚況在周[2]
終遇文王眞偶爾　此言吾爲古人羞

(『東文選』 卷20, 箕2, 大1)

1) 把釣 :〔大〕罷釣.
2) 在周 :〔箕〕〔大〕釣周.

7. 縣齋雪夜

三年竄逐病相仍　一室生涯轉似僧
雪滿四山人不到　海濤聲裏坐挑燈

(『東文選』 卷20, 靑6, 箕2, 大1)

崔鴻賓

1. 書星龍寺[1)]兩花門[2)]

古樹鳴朔吹　　微波漾殘暉　　徘徊想前事　　不覺淚沾衣

(『東文選』卷19, 三상, 大1)

1) 星龍寺 : 〔三〕〔大〕皇龍寺.
2) 兩花門 : 〔大〕雨花門.

韓脩

1. 八月初九日夜坐[1)]

皇天分四時　　寒暑各有節　　祝融何不廉　　八月尙炎熱
今宵金氣應　　揮扇始得輟[2)]　　悠然坐南榮　　仰視乾文列[3)]
月在析木津[4)]　　不見西柄揭

(『東文選』卷5, 箕12, 大1)

1)〈詩題〉:〔箕〕〔大〕夜坐.
2) 輟 : 〔箕〕〔大〕綴.
3) 列 : 〔柳巷〕烈.
4) 析木津 : 〔箕〕〔大〕柝木津, 〔柳巷〕石木津.

2. 奉和韓山君所示[1)]

殘歲寒風積　　窮居酒盞疎　　愁雲低野逈　　凍雀傍簷虛
拙可存吾道　　閑唯愛我廬[2)]　　南窓書課進　　漸覺日行舒

(『東文選』卷10, 箕5, 大1, 海)

1)〈詩題〉:〔箕〕〔大〕〔海〕奉和韓山君.
2) 我廬 : 〔大〕吾廬.

3. 夜坐次杜工部詩韻[1]

此日亦云暮　百年眞可悲　心爲形所役　老與病相隨
篆冷香殘後[2]　窓明月上時　有懷無與晤[3]　聊和古人詩

(『東文選』卷10, 箕5, 大1, 海)

1)〈詩題〉:〔箕〕〔大〕〔海〕夜坐次杜詩韻.
2) 後 :〔柳巷〕夜.
3) 晤 :〔柳巷〕語.

4. 九月十五日邀牧隱先生登樓翫月[1]

雲捲長空露洗秋　無聲河漢近人流
濁醪亦足償[2]清景　黃菊寧羞[3]上白頭
地湧金波澄客位　天修玉鏡掛吾樓
請公莫厭留連夜　不見前賢秉燭遊

(『東文選』卷16, 箕7, 大1, 海)

1)〈詩題〉:〔箕〕〔大〕〔海〕邀牧隱先生登樓翫月,〔柳巷〕九月十五夜邀牧隱先生登樓翫月次先生韻(一).
2) 償 :〔箕〕〔大〕〔海〕酬.
3) 羞 :〔柳巷〕須.

5. 愓若齋乘舟來訪飮舟中[1]

驪江煙雨泛扁舟　隨意隨流或泝流
千點岡巒[2]同暗淡　兩邊花木[3]各淸幽
魚因知樂潛相趁　鳥識忘機近尙浮
不有詩仙居此地　豈能爲此畫中遊

(『東文選』卷16, 靑5, 箕7, 大1)

1)〈詩題〉:〔箕〕〔大〕愓若齋乘舟來訪,〔柳巷〕愓若齋乘舟來訪請予飮舟中.
2) 岡巒 :〔柳巷〕峯巒.
3) 花木 :〔靑〕〔箕〕〔大〕〔柳巷〕草木.

韓宗愈

1. 漢陽村莊(一)

十里平湖細雨過　　一聲長笛隔蘆花
直將金鼎調羹手　　還把[1]漁竿下晩沙

(『東文選』 卷21, 靑7, 箕2, 大1, 海)

1) 還把 : 〔箕〕〔大〕〔海〕閑把.

咸承慶

1. 壄行

淸曉日將出　　雲霞光陸離　　江山[1]更奇絶　　老子不能詩

(『東文選』 卷19, 靑6, 箕1, 大1, 海)

1) 江山 : 〔海〕江上.

許洪材

1. 慈護寺樓

早起獨登樓　　悠然[1]八月秋　　白煙橫野外　　紅日上峯頭
客路風霜冷　　僧軒花木幽　　一尊開笑語　　消遣利名愁[2]

(『東文選』 卷9, 三상, 大1)

1) 悠然 : 〔三〕悠愁.
2) 利名愁 : 〔三〕利人愁.

洪侃

1. 孤鴈行

五侯[1]池館春風裏　　微波鱗鱗鴨頭水
闌干十二繡戶深　　中有蓬萊三萬里

彷徨杜若紫鴛鴦　倚拍芙蓉金翡翠
雙飛雙浴復雙棲　綷羽雲衣恣遊戲
君不見十年江海有孤鴈[2)]　舊侶微茫[3)]隔雲漢
顧影低昂時一呼　蘆花索漠風霜晩

(『東文選』 卷6, 三하, 靑2, 箕13, 大1)

1) 五侯 : 〔三〕五候.
2) 孤鴈 : 〔大〕鴻鴈.
3) 微茫 : 〔大〕迷茫.

2. 金尙書珦所畜山水圖達全師韻[1)]

千峯半入靑天上　下有長江江水淸
空翠生寒幾千里　颼飀[2)]萬壑松風聲
幽人隱見向何處[3)]　馱着蹇驢江路明
崖崩澗絶望不極　一邊疎雨歸雲黑
歸雲斷處有樓臺　吹徹玉簫紅日側
君不見靑蓮居士謫仙翁　一鶴肯與群鷄同
列岳結軌不點頭　物外獨件東溪公

(『東文選』 卷6, 三하, 靑2, 箕13)

1) 〈詩題〉 : 〔三〕金尙書珦所畜山水圖, 〔箕〕山水圖次韻.
2) 颼飀 : 〔洪崖〕颼颼.
3) 向何處 : 〔三〕向何之.

3. 嬾婦引[1)]

雲窓霧閣[2)]秋夜長　流蘇寶帳芙蓉香
吳歌楚舞樂未央　玉釵半醉留金張
堂上銀釭[3)]虹萬丈　堂前畫燭淚千行
珠翠輝光不夜城　月娥羞澁低西廂

誰得知貧家嬾婦無襦衣　紡績未成秋雁歸
夜深燈暗無奈何　一寸願分東壁[4]輝

(『東文選』卷6, 三하, 靑2, 箕13, 大1)

1) 〈詩題〉: 〔三〕嬾婦.
2) 霧閣 : 〔三〕〔箕〕〔大〕〔洪崖〕霧閣.
3) 銀釭 : 〔靑〕〔箕〕〔大〕〔洪崖〕銀缸.
4) 東壁 : 〔箕〕〔大〕東家.

4. 送秋玉蟾軀史海印寺

先生詩格何淸越　霜空萬里亭亭月
冰光浩蕩瀉山河　萬象森羅坐可掇
先生直筆何森嚴　古鏡飛出雙龍匳
是是非非俱自然　懦夫[1]有立頑夫廉
吾聞伽耶山海印寺　儒仙崔子曾遊地
人間風月[2]不能到　寶書玉牒[3]如雲委
此中奉使必是神仙曹　三年鶴駕下雲霄[4]
多君今年得此行　秋光遠與人爭淸
靑山落照永嘉路　紅樹澄江晉陽城
翩翩馹騎如輕鴻[5]　快於身馭[6]泠然風
遙知三韓二十三代之實錄[7]　一一披攬雲山中
歸來馬上無一事　採風應作南征記
臥閤[8]豈無賢刺史　灌園[9]豈無隱君子
穎川大姓孰豪橫　巴徼窮民孰[10]悲硬[11]
碧鷄金馬騁何嶺　朱草醴泉發何境
山碑海碣訪古奇　野諺州箴推隱微
大書特書不一書　袖中卷得湖南歸

南人南人好看客　　皇華雖多無此客
埋輪露冕盡兒戱　　此客褒誅華袞雜鈇鉞

(『東文選』 卷6, 三하, 靑2, 箕13)

1) 懦夫 : 〔三〕〔靑〕懶夫.
2) 風月 : 〔三〕〔靑〕〔洪崖〕風日.
3) 玉牒 : 〔靑〕〔洪崖〕玉檢.
4) 雲霄 : 〔三〕雲宵.
5) 輕鴻 : 〔靑〕驚鴻.
6) 身馭 : 〔靑〕身御.
7) 實錄 : 〔箕〕寶牒.
8) 臥閣 : 〔三〕〔靑〕臥閤.
9) 灌園 : 〔箕〕灌圃.
10) 孰 : 〔洪崖〕誰.
11) 悲硬 : 〔箕〕悲哽.

5. 次韻李蒙庵西京懷古

鏡裏山光菡萏斜　　古人長使後人嗟
始封箕子名空在　　遠徙秦人跡轉賖
鳺鵲觀傾松櫟暗　　鳳凰臺沒草萊多
時時峽雨飛成雹[1]　　歲歲江槎臥放花
觳觫拖春耕野燒　　鉤輈隔葉和村笳
隱儒能說紅綾餤　　桑女猶傳玉樹歌
城郭鶴身來又去　　古今蝸角靜還嘩
興亡袞袞何時盡　　款乃[2]聲中水自波

(『東文選』 卷18, 箕11, 大1)

1) 飛成雹 : 〔箕〕〔大〕飛來雹.
2) 款乃 : 〔大〕欸乃.

6. 席上贈白彛齋

炎洲翡翠莫同遊　　金綷毛衣摠是愁
愛殺見幾能避雨　　荻花深處一沙鷗

(『東文選』 卷20, 三중, 靑6)

7. 早朝馬上

紫翠橫空澗水流　　風煙千里似滄洲
石橋西畔南臺路　　柱笏看山又一秋

(『東文選』 卷20, 三중, 大1)

(釋)宏演

1. 遊紫淸宮

洪崖先生舊所隱　　階下碧桃花飄零
夜光出井留丹藥　　春露浥松生茯苓
天女或携綠玉杖　　仙人自讀黃庭經
隣寺歸來不五里[1)]　　回頭望斷煙冥冥

(『東文選』 卷17, 靑4, 大11, 海)

1) 五里 : 〔大〕〔海〕五鼓.

(釋)達全

1. 次韻諸賢賦菊

桐風西吹屋頭裂　　一夜蟲聲寒欲結
天工放置金剪刀　　紅情綠意掃無轍
淵明啾啾臥蒿里　　喚起古香香不死

黃粉辟囊天爲開　　金窠四畔秋魂起
瓊液蟻面喜飛下　　尊醪徒亞田家瓦
勸君吸盡黃金花　　頭上紅輪如走馬

(『東文選』 卷6, 箕14, 海)

2. 次韻李正言混花山懷古

花山往事有誰知　　今古興亡似弈碁
玉輦行街渾作畝　　珠簾深巷半成池
斬新楊柳幾多屋　　依舊杏花三兩枝
細數盈虛春夢裏　　只堪大笑不堪悲

(『東文選』 卷14, 大11, 海)

(釋)禪坦

1. 次普門寺閣上詩韻[1)]

山石[2)]平生犖确行　　此軒贏得[3)]十年情
雨昏鸚鵡洲邊草　　雲卷芙蓉海上城
沙岸漁燈煙外遠　　月樓人語夜深淸
若爲長伴江鷗去　　飽聽蒼波[4)]落枕聲

(『東文選』 卷15, 箕10, 大11)

1) 〈詩題〉: 〔箕〕〔大〕次普門寺韻.
2) 山石 : 〔大〕山釋.
3) 贏得 : 〔箕〕嬴得.
4) 蒼波 : 〔箕〕滄波.

2. 楞伽山中[1]

鞍馬紅塵半白頭　　楞伽有病早歸休
一江煙雨西山暝　　長捲疎廉不下樓

(『東文選』 卷21, 箕4, 大11)

1) 〈詩題〉 : 〔大〕臥病.

(釋)始寧[1]

1. 前用王文公起聯中生字爲韻似聞藥省諸郎皆次林拾遺詩韻依樣更呈[2]

一葉秋來起浩然　　年經年復幾年年
那知陌巷[3]搖搖柳　　元是淤泥濯濯蓮
白菊籬邊篁韻碎　　紫苔庭畔樹陰圓
長沙隻眼雖云在　　一點靈犀露短篇

(『東文選』 卷14, 大11, 海)

1) 始寧은 釋名이 아니라 황해도 文化縣의 옛이름으로 柳璥의 貫鄕이므로 作家는 柳璥으로 보아야 함.
2) 〈詩題〉 : 〔大〕〔海〕次林拾遺詩韻.
3) 陌巷 : 〔大〕〔海〕巷陌.

(釋)了圓

1. 幻菴

三界癡如作繭蠶　　白駒光景[1]不停驂
茫茫天地無人省　　早悟浮虛只幻菴

(『東文選』 卷22, 箕4, 大11)

1) 光景 : 〔箕〕光陰.

(釋)圓鑑

1. 閑中雜詠[1](一)

捲箔引山色　　連筒分澗聲　　終朝少人到　　杜宇自呼名

(『東文選』 卷19, 箕1, 大11, 海)

1) 〈詩題〉 : 〔箕〕〔大〕〔海〕雜詠.

(釋)月窓

1. 靈通寺西樓次古人韻[1]

巖泉一派曲通林　　老樹當軒積翠[2]陰
秋至洞門偏洒落　　雲還[3]松嶺轉幽深
苔碑勝迹傳從昔　　素壁新詩記自今
坐久精神更淸爽　　磬聲搖月夜沈沈

(『東文選』 卷16, 大11, 海)

1) 〈詩題〉 : 〔大〕〔海〕靈通寺西樓.
2) 積翠 : 〔海〕積樹.
3) 還 : 〔海〕搖.

(釋)益莊

1. 洛山寺

海岸高絶處　　中有洛迦峯[1]　　大聖住無住　　普門[2]封不封
明珠非我欲[3]　　靑鳥是人逢　　但願洪波上[4]　　親瞻滿月容

(『東文選』 卷9, 箕6, 大11)

1) 洛迦峯 : 〔箕〕〔大〕洛伽峯.
2) 普門 : 〔箕〕〔大〕暮門.
3) 我欲 : 〔箕〕〔大〕我願.
4) 洪波上 : 〔箕〕〔大〕層波上.

(釋)祖英

1. 鄭躅花應教

何年移植玉墀中　　造物偏鍾剪刻功
綺葉未容粧嫩綠　　錦葵先已撮生紅
幾番珠綴枝頭雨　　一陣香飄閣外風
想得宮娥攀折[1]處　　露和朱粉惹春葱

(『東文選』卷14, 大11, 海)

1) 折 :〔大〕〔海〕絶.

(釋)祖異

1. 贈曹溪禪師云鑑得無字[1]

鑑老禪林傑　才全德亦俱　雲山知快活　世路脫崎嶇
谷密苔生逕　簾虛月上趺　安心行住[2]臥　日用趙州無

(『東文選』卷10, 箕7, 大11, 海)

1)〈詩題〉:〔箕〕〔大〕〔海〕贈云鑑禪師.
2) 住 :〔箕〕〔海〕任.

(釋)宗聆

1. 戲贈闡師[1] 師嘗赴內道場醉睡涕洟爲有司所斥

貝葉翻爲竹葉杯　　天花落盡眼花開
醉鄉廣大人間窄　　誰識佯狂老萬回

(『東文選』卷19, 靑6, 大11)

1)〈詩題〉:〔靑〕戲贈闡師師嘗赴內道場醉睡涕洟爲有司所斥.〔大〕闡師走內道場醉睡故戲贈.

(釋)眞靜

1. 安峯寺

幽徑幾多曲　亂山千萬重　靑纒訪古刹　白拂餘淸風
皓月掛虛閣　閑雲低[1]碧空　踈慵不掃[2]地　殘葉滿庭紅

(『靑丘風雅』卷3, 箕6, 海)

1) 低 : 〔海〕抵.
2) 不掃 : 〔海〕不歸.

2. 次李居士穎詩[1](一)

總角偕遊紫陌喧　綢繆瓜葛況連根
天涯遠別[2]音書斷　林下相逢笑語溫
夜壑風寒松落子[3]　春庭雨過竹生孫
此時淸樂皆同賞　何用勞勞更吐言

(『東文選』卷14, 箕10, 大11, 海)

1) 〈詩題〉: 〔箕〕〔大〕〔海〕次李居士韻.
2) 遠別: 〔海〕遠外.
3) 松落子 : 〔海〕松子落.

(釋)天因

1. 舟次南海得眼疾寄常寂法主

行盡滄洲幾日程　此行還似督郵行
衲衣久被風塵涴[1]　物色潛隨歲月更
已信幻泡非我有　更憐疣贅寄他生
若爲洗盡空華眼　常寂光中一笑呈

(『東文選』卷14, 大11, 海)

1) 涴 : 〔大〕〔海〕浣.

(釋)坦然

1. 文殊寺[1)]

一室何寥廓　萬緣[2)]俱寂寞　路穿石罅通　泉透雲根落
皓月掛簷楹[3)]　涼風動林壑　誰從彼上人[4)]　清坐學眞樂

(『東文選』 卷4, 箕12, 大11, 海[5)])

1) 〈詩題〉 : 〔海〕文珠寺(古).
2) 萬緣 : 〔海〕草綠(古).
3) 簷楹 : 〔海〕簷楹(律).
4) 彼上人 : 〔海〕天上人(律).
5) 『海東詩選』에서는 이 詩를 五言古詩와 五言律詩에 거듭 뽑아 넣고 있음.

(釋)惠文

1. 普賢院

爐火煙中演梵音　寂寥生白室沈沈
路長門外人南北　松老巖邊月古今
空院曉風饒鐸舌[1)]　小庭秋露敗蕉心
我來寄傲高僧榻　一夜淸談直萬金

(『東文選』 卷13, 靑4, 箕10, 大11, 海[2)])

1) 鐸舌 : 〔海〕鐸舌.
2) 『海東詩選』에는 作家名이 悳文으로 잘못 표기되어 있음.

歷代 詩選集 所載 漢詩作家 批正

- 新羅 · 高麗 詩人을 중심으로 -

Ⅰ. 緖言

신라와 고려시대의 문집은 몽고의 침입과 홍건적의 난 그리고 임진왜란을 겪으면서 대부분 일실되고, 현전하는 것은 10여 종에 불과하다. 따라서 이 시대의 문학을 연구하는 이들은 『東文選』과 같은 시문선집을 자주 이용한다. 그런데 문제는 이들 선집에 수록된 작품의 작자가 일부 잘못 표기되어 있는데도 아무런 검증 없이 그대로 인용하는 데 있다. 예컨대, 예전에 나온 『국역 동문선』에는 金克己의 〈醉時歌〉가 李仁老의 작으로 되어 있다.[1] 식자공의 실수로 김극기의 이름이 누락됨으로써 앞 작품의 작자인 이인로의 것이 되어버린 경우이다. 이러한 사실을 모르고 〈醉時歌〉를 인용하여 李仁老의 젊은 시절 기개를 논한다면 엉뚱한 논지가 되고 말 것은 자명하다. 오류를 뒤늦게 알게 된 연구자로서는 당황스러울 수밖에 없고, 문학사적으로는 작자를 둔갑시킨 왜곡이 아닐 수 없다.

역대의 시선집에는 이러한 작가의 오류 혹은 상이하게 표기된 예가 무수히 발견된다. 이에 본고에서는 『三韓詩龜鑑』, 『東文選』, 『靑丘風雅』, 『箕雅』, 『大東詩選』, 『海東詩選』 등에[2] 시가 뽑힌 신라·고려시대의 詩人을 대상으로 校勘作業을 하고자 한다. 각 시선집 간, 시선집과 문집 간, 시선집과 시화집·역사서·지리지 간의 대비를 통하여, 작가명이 상이하게 표기된 작품의 원작자를 비정하려는 것이다. 그러

---

1) 『국역 동문선』 권1, 민족문화추진회, 1982, p.209.

2) 역대 시선집에 대해서는 『정신문화연구』 68호, 한국정신문화연구원, 1997에서 金乾坤, 黃渭周, 李鍾默, 成範重, 安大會가 종합적으로 고찰한 바 있다.

나 교감의 도구자료가 되는 遺稿, 詩話集, 地理誌의 정확성 내지 신빙성에 태생적인 문제가 없지 않다. 고려 문인들의 유고는 시선집, 시화집, 지리지 등에서 시문을 수습한 경우가 대부분이고, 시화집은 街巷의 傳談을 기록한 내용이 많으며, 지리지의 경우 본고에서 주로 이용할 『新增東國輿地勝覽』의 題詠에 오류가[3] 더러 보이기 때문이다. 이러한 점은 본 작업의 한계이기도 하다. 따라서 본고에서는 전거자료의 부족을 시선집 자체의 편제를 분석하고 시의 내용과 작자의 관계를 구명함으로써 보완할 것이다.

오류는 편찬자, 刻手, 필사자, 식자공의 실수에서 비롯되었지만, 교감은 연구자의 몫이다. 연구자는 작자의 진위를 밝히지는 못하더라도 시선집 간에 작자명이 어떻게 상이하게 기록되어 있다는 사실만이라도 인지하고 있어야 한다. 관련 자료를 이용한 고증이나 문집에서의 확인 없이 시선집에서 함부로 인용하지 않기 위해서도 그렇다. 애써 한 연구결과가 徒勞에 그치고 狼狽를 보지 않기 위해서라도 연구자는 원전비평을 게을리하지 말아야 할 것이다.[4]

본 교감작업에 이용한 각 詩選集은 현재 학계에 널리 유통되고 있는 것들로서 판본은 아래와 같으며, 문집은 韓國文集叢刊(民族文化推進會)을 사용하였다. 이들 시선집과 문집의 異本을 교감에 반영하지 못했음을 미리 밝혀 둔다.

『三韓詩龜鑑』: 嘉靖丙寅 重刻本(二友出版社 影印本, 1980)
『東文選』: 正續編 合本 乙亥字 再印本(協成文化社 影印本, 1985)
『靑丘風雅』: 奎章閣 所藏 筆寫本(亞細亞文化社 影印本, 1980)

---

3) 안대회, 「한국 한시의 텍스트비평」, 『동방고전문학연구』 2, 동방고전문학회, 2000, pp.39~41.

4) 丁奎福, 『韓國 古典文學의 原典批評』, 새문사, 1990에서 원전비평의 중요성과 의의를 강조한 바 있다.

『箕雅』: 서울大 圖書館 所藏 正寫本(亞細亞文化社 影印本, 1980)
『大東詩選』: 亞細亞文化社 影印本, 1980
『海東詩選』: 乙丑 三刊本(彰文閣 影印本)

Ⅱ. 旣存硏究에서의 作家批正

시선집에 뽑힌 고려시대의 한시를 대상으로 작자를 批正한 성과는 李鍾文 교수와 安大會 교수의 연구에서 찾을 수가 있다. 물론 고려 문인에 대한 여타 개별연구에서도 부분적으로 작자 오류를 지적한 사례가 있지만, 여기에서는 두 논문에서의 작자 비정을 요약하여 소개함으로써, 해당 작자와 작품에 대한 본고에서의 논의에 가름하기로 한다.

이종문 교수는 『東文選』에 崔冲(984~1068)의 작품으로 뽑혀 있는 7언율시 〈示座客〉과 7언절구 〈絶句〉가 崔冲의 것이 아니라 무신집권시대의 權臣이던 崔沆(?~1257)의 작품임을 밝혔다.[5]

〈示座客〉[6]

水閣風櫺苦見招　　簿書叢裏度流年
朱櫻紫筍時將過　　紅槿丹榴態亦姸
病久却嫌邀客飮　　性慵偏喜聽鶯眠
良辰健日終難再　　急趁花開作醉仙

〈絶句〉[7]

滿庭月色無煙燭　　入座山光不速賓
更有松絃彈譜外　　只堪珍重未傳人

이 시들은 『東文選』 편찬자가 崔冲의 후손인 崔滋의 『補閑集』에서

5) 李鍾文, 「崔沆의 詩에 대하여」, 『어문논집』 26집, 고려대 국어국문학연구회, 1986.
6) 『東文選』 卷12.
7) 같은 책 卷19.

발췌한 것으로 보인다. 『補閑集』 卷中에 시화와 함께 이 시들이 수록되어 있다. 문제는 『東文選』 편찬자가 기사 중의 "侍中上柱國崔公"을 崔沖으로 오독한 것에서 비롯되었다. 물론 崔沖도 이 벼슬을 지냈지만, 崔滋는 『補閑集』에서 그의 선조에 대해 "崔文憲公沖"으로 기술했다. 이와 같이 『東文選』에 의해 이 시들이 崔沖의 작품으로 귀속된 이래, 〈絶句〉의 경우 『箕雅』(卷2), 『大東詩選』(卷1), 『海東詩選』 등 후대의 시선집에 이르기까지 그 오류가 답습되어 왔다. 심지어 최근의 문학사 및 崔沖과 관련한 연구논문에 이 시들이 인용되고, 이를 통하여 崔沖의 사상과 교육가적인 면모가 조명되기도 하였다.[8] 한편 일찍이 李晬光의 『芝峯類說』과[9] 河謙鎭의 『東詩話』에서도[10] 이 시의 작자가 崔沖이 아니라 崔沆일 것이라고 이의를 제기한 바 있다.

安大會 교수는 한시 텍스트를 접할 때 범하기 쉬운 오류를 유형별로 검토하는 과정에서,[11] 여러 시선집에 李奎報(1168~1241)의 작품으로 수록되어 있는 〈折花行〉의 작자 문제를 짚었다. 〈折花行〉은 『箕雅』 卷13, 『大東詩選』 卷1, 『海東詩選』에 李奎報의 7언고시로 뽑혀 있으나, 『東國李相國集』에는 실려 있지 않다.

〈折花行〉[12]

牧丹含露眞珠顆　　美人折得窓前過
含笑問檀郎　　　　花强妾貌强

8) 고경식, 「최충의 시문과 성격」, 『최충연구논총』, 경희대, 1984.
김성기, 「고려 전기 유학사상과 최승로・최충의 시문」, 『울산어문논집』 2집, 울산대, 1985.

9) 李晬光, 『芝峯類說』 卷13, 文章部6.

10) 河謙鎭, 『東詩話』 卷上.

11) 安大會, 전게논문.

12) 『箕雅』 卷13.

檀郎故相戱　　強道花枝好
美人妬花勝　　踏破花枝道
花若勝於妾　　今宵花與宿

이 시는 남녀 간의 사랑싸움을 제재로 한 것인데, 시의 원조는 唐나라 無名氏의 〈菩薩蠻〉이라는 詞(牧丹含露眞珠顆 美人折向庭前過 含笑問檀郎 花強妾貌強 檀郎故相惱 須道花枝好 一面發嬌嗔 碎挼花打人)이다. 이를 宋나라 張先이 뒤 2구를 "花若勝如奴 花還解語無"로 고치고, 다시 明나라의 唐寅이 이를 모방하여 〈妬花歌〉를 지었는데, 그 마지막 부분이 〈折花行〉과 유사하다고 한다.[13] 요컨대 이 작품이 우리나라에 수용되어 감상하는 과정에서 내용의 일부가 바뀌어 李奎報의 작품으로 둔갑되어버린 것이다. 따라서 결코 李奎報의 작으로 볼 수가 없는 僞作이며, 시형 또한 7언고시가 아니라 詞이다.

한편, 필자 또한 『三韓詩龜鑑』과 『東文選』 소재의 한시 작가가 여타 시선집·시화집과 달리 표기된 사례들을 각각 정리한 바 있다.[14] 그러나 상이한 사항만 제시했을 뿐, 批正에까지는 나아가지 못하였다. 또 시선집을 대상으로 작자를 비정한 것은 아니지만, 고려 중기의 유명한 시인 老峯 金克己의 시들이 조선 초기의 同名異人 池月堂 金克己의 유고로 둔갑한 사실을 밝혀낸 바 있다.[15] 곧 池月堂 金克己(광산김씨)의 후손들이 『新增東國輿地勝覽』 등에서 老峰 金克己(경주김씨)의 시문을 수습하여 『池月堂遺稿』 3卷 1冊을 편찬한 것이다.

---

13) 이상의 전거는 安大會의 전게논문에 자세히 밝혀져 있다.

14) 金乾坤, 「三韓詩龜鑑 硏究」, 『정신문화연구』 31, 한국정신문화연구원, 1986.
　　______, 「고려 한문학 연구의 현황과 쟁점」, 『한국 인문과학의 현황과 쟁점』, 한국정신문화연구원, 1998.

15) 같은 이, 「老峯 金克己와 池月堂 金克己의 '遺稿' 歸屬問題」, 『韓國漢詩硏究』 6, 한국한시학회, 1998.

Ⅲ. 歷代 詩選集의 漢詩作家 誤謬

1.『三韓詩龜鑑』

1) 林宗庇, 〈從靈通寺僧覓酒僧樽貯山泉寄來見戱〉(『三韓詩龜鑑』 卷上)

『三韓詩龜鑑』 卷上에 林宗庇의 5언율시로 〈從靈通寺僧覓酒僧樽貯山泉寄來見戱〉가 뽑혀 있는데, 『東文選』 卷9에는 〈靈通寺僧貯山泉封寄見戱〉라는 제목으로 朴公襲의 作으로 되어 있다. 『三韓詩龜鑑』의 시는 다음과 같다.

有客來相過　　囊空欠一錢
本求廬阜酒　　漫得惠山泉
虎伏林中石　　蛇懸壁上絃
屠門猶大嚼　　何況對樽前

그런데 『破閑集』 卷下에 朴公襲이 이 시를 짓게 된 일화와 함께 시가 소개되어 있어, 시의 주인은 朴公襲으로 보인다. 단지 詩語 몇 글자만 차이가 날 뿐이다. 朴公襲이 가난하게 살면서도 술을 좋아하였는데, 손님이 찾아 오자 마실 술이 없어서 영통사의 중에게 술을 보내 줄 것을 청하였더니, 중이 술병에 샘물을 가득 넣어 보내 주었다. 朴公襲은 술병을 받아 들고 돈을 한 푼도 들이지 않고 손님과 술 한 말씩 나누어 마실 수 있다고 기뻐하였으나 병을 열어 보니 물이었으므로, 자신의 안목이 넓지 못하여 늙은 놈의 꾀에 빠졌다고 한탄하며 이 시를 지어 중에게 보냈는데, 중이 시를 보고 다시 좋은 술을 보내 주었다고 한다.[16]

한편 『三韓詩龜鑑』 卷上의 편제를 살펴보면 작가별로 5언고시→5언율시→5언절구의 순으로 수록하였는데, 林宗庇는 5언절구(1수)→5언율시(위의 시)로 되어 있다. 편제의 원칙 대로라면 林宗庇의 시는 5언절구 1수이고, 5언율시(위의 시)의 주인은 다른 사람이라야 한다. 곧 林宗庇의 5언절구(1수)와 5언율시(위의 시) 사이에 朴公襲이라는 작가명이 누락된 것이다. 또 『東文選』의 林宗庇 시 〈松風亭偃松次人韻〉 다음에 이 시가 수록되어 있는 것을 볼 때 『三韓詩龜鑑』에서 작가(朴公襲) 표기가 누락되었을 가능성을 헤아릴 수 있다.

2) 林椿, 〈宴金使口號〉 · 〈與友人夜話〉(『三韓詩龜鑑』 卷中)

『三韓詩龜鑑』 卷中에 〈宴金使口號〉와 〈與友人夜話〉가 林椿의 시로 뽑혀 있다. 그러나 〈宴金使口號〉는 『東文選』 卷13, 『箕雅』 卷7, 『大東詩選』 卷1에 李仁老(1152~1220)의 작으로 되어 있고, 〈與友人夜話〉 역시 『東文選』 卷13과 『青丘風雅』 卷4에 李仁老의 시로 되어 있다. 林椿의 문집인 『西河集』에도 이 시들이 실려 있지 않기에, 『三韓詩龜鑑』의 이 시들에 대한 작자 표기는 문제가 있다. 두 시는 다음과 같다.

〈宴金使口號〉

流虹瑞節綺筵開　　共喜仙槎海上回
萬仞雲峯鼇戴出　　一封泥詔鳳銜來
香煙暗鏁芙蓉帳　　春色濃凝琥珀盃

---

16) 李仁老, 『破閑集』 卷下 : "朴君公襲 居貧嗜酒 客至無以飮 求酒於靈通寺 僧用皤腹山罇 盛以泉水 封纆甚牢固送之 朴公初見喜曰 此器可受二斗許 昔陳王 斗酒十千宴於平樂 杜子美亦曰 還須相就飮一斗 恰有三百青銅錢 今吾二人不費一錢而得美酒 各飮一斗 則酣適之興 不減於古人 開視之乃水也 恨眼目不長 落老胡計中 作詩寄之曰 有客來相過 囊中欠一錢 分爲廬岳酒 浪得惠山泉 似虎林中石 如蛇壁上弦 屠門猶大嚼 何况對樽前 僧見詩 更以美酒酬之."

醉擁笙歌乘月去　　路人爭看玉山頹

〈與友人夜話〉

試問隣墻過一壺　　擁爐相對暖髭鬚
厭追洛社新年少　　閑憶高陽舊酒徒
半夜聞鷄聊起舞　　幾廻捫蝨話良圖
胸中磊磊龍韜策　　許補征南一校無

〈宴金使口號〉는 제목에서 알 수 있는 바와 같이 금나라의 사신을 맞이하는 잔치자리에서 즉흥적으로 읊은 시이다. 무신난으로 화를 입은 林椿은 3번이나 科擧에 떨어지는 등 전혀 벼슬을 하지 못하였기 때문에, 그러한 잔치자리에 참석할 수 있는 처지가 아니었다. 반면 李仁老는 뒤늦게 벼슬에 나아가 한림학사까지 지냈던 인물이다. 당시 두 사람의 입지에 비추어 李仁老의 작으로 보는 것이 보다 타당할 듯하다. 〈與友人夜話〉는 竹高七賢과의 淸談을 소재로 한 시로, 두 사람 모두 그 구성원이었기에 이 시의 작자가 될 수 있다. 그러나 『三韓詩龜鑑』과 『東文選』에 공히 〈宴金使口號〉 바로 다음에 이 시가 수록되어 있어서, 앞 시가 李仁老의 작이라면 뒷 시도 그의 작품일 가능성이 큰 것으로 볼 수가 있다.

한편 『三韓詩龜鑑』의 편제를 살펴보면 卷中에는 작자별로 7언율시→7언절구의 순서 대로 수록하였는데, 林椿의 경우 7언율시(8수)→7언절구(2수)→7언율시(2수)로 싣고, 이어서 李仁老의 7언절구(10수)→金克己의 7언율시(7수)→7언절구(11수)가 차례로 실려 있다. 곧 林椿은 7언율시가 2번 실리고 李仁老의 7언율시는 뽑히지 않은 것으로 되어 있다. 이는 林椿과 李仁老 사이에 錯簡이 일어난 것으로, 林椿의 뒷 7언율시 2수인 〈宴金使口號〉와 〈與友人夜話〉가 李仁老의 것임을 시사해 준다. 따라서 『三韓詩龜鑑』 卷中의 李仁老에 대한 작자 표기도 〈宴

金使口號〉 앞으로 이동시켜야 체재상 맞게 된다.

2. 『東文選』

1) 韓脩, 〈木落〉·〈寄密城李使君釋之〉(『東文選』 卷10)

『東文選』 卷10에 韓脩(1333~1384)의 5언율시로 〈夜座次杜工部詩韻〉, 〈奉和韓山君所示〉, 〈木落〉, 〈寄密城李使君釋之〉가 뽑혀 있다. 그런데 〈木落〉과 〈寄密城李使君釋之〉는 韓脩의 문집인 『柳巷詩集』에는 없고, 鄭樞(1333~1382)의 문집인 『圓齋藁』 卷上에 실려 있다. 이 두 작품은 『東文選』에만 뽑혀 있는데, 韓脩와 鄭樞가 동갑인 관계로 그들의 시가 나란히 수록되어 있다. 『東文選』의 수록순서는 다음과 같다.

韓　脩, 〈夜座次杜工部詩韻〉
〈奉和韓山君所示〉
〈木落〉
〈寄密城李使君釋之〉
鄭　樞, 〈宿驪興淸心樓〉
金九容, 〈送郭九疇檢校〉

〈木落〉과 〈寄密城李使君釋之〉가 鄭樞의 『圓齋藁』에 실려 있는 점을 염두해 두고 위 『東文選』의 편제를 살펴보면, '鄭樞'라는 작자 표기가 두 작품 뒤로 밀렸음을 알 수가 있다.

2) 釋 始寧, 〈前用王文公起聯中生字爲韻似聞藥省諸郎皆次林拾遺詩韻依樣更呈〉(『東文選』 卷14, 『大東詩選』 卷11, 『海東詩選』)

『東文選』 卷14에 고려 중기의 白蓮結社와 관련한 9명의 蓮社詩가 차례로 실려 있다. 작자는 李藏用(2수), 林桂一(2수), 金祿延(1수), 釋 始寧(1수), 李穎(1수), 釋 眞靜(6수), 柳璥(1수), 鄭興(6수), 金惰(1수)이다. 이 시들은 俗弟子들이 釋 眞靜에게 시를 지어 바치고, 眞靜이 그들의 시에 次韻하여 答하는 형식으로 되어 있다. 여기에서 주목해야 할 것은 釋 始寧과 釋 眞靜 그리고 柳璥의 관계이다. 始寧과 眞靜의 시를 인용하면 다음과 같다.

> 始寧, 〈前用王文公起聯中生字爲韻似聞藥省諸郎皆次林拾遺詩韻依樣更呈〉
> 一葉秋來起浩然　年經年復幾年年
> 那知陌巷搖搖柳　元是淤泥濯濯蓮
> 白菊籬邊篁韻碎　紫苔庭畔樹陰圓
> 長沙隻眼雖云在　一點靈犀露短篇

> 眞靜, 〈奉答柳平章蓮字詩寄呈〉
> 黑頭黃閣坐魁然　知是生當五百年
> 大手四分蟾窟桂　香根幾種鷲峯蓮
> 早曾厭飫空門味　況復虛明古鏡圓
> 更有故藏彌露處　韓公鉞與謝公篇

두 시의 韻字를 비교해 보면 然, 年, 蓮, 圓, 篇이 平聲 先韻으로 같다. 始寧의 呈詩에 眞靜이 次韻하여 答했음을 알 수가 있다. 따라서 眞靜의 詩題에 있는 '柳平章'은 始寧과 동일 인물로 볼 수 있다. 또 始寧의 시제에 '更呈'이라 한 것에서 이 시에 앞서 眞靜에게 시를 지어 바친 사실이 있음도 헤아릴 수 있다. 앞서 바친 시는 柳璥(1211~1289)의 〈林拾遺來示參社詩因書以呈〉[17]으로 확인된다. 곧 始寧은 柳璥과 동일

17) 『東文選』 卷14, 柳璥, 〈林拾遺來示參社詩因書以呈〉: "天德當年鬢兩靑 肩隨處處幾論情 白蓮魂夢無虛夕 黃閣功名誤半生 定罷側身松月白 齋餘洗足石泉淸 莫教紅葉封苔逕 投紱他時倘可行"

인물인 것이다. 柳璥과 始寧의 관계는 다음 자료를 통하여 설명할 수 가 있다.

> 始寧柳氏는 국초로부터 저명한 성씨가 되었다. 대승공 車達이 있었는데 태조를 도와 공이 있었고, 그의 7세손 문간공 公權은 문학으로 대정에 참여하였고 우복야 澤을 낳았으며, 복야공이 시중 문정공 璥을 낳았다.[18]

위에서 보면 始寧은 柳氏의 貫鄕이다. 곧 始寧柳氏는 文化柳氏이며, 始寧은 황해도 文化縣의 옛 이름이다. 고구려 때 闕口縣으로 불리다가 고려 초기에 儒州로 고치고 成宗 때 始寧으로 바뀌었는데, 예종 1년에 다시 儒州로 복귀시키고 監務를 두었다가 고종 46년(1259)에 柳璥의 고향이라 하여 文化로 개칭하고 縣으로 승격시켰다.[19]

이상을 정리하면, 柳璥이 釋 眞靜에게 〈林拾遺來示參社詩因書以呈〉이라는 시를 바치고, 이어서 두번째 시 〈前用王文公起聯中生字爲韻似聞藥省諸郎皆次林拾遺詩韻依樣更呈〉를 바치면서 이름 대신 그의 貫鄕인 始寧을 썼던 것으로 파악할 수 있다. 이를 『東文選』의 편찬자가 釋名으로 오인하여 柳璥의 시와 별도로 뽑음으로써, 『大東詩選』과 『海東詩選』에서도 같은 잘못을 저지르게 된 것이다.

3) 崔讜, 〈馬上寄人〉 三首(『東文選』 卷19)

『東文選』 卷19에 崔讜(1135~1211)의 작품으로 5언절구 〈馬上寄

18) 李齊賢, 『益齋亂稿』 卷7, 〈卞韓國大夫人柳氏墓誌銘〉 : "始寧柳氏 自國初爲著姓 有大丞車達者 佐太祖有功 其七世孫文簡公諱公權 以文學參大政 生右僕射諱澤 僕射生侍中文正公諱璥."

19) 『東國輿地勝覽』 文化縣沿革 : "古檀君朝鮮時 唐藏京 至高句麗 稱闕口縣 高麗初 改儒州 成宗時 改始寧 顯宗戊午 屬豊州 睿宗丙戌 復儒州 置監務 高宗己未 以衛社功臣柳璥之鄕 改稱文化 陞爲縣令"(『文化柳氏檢漢城公波譜』에서 再引用)

人〉三首가 뽑혀 있다. 시는 다음과 같다.

崔讜, 〈馬上寄人〉三首
迴首海陽城　　傍城山嶙峋
山遠已不見　　況是城中人
看山帶慘色　　聽水帶愁聲
此時借何物　　能得慰人情
一別有一見　　暫別又何傷
情知不再見　　斷腸仍斷腸

위의 시는 『三韓詩龜鑑』 卷上에도 뽑혀 있는데, 林宗庇와 崔讜의 작품으로 나뉘어 있다. 해당 부분을 인용하면 다음과 같다.

學士 林宗庇, 〈馬上寄人〉
迴首海陽城　　傍城山嶙峋
山遠已不見　　況是城中人

〈從靈通寺僧覔酒僧樽貯山泉寄來見戲〉
有客來相過　　囊空欠一錢
本求廬阜酒　　漫得惠山泉
虎伏林中石　　蛇懸壁上絃
屠門猶大嚼　　何況對樽前

平章 崔讜, 〈送人〉
看山帶慘色　　聽水帶愁聲
此時惜何物　　能得慰人情

〈又〉
一別有一見　　暫別又何傷
情知不再見　　斷腸仍斷腸

위의 『三韓詩龜鑑』과 『東文選』에 실린 시들을 비교해 보면, 『東文選』 소재 崔讜의 〈馬上寄人〉 三首는 林宗庇의 〈馬上寄人〉 1수와 崔讜의 〈送人〉 2수가 錯簡된 것임을 알 수가 있다. 『三韓詩龜鑑』의 林宗庇 시로 되어 있는 〈從靈通寺僧覓酒僧樽貯山泉寄來見戱〉는 앞서 살펴본 바와 같이 朴公襲의 작이다. 이 시를 제외한 두 시의 작자와 시제가 뒤섞여버린 것이다. 곧 이들 시에 대한 『東文選』의 작자 및 제목 표기는 잘못된 것이며, 『三韓詩龜鑑』의 것이 옳다고 할 것이다.

4) 金富儀, 〈江陵送安上人之楓岳〉·〈水多寺〉·〈僧舍晝眠〉(『東文選』 卷19)

『東文選』 卷19에 金富儀(1079~1136)의 7언절구로 〈江陵送安上人之楓岳〉과 〈僧舍晝眠〉이 뽑혀 있다. 〈江陵送安上人之楓岳〉은 『大東詩選』 卷1에도 金富儀의 작으로 되어 있다. 그러나 『三韓詩龜鑑』 卷中에는 〈江陵送安上人之楓岳〉과 〈僧舍晝眠〉이 權適(1094~1146)의 시로 되어 있다.

〈江陵送安上人之楓岳〉

江陵日暖花先發　　楓岳天寒雪未消
翻笑上人山水癖　　未能隨處作逍遙

〈僧舍晝眠〉

天靜無氛麗景遲　　僧家良與睡相宜
無人喚起華胥夢　　盡日踈簾寂寞垂

『三韓詩龜鑑』에는 金富儀의 시가 1수도 뽑혀 있지 않으며, 『東文選』에는 權適의 시로 5언율시 〈朝宋路上寄諸友〉와 7언절구 〈安北寺詠竹〉

이 실려 있다. 그런데 崔滋의 『補閑集』 卷上에 權適의 행적과 함께 〈江陵送安上人之楓岳〉이 소개되어 있어, 이 시의 작자가 權適임을 뒷받침해 준다.

> 학사 權適이 국표를 받들고 송나라에 유학가면서 노상에서 문렬공과 여러 벗에게 부친 시에 이르기를 …… 했고, 몇 해가 안되는 동안 청요직을 두루 역임하고 사방으로 사신 다니면서 제영한 것이 자못 많은데, 일찍이 낙안북사에서 대나무를 읊은 시에 …… 했고, 안선로를 풍악으로 보내는 시에서는 … (위에 인용한 시) … 했으며, 정지방이라는 시에서는 …… 했다. 무릇 題詠과 和贈이 수십 권에 이르지만 모두 흩어져 없어지고, 지금 겨우 20여 수를 얻으니 모두 장편이다. 다만 그 중에서 절구와 4운 각각 2수를 취하여 기록한다.[20]

노상에서 문렬공 김부식과 여러 벗에게 부친 시는 『東文選』에 뽑힌 〈朝宋路上寄諸友〉이고, 낙안북사에서 대나무를 읊은 시는 『東文選』의 〈安北寺詠竹〉[21]이며, 安禪老를 풍악으로 보내는 시는 〈江陵送安上人之楓岳〉이다. 崔滋는 『補閑集』에서 權適의 宋나라 유학, 송황제의 厚待와 국학에서의 공부, 송나라 과거에의 합격, 귀국 시 예종의 환대, 역임한 벼슬, 題詠과 風格 등을 자세히 언급하고 있어, 작자에 대한 기록의 신빙성이 높아 보인다. 특히 崔滋의 할머니가 權適의 딸이었던 점을[22] 감안하면, 崔滋가 權適에 대하여 세세히 알고 있었음이 분명하다. 따

20) 崔滋, 『補閑集』 卷上 : "權學士適 奉國表遊學於宋 路上寄文烈公及諸友曰 …… 不數年間 備歷淸要 使於四方 題詠頗多 嘗於樂安北寺詠竹云 …… 送安禪老之楓岳云 江陵日暖花初發 楓岳天寒雪未消 翻笑上人山水癖 未能隨處作逍遙 亭止房云 …… 凡題詠和贈 至數十卷 皆散亡 今纔得二十餘首 率皆長篇 但取其中絶句四韻各二首錄之."

21) 崔滋의 위 기록에 의하면, 〈安北寺詠竹〉은 〈樂安北寺詠竹〉의 잘못이다.

22) 崔滋, 같은 책 卷下 : "權學士適 入中朝擢甲科 天子嘉之 …… 學士有二男一女 女卽吾祖母也."

라서 『三韓詩龜鑑』의 작자 기록이 옳다고 볼 수 있으며, 〈江陵送安上人之楓岳〉과 〈僧舍晝眠〉을 權適의 작품으로 인정하는 것이 타당하다.

한편 『東文選』 卷19에는 金富儀의 7언절구로 〈登智異山〉, 〈洛山寺〉, 〈江陵送安上人之楓岳〉, 〈水多寺〉, 〈僧舍晝眠〉이 차례로 실려 있는데, 〈江陵送安上人之楓岳〉과 〈僧舍晝眠〉이 權適의 것이라면 두 작품의 사이에 있는 〈水多寺〉도 權適의 시일 가능성이 크다.

5) 林宗庇, 〈和〉(『東文選』 卷19)

『東文選』 卷19에 林宗庇의 작품으로 〈喜舍弟新除翰林〉과 〈和〉가 연이어 뽑혀 있다. 시를 차례로 보이면 다음과 같다.

〈喜舍弟新除翰林〉

雁行聯拜玉堂春　　屈指于今有幾人
想得入花甎上過　　傾朝應羨寵光新

〈和〉

宸極恩波暖似春　　雁行繼作玉堂人
閑從院吏徵前事　　演誥花牋墨尙新

여기에서 문제는 두번째 작품인 〈和〉를 林宗庇의 작으로 볼 수 없다는 데 있다.[23] 林宗庇가, 아우가 새로 한림에 제수된 것을 기뻐하여 앞의 시를 짓고, 그의 아우가 이 시에 차운하여 아래의 和答詩를 지은 것으로 보아야 형식적으로나 논리적으로 맞다. 내용적으로도 〈和〉의 轉句와 結句에서 형과 아우의 관계를 읽을 수가 있다. 곧 아우가 새로 한림으로 부임하여 지난 적 형이 한림으로 있을 때 지은 誥命을 보고

23) 『국역 동문선』 권2에서도 이 점을 지적하여 註로 밝힌 바 있다.

"墨尙新"이라 감회를 피력한 것이다. 따라서 〈和〉는 林宗庇의 동생인 林民庇(?~1193)의 작으로 보아야 타당할 것이다.

6) 鄭可臣, 〈雲〉(『東文選』 卷20, 『大東詩選』 卷1)

『東文選』 卷20과 『大東詩選』 卷1에 鄭可臣(?~1298)의 7언절구로 〈雲〉이 뽑혀 있는데, 『三韓詩龜鑑』 卷中에는 李承休(1224~1300)의 작으로 되어 있다. 그러나 李承休의 문집인 『動安居士集』에는 이 시가 실려 있지 않다. 시는 다음과 같다.

一片纔從泥上生　　東西南北已縱橫
謂爲霖雨蘇群槁　　空掩中天日月明

그런데 李齊賢은 『櫟翁稗說』에서 張鎰의 〈昇平燕子樓〉, 郭預의 〈壽康宮逸鶴〉, 鄭允宜의 〈贈廉使〉와 함께 이 시를 李承休의 작품으로 제시하며 結句(空掩中天日月明 : 공연히 하늘의 해와 달을 가리네)를 염두에 두고 諷諭를 내포하고 있다고 평가하였다.24)

徐居正은 官撰인 『東文選』에서는 이 시의 작자를 鄭可臣이라 하였는데, 私撰인 『東人詩話』에서는 李承休라 하였다. 『東文選』 편찬에서는 총책임자의 역할을 하였을 뿐 시 한 편 한 편에 신경을 쓰지 못하였던 반면, 『東人詩話』는 자신의 비평관에 따라 직접 집필하였기에, 작자 문제의 경우 후자에 더 신빙성을 둘 수가 있다. 『東人詩話』에서의 비평은 다음과 같다.

---

24) 李齊賢, 『櫟翁稗說』 後集2 : "張章簡鎰昇平燕子樓詩云 …… 郭密直預壽康宮逸鶴詩云 …… 李動安承休詠雲詩云 一片忽從泥上生 東西南北便縱橫 謂成霖雨蘇群槁 空掩中天日月明 鄭密直允宜贈廉使云 …… 令人喜稱之 然章簡感舊而作無他義 三篇皆含諷諭 鄭郭微而婉."

> 동안거사 李承休가 구름을 읊은 시 「一片纔從泥上生 東西南北已縱橫 謂爲霖雨蘇群槁 空掩中天日月明」은 자못 譏諷을 담고 있다. 李承休는 충렬왕조에 벼슬하여 어사가 되었는데, 言事로 벼슬에서 밀려나 두타산에 들어가 살면서 종신토록 벼슬하지 않았다. 대개 구름이 해와 달을 가린다는 표현으로써 뭇 소인들이 임금을 가리는 상황을 비유하였다. 내가 일찍이 승려 奉忠의 〈贈章惇夏雲詩〉「如峰如火復如綿 飛過微陰落檻前 大地生靈乾欲死 不成霖雨謾遮天」을 보았는데, 李承休의 시는 실로 봉충의 시에 근본을 두고 있으나 말과 뜻이 모두 원만하다.[25]

徐居正은 『東人詩話』에서 〈雲〉의 작자로 李承休를 들고 그의 행적을 소개하는 한편, 이 시의 譏諷을 지적하고 宋나라 승려 奉忠의 〈贈章惇夏雲詩〉에서 點化했음을 밝히고 있다.

한편 李睟光은 『芝峯類說』에서, 李齊賢이 李承休의 이 시를 칭찬했으나 宋詩(奉忠)의 뜻을 襲用했으므로 칭찬한 것이 못된다고 폄하한 바 있다.[26] 李睟光은 李齊賢의 『櫟翁稗說』과 徐居正의 『東人詩話』를 모두 참조한 것으로 보인다.

『東文選』에서 작자 표기가 잘못된 것은 李承休라는 작자명이 누락됨으로써 앞의 작자인 鄭可臣의 작품으로 되어버린 경우로 보인다. 『東文選』에는 李承休의 시로 7언율시 2수가 뽑혀 있는데, 7언율시의 작자 배열이 鄭可臣 → 安珦 → 李尊庇 → 李承休의 순서로 되어 있다. 이

25) 徐居正, 『東人詩話』 卷上 : "動安居士李承休詠雲詩 一片纔從泥上生 東西南北已縱橫 謂爲霖雨蘇群槁 空掩中天日月明 頗含譏諷 承休仕忠烈朝爲御史 言事落職 卜居頭陀山 終身不仕 盖以雲之掩日月 以比群小壅蔽之狀 予嘗見僧奉忠贈章惇夏雲詩 如峰如火復如綿 飛過微陰落檻前 大地生靈乾欲死 不成霖雨謾遮天 李詩實祖於忠 而詞意俱圓."

26) 李睟光, 『芝峯類說』 卷13 : "李承休詠雲詩曰 一片纔從泥上生 東西南北便縱橫 謂成霖雨蘇群槁 空掩中天日月明 李齊賢稱之 然此詩全用宋詩不成霖雨謾遮天之意 恐不足稱也."

순서를 7언절구(〈雲〉)에 원용하면, 『東文選』에는 安珦과 李尊庇의 7언 절구가 뽑히지 않았으므로, 〈雲〉에 표기되어야 할 작자명(李承休)이 빠짐에 따라 앞 작자(鄭可臣)로 귀속되었을 가능성을 엿볼 수 있다. 『大東詩選』은 『東文選』의 오류를 답습한 것이다.

3. 『青丘風雅』

1) 李仁復, 〈短歌行〉·〈貞觀吟楡林關作〉·〈青苔歌〉·〈胡馬吟新買生馬作〉(『青丘風雅』 卷2)

『青丘風雅』 卷2에 李仁復(1308~1374)의 7언고시로 〈己酉五月十二日入試院作〉, 〈短歌行〉, 〈貞觀吟楡林關作〉, 〈青苔歌〉, 〈胡馬吟新買生馬作〉 등 5편이 차례로 뽑혀 있다. 그러나 뒷 4작품은 여타 시선집에 李穡의 作으로 되어 있고, 『牧隱詩藁』에서도 수록이 확인된다.

詩題	『東文選』	『青丘風雅』	『箕雅』	『大東詩選』	『牧隱詩藁』
〈短歌行〉		卷2 (李仁復)	卷13 (李穡)		卷7
〈貞觀吟〉	卷8 (李穡)	卷2 (李仁復)	卷13 (李穡)	卷1(李穡)	卷2
〈青苔歌〉		卷2 (李仁復)			卷8
〈胡馬吟〉		卷2 (李仁復)	卷13 (李穡)		卷3

李穡은 〈短歌行〉을 여러 편 지었는데, 시선집에 뽑힌 이 작품 외에도 『牧隱詩藁』 卷6, 17, 20, 24, 26에 5편이 더 있다. 또 〈青苔歌〉 처럼 7언고시의 詩題에 '~歌'라는 제목을 즐겨 붙인 것으로 보이는데, 『東文選』에서 〈詩酒歌〉, 〈燕山歌〉, 〈天寶歌過薊門有感而作〉, 〈青行纏歌〉, 〈醉中歌〉, 〈鴟夷子歌〉 등을 확인할 수가 있다. 〈貞觀吟〉, 〈胡馬吟〉

같은 '～吟'의 경우도 『東文選』에 〈狂吟〉이 뽑혀 있다.

『靑丘風雅』에 뽑힌 〈己酉五月十二日入試院作〉은 『東文選』 卷7에도 李仁復의 작으로 되어 있어 굳이 의심할 필요가 없겠으나, 다음에 실린 〈短歌行〉에 대한 金宗直의 註釋은 이하 4편의 작자가 李穡임을 분명히 해 준다.

> 公中元朝制科 勅授應奉翰林文字 累遷征東行省左右司郎中 見天下將亂 母且老 棄官而東歸 此詩 當此時作.[27]

李仁復이 1342년(충혜왕 복위3) 원나라에 가서 制科에 급제하고 大寧路錦州判官의 벼슬을 받고 돌아왔던[28] 반면, 李穡은 1354년 원나라 會試에 1등, 殿試에 2등으로 합격하고 원나라에서 應奉翰林文字承事郎同知制誥兼國史院編修官 등을 역임하고 귀국하였다.[29] 따라서 『靑丘風雅』에서 이 4작품의 작자가 李仁復으로 된 것은 편찬(필사)과정에서 〈短歌行〉에 붙어야 할 '李穡'이라는 작자명이 누락된 결과라고 하겠다. 한편 徐居正은 『東人詩話』에서 李穡의 〈貞觀吟〉이 뛰어나게 건장하고 장쾌하다고 평가한 바 있다.[30]

2) 崔惟淸, 〈御苑種仙桃〉(『靑丘風雅』 卷3, 『箕雅』 卷11, 『大東詩選』 卷1)

〈御苑種仙桃〉라는 5언율시가 『東文選』 卷11, 『靑丘風雅』 卷3, 『箕雅』 卷11, 『大東詩選』 卷1에 뽑혀 있는데, 『東文選』에서는 작자를 崔惟善

---

27) 金宗直, 『靑丘風雅』 卷2, 〈短歌行〉 註.
28) 『高麗史』 卷112, 〈李仁復列傳〉.
29) 같은 책 卷115, 〈李穡列傳〉.
30) 徐居正, 『東人詩話』 卷下 : "牧隱貞觀吟 豪健快壯 其一聯曰 …… 未知牧老何從得此."

이라 하고, 나머지 시선집에서는 崔惟淸이라 하였다. 『東文選』의 시는 다음과 같다.31)

御苑桃新種　移從閬苑仙
結根丹地上　分影紫庭前
細葉看如畵　繁英望欲燃
品高鷄省樹　香按獸爐煙
天近知春茂　晨淸帶露鮮
是應王母獻　聖壽益千年

뽑힌 곳의 작자명이 많은 것으로 보면 작자가 崔惟淸일 듯하나, 『補閑集』 卷上에 崔惟善이 이 시를 짓게 된 상황과 함께 시가 자세히 소개되어 있다. 이 시는 崔惟善이 현종 22년 簾前試에서 임금에게 지어 바친 것이다. 당시 과거시험에서 〈君猶舟〉라는 賦題와 〈御苑種仙桃〉라는 詩題가 내려졌는데, 崔惟善이 지은 시와 부가 장원에 뽑혔다. 따라서 그는 곧바로 한림에 들고 7품관에 제수되는 영예를 차지하였다.32) 요컨대 이 시는 崔惟善의 출세작이라 할 수가 있다. 『靑丘風雅』의 이 시에 대한 註釋에도 『補閑集』의 기사가 요약되어 있는데, 작자를 崔惟淸으로 기록한 것은 착각으로 보이며, 『箕雅』와 『大東詩選』에서도 오류를 답습하고 있다.

崔惟善(?~1075)은 海州崔氏로 그의 아버지는 海東孔子 崔冲(文憲公)이다. 아들 崔思齊(良平公)와 손자 崔瀹도 文翰으로 이름이 높았으

31) 『東文選』에서는 詩題를 〈御苑仙桃〉라 하였다.

32) 崔滋, 『補閑集』 卷上 : "鄭中丞敍雜書 載崔侍中惟善閨情詩云 …… 始公於顯廟二十二大平十年 赴簾前試 上謂侍臣曰 華國文章 花月亦與其末 朕欲幷試要其捷疾 先放賦題君猶舟 及賦畢就方寫 乃署詩題御苑種仙桃 公卽應題 直書名紙曰 御苑桃新種 …… 聖壽益千年 詩與賦俱稱旨 御手批爲牓元 詔入翰林直除七品."

며, 『補閑集』의 저자인 崔滋(文清公)는 그의 6世孫이다.[33] 崔滋가 그의 조상의 일을 기록했기에, 이 시의 작자가 崔惟善이라는 점은 더욱 분명해진다.

崔惟清(1095~1174)은 昌原崔氏로 아버지가 崔奭이며, 아들 중 崔讜(靖安公)과 崔詵(文懿公)이 당대에 유명하였다.[34]

3) 鄭樞, 〈寄無說師〉(『青丘風雅』 卷7)

『青丘風雅』 卷7에 鄭樞(1333~1382)의 7언절구로 〈寄無說師〉가 뽑혀 있는데, 『箕雅』 卷2, 『大東詩選』 卷1, 『海東詩選』에는 작자가 金齊顔(?~1368)으로 되어 있다.

世事紛紛是與非　　十年塵土汚人衣
落花啼鳥春風裏　　何處青山獨掩扉

우선 이 시가 鄭樞의 『圓齋藁』에 실려 있지 않고, 여타 시선집에서 작자를 金齊顔이라 기록했을 뿐만 아니라, 『小華詩評』에도 金齊顔의 시로 소개되어 있어 작자를 단정하는 것은 어렵지 않다.

> 金齊顔은 金九容의 아우로 辛旽을 죽이려 모의하다가 일이 누설되어 죽임을 당하였다. 그가 일찍이 無說師에게 보낸 시에 이르길 "세상 일 옳다 그르다 시끄럽기만 하니, 진토에 머문 십 년 내 옷만 더럽혔네. 봄바람 속에 꽃 지고 새 우는데, 청산 어느 곳에 그대 홀로 사립 닫고 사는가?"라 하였다. 세상을 피해 은둔하려는 뜻이 담겨 있지만 끝내 스스로 도모하지 못했으니 애석하다.[35]

33) 『高麗史』 卷95, 〈崔惟善列傳〉.
34) 같은 책 卷99, 〈崔惟清列傳〉.
35) 洪萬宗, 『小華詩評』 卷上 : "金齊顔 九容之弟也 謀誅辛旽 事泄見殺 嘗有寄無

洪萬宗은 金齊顔이 무열에게 부친 시에서 처럼 은둔할 뜻을 가졌으나 실행하지 못함으로써, 결국 辛旽에게 죽임을 당해 생명을 보전하지 못한 것이 애석하다고 평했다. 金齊顔은 金九容(1338~1384. 初名:齊閔)의 동생으로 벼슬이 內書舍人에 이르렀으며, 1368년 金精, 金龜寶, 尹希宗, 李元林 등과 함께 辛旽을 제거하려는 모의를 한 바 있다.[36] 無說은 당시에 釋翰林으로 불릴 만큼[37] 文翰에 능했던 승려로, 특히 牧隱 李穡(1328~1396)과 교유가 깊었으며,[38] 나주 湧珍寺 克復樓의 記文을 지었다.[39]

한편 『靑丘風雅』의 작가 목록인 〈諸賢姓氏事略〉에는 金齊顔이 金九容 다음에 소개되어 있으나, 정작 詩選에는 그의 이름으로 뽑힌 시가 한 편도 없다. 이는 〈寄無說師〉가 鄭樞의 작이 아니라 金齊顔의 작품임을 반증하는 것이다.

4) 元松壽, 〈寄妻兄閔及庵〉(『靑丘風雅』 卷7, 『箕雅』 卷2, 『大東詩選』 卷1)

〈寄妻兄閔及庵〉이라는 시가 『靑丘風雅』 卷7, 『箕雅』 卷2, 『大東詩選』 卷1에는 元松壽(1323~1366)의 작으로 되어 있고, 『東文選』 卷21에는 白彌堅의 작으로 되어 있다. 시는 다음과 같다.

說師詩曰 世事紛紛是與非 十年塵土汚人衣 落花啼鳥春風裏 何處靑山獨掩扉 有遁世之意 而竟不自謀 惜哉."

36) 『高麗史』 卷104, 〈金齊顔列傳〉.

37) 李穡, 『牧隱詩藁』 卷7, 〈正月下澣得南來書因憶諸公無說長老〉: "無說山人釋翰林 相望海角歲年深."

38) 李穡이 無說과 관련하여 지은 시가 『牧隱詩藁』에 여러 편 보인다. 〈因憶無說〉(卷14), 〈得燕谷住持印牛書送茶且托玉龍瑞龍田稅事又得無說書亦如之〉(卷26), 〈代書奉答無說長老〉(卷27), 〈得無說書〉(卷30).

39) 鄭道傳, 『三峯集』 卷4, 〈無說山人克復樓記後說〉.

笛聲江郡落梅花　강 마을 젓대소리는 〈落梅花〉 곡조인데
西望長安日已斜　서쪽 장안 바라보니 해는 이미 기우네.
栗里舊居楊柳在　율리의 옛집에는 버드나무 있거늘
不知春色屬誰家　알지 못하겠네, 봄빛이 누구 집에 붙었는지.

이 시의 주인을 밝히기 위해서는 及庵 閔思平(1295~1359)과 누가 妻兄關係에 있는가를 살피면 된다. 妻兄은 손위 동서 혹은 처남이다. 元松壽는 權廉의 막내딸과 결혼했고,[40] 閔思平은 金倫의 큰딸과 결혼했으므로[41] 동서간이나 처남 남매간이 될 수가 없다. 따라서 白彌堅이 閔思平과 妻兄關係가 될 가능성이 높으나, 그의 생평에 대한 기록을 찾기가 어렵다. 그런데 金倫의 둘째 딸이 金輝南에게 시집갔으므로, 閔思平과 白彌堅은 동서간이 될 수가 없다. 한편 閔思平의 아버지에게 딸 셋이 있었는데, 모두 世家에 출가했다는 기록을[42] 참조하면 그중 한 명이 白彌堅과 결혼했을 가능성이 크다. 이럴 경우 閔思平은 白彌堅의 처남이 된다.

白彌堅은 字가 介夫이며, 忠定王 2년(1350) 9월에 左獻納으로 있으면서 前 典客侍丞 金仁琯과 함께 元나라 制科에 응시하여 합격하고, 귀국하여 벼슬이 右獻納에 이르렀다고 한다.[43] 위의 시는 金宗直이 "有去國離家之感"이라 註를 붙인 바와 같이,[44] 그 내용으로 보아 고향을 떠나 있으면서 지은 것이다. 詩句 중의 '落梅花'(晉나라 桓伊가 지은

40) 李穡, 『牧隱文藁』 卷16, 〈權廉墓誌銘〉.

41) 李齊賢, 『益齋亂藁』 卷7, 〈金倫墓誌銘〉.

42) 같은 이, 〈閔頔墓誌銘〉 (국립중앙박물관 NO.신5872).

43) 『高麗史節要』 卷26, 忠定王 2年 9月 : "遣左獻納白彌堅前典客侍丞金仁琯 應擧于元."
鄭誧, 『雪谷集』 卷上, 〈送白書記彌堅赴忠州幕〉 註 : "彌堅字介夫 至正中 登元朝制科 仕本國 累官至右獻納."

44) 金宗直, 『青丘風雅』 卷7, 元松壽, 〈寄妻兄閔及庵〉 註.

曲調名)와 '西望長安'을 통하여 중국에서 지은 것임을 헤아릴 수 있다. 따라서 白彌堅의 작이라면 元나라 制科에 응거하러 중국에 갔을 때 고향을 생각하며 閔思平에게 지어 부친 것으로 볼 수가 있다. 한편 元松壽는 忠定王 3년에 서해도 안렴사로 외직에 나가고 홍건적의 난 때 왕을 호종하여 피난한 것 외에는 중앙에서 근무하였으며, 中國 使行은 확인되지 않는다.45) 그러나 白彌堅의 시는『東文選』卷18에 7언배율 〈晉州矗石樓次鄭勉齋韻〉 1수가 더 뽑혀 있고,『靑丘風雅』,『箕雅』,『大東詩選』에는 전혀 뽑히지 않아 시선집의 편제상 元松壽와의 작가 錯亂을 헤아리기가 어렵다.

4.『箕雅』

1) 陳澕,〈春〉·〈秋〉(『箕雅』 卷2)

『箕雅』 卷2에 陳澕의 7언절구로 〈春晚〉, 〈柳〉, 〈春興〉, 〈春〉, 〈秋〉가 차례로 뽑혀 있다. 그런데 〈春〉과 〈秋〉의 경우『東文選』卷20,『靑丘風雅』卷6,『大東詩選』卷1에는 작자가 그의 동생인 陳溫으로 되어 있다. 한편 洪萬宗이 陳澕의 시문을 輯佚한『梅湖遺稿』에도 이 두 작품은 실려 있지 않다. 먼저『靑丘風雅』와『箕雅』의 편제를 비교하기로 한다.

『靑丘風雅』 卷6	『箕雅』 卷2
陳澕, 〈春晚〉 〈柳〉 陳溫, 〈春〉 〈秋〉	陳澕, 〈春晚〉 〈柳〉 〈春興〉 〈春〉 〈秋〉

45)『高麗史』卷107, 〈元松壽列傳〉.

『箕雅』 卷2에 뽑힌 〈春興〉은 〈野步〉로도 불리며, 『三韓詩龜鑑』 卷中, 『東文選』 卷20, 『大東詩選』 卷1에도 선발되어 있는 陳澕의 대표작이다. 위 비교표를 살펴보면 『箕雅』 卷2의 〈春〉, 〈秋〉 앞에 '陳溫'이라는 작자명이 누락되었을 가능성을 엿볼 수가 있다. 『箕雅』의 作家目錄에는 陳澕와 陳溫을 나란히 들고, 진온에 대하여 "澕之弟 高宗時登第"라고 소개하고 있다. 그런데 정작 陳溫의 이름으로 뽑힌 시는 1편도 없다. 이는 곧 작가명이 누락되었음을 반증하는 것이다.

『東文選』에 따르면 〈春〉과 〈秋〉는 陳溫의 〈四時詞〉(春, 夏, 秋, 冬) 중 2수이다. 陳澕의 유고를 편찬한 洪萬宗은 『小華詩評』에서 두 형제의 시를 다음과 같이 평한 바 있다.

> 매호 진화는 시를 짓는데 민첩하여 백운 李奎報와 이름을 나란히 하였다. 그가 버들(柳)을 읊은 시에 …… 라 하였는데, 流麗하여 가히 읊을 만하다. 그의 아우 진온 또한 시에 능하였다. 가을(秋)을 읊은 시에 …… 라 하였는데, 부귀한 사람의 기상을 잘 묘사했다.[46]

洪萬宗은 두 사람의 시의 풍격을 비교 평가하는 한편, 〈秋〉를 陳溫의 시로 분명히 인지하고 있음을 볼 수가 있다. 따라서 그는 『梅湖遺稿』에 陳溫의 〈四時詞〉를 뽑아 넣지 않을 수 있었던 것이다.

2) 王伯, 〈從毅陵宴杏園〉(『箕雅』 卷2)

『箕雅』 卷2에 〈從毅陵宴杏園〉이 王伯(1277~1350)의 시로 뽑혀 있다. 그러나 『東文選』 卷21, 『靑丘風雅』 卷7, 『大東詩選』 卷1, 『海東詩

---

46) 洪萬宗, 『小華詩評』 卷上 : "陳梅湖澕賦詩敏速 與李白雲齊名 其詠柳詩曰 …… 流麗可咏 其弟溫亦能詩 詠秋詩曰 釦砌微微着淡霜 裌衣新護玉膚凉 王孫不解悲秋賦 只喜深閨夜漸長 寫出富貴家氣像."

選』에는 尹澤(1289~1370)의 작으로 되어 있다.

雨灑紅簾酒滿尊	비는 붉은 주렴에 뿌리고 술은 동이에 가득한데
檀槽一曲感皇恩	단조(비파) 한 곡조로 임금 은혜에 감사하네.
城南春色皆圍遶	성남의 봄빛이 다 둘러쌌거니
應爲東君在此園	응당 東君(봄신, 임금)이 이 행원에 계시기 때문일세.

작자가 임금을 모시고 杏園에서 잔치하며 읊은 시로, 잔치자리의 분위기와 함께 임금의 은혜에 대한 감사함이 잘 나타나 있다. 詩題의 毅陵은 忠肅王이다. 尹澤은 충숙왕 4년에 과거에 급제하여 품계를 뛰어넘어 특진을 거듭하는 등 충숙왕의 각별한 사랑을 받았다. 공민왕 10년 정당문학으로 치사할 때 그는 왕에게 다음과 같은 청을 하였다.

> 저는 의릉의 지우를 받았으나 그 만분의 일도 갚지 못하였으니 화공에게 명하여 의릉의 초상화를 그리게 하여 저에게 주신다면 시골집에 걸어두고 밤낮으로 바라보며 사모하겠습니다.47)

인용문에서 보는 바와 같이, 尹澤은 충숙왕의 깊은 총애를 받았으며, 왕의 초상화를 걸어두고 밤낮으로 경모할 정도였다. 이러한 관계로 미루어, 위의 〈從毅陵宴杏園〉 시는 尹澤이 짓기에 충분하다고 볼 수가 있다.

王伯의 경우 尹澤보다 약간 앞 시대 인물이지만, 『高麗史』에서 충숙왕과의 특별한 관계를 찾을 수가 없다. 오히려 충숙왕 때 告身에 서명하지 않았다가 임금에게 알려져 매를 맞고 海島로 유배를 당하기도 하였다.48)

---

47) 『高麗史』 卷106, 〈尹澤列傳〉 : "十年 加政堂文學致仕 言曰 臣深荷毅陵之知 無報萬一 乞命工寫睟容 以賜臣 於村莊 日夕瞻敬."

48) 같은 책 卷109, 〈王伯列傳〉.

한편, 王伯과 尹澤의 7언절구가 뽑혀 있는 『靑丘風雅』의 수록 순서를 살펴보면 다음과 같다.

王伯, 〈山居春日〉
辛蕆, 〈木橋〉
宏演, 〈題墨龍卷〉
尹澤, 〈從毅陵宴杏園〉

『靑丘風雅』의 작가별 수록 순서를 감안할 때, 『箕雅』의 편찬자 혹은 필사자가 실수로 한 작자의 이름을 누락함으로써 그 작자의 작품이 앞 작자의 작품으로 될 수 있음을 볼 수가 있다. 『箕雅』에 辛蕆의 〈木橋〉는 〈從毅陵宴杏園〉 뒤에 실려 있고, 宏演의 〈題墨龍卷〉은 뽑히지 않았다. 따라서 尹澤의 시 〈從毅陵宴杏園〉에서 작자명이 빠짐으로써 王伯의 시가 되어버린 것이다.

3) 朴孝修, 〈月夜聞老妓彈琴〉(『箕雅』 卷7, 『大東詩選』 卷1, 『海東詩選』)

『箕雅』 卷7, 『大東詩選』 卷1, 『海東詩選』에 朴孝修(?~1337)의 7언율시로 〈月夜聞老妓彈琴〉이 선발되어 있다. 그런데 『東文選』 卷17과 『靑丘風雅』 卷5에는 〈興海鄕校月夜聞老妓彈琴〉이라는 題名으로 朴致安의 作으로 되어 있다. 시는 다음과 같다.

七寶房中歌舞時　那知白髮老荒陲
無金可買長門賦　有夢空傳錦字詩
珠淚幾霑吳練袖　薰香猶濕越羅衣
夜深窓月絃聲苦　只恨平生無子期

朴孝修는 李齊賢과 동시대 인물로, 1320년(충숙왕7) 李齊賢이 知貢擧가 되어 崔龍甲·李穀 등을 뽑을 때 同知貢擧를 맡았던 적이 있으며 淸節로 알려져 있다.[49] 朴致安은 고려 말~조선 초기에 걸쳐 살았는데 생애가 자세하지 않다. 鄭以吾(1354~1434)가 耆英들과 聯句놀이를 할 때, 동네 子弟로서 그의 詩句에 對를 맞춤으로써 詩名을 크게 떨쳤으나 끝내 벼슬자리 하나 얻지 못하고 고생만 했다고 한다.[50] 朴孝修와 朴致安은 나이 차이가 크게는 100년 정도 나며, 官人과 布衣로 대조적인 삶을 살았다고 할 것이다.

위 시의 작자와 관련하여 『東人詩話』에 작자와 함께 작시 배경이 소개되어 있어 문제해결의 결정적인 단서로 삼기에 충분하다.

> 朴致安은 일찍이 시로써 명성이 있었으나 여러 차례 과거에 낙방하고 항상 마음이 편안하지 못하였다. 寧海郡에서 떠돌아다니며 놀 때, 늙은 기생이 달 아래에서 거문고 타는 소리가 매우 처절한 것을 듣고 시를 짓기를…(위의 시)…라 하였는데, 말과 뜻이 雄深하여 참으로 걸작이다. 圓齋 鄭樞의 〈老妓〉 시에 ……라 하였는데, 선배들이 精麗하다고 칭찬하나 마땅히 머리 하나 만큼 朴致安의 시보다 못하다고 할 것이다.[51]

『東文選』 卷17에서 詩題를 〈興海鄕校月夜聞老妓彈琴〉라 한 것과 위의 시화에서 寧海라 한 것의 장소 차이 외에는, 작자와 작시 과정이 매우 구체적으로 제시되고 있어 신빙성이 높아 보인다. 특히 徐居正은

---

49) 『高麗史』 卷5, 忠肅王 7年 9月 및 卷109, 〈朴孝修列傳〉.

50) 徐居正, 『東人詩話』 卷下, "鄭郊隱 早春與諸耆英 會城南聯句 同里子弟多在座 郊隱先唱云 眠牛壟上草初綠 朴生致安屬對曰 啼鳥枝頭花政紅 滿座稱賞 詩名自此大振 然終蹇躓不霑一命."

51) 같은 곳 : "朴生致安 早有詩聲 屢擧不中 居常怏怏 薄遊寧海郡 聞老妓月下彈琴 聲甚悽咽 有詩云……語意雄深 眞傑作也 鄭圓齋老妓詩……前輩稱爲精麗 然當避生一頭地."

『東人詩話』에서 2개 條에 걸쳐 朴致安에 대하여 기술하고 있는데, 鄭以吾의 詩句에 對를 맞춘 일과 詩名, 屢擧不第, 薄遊 등의 언급을 통하여 朴致安에 대해 잘 알고 있었음을 볼 수가 있다.

한편 위의 시는 『新增東國輿地勝覽』의 寧海都護府, 題詠에도 朴致安의 작품으로 전편이 소개되어 있다.[52] 朴孝修도 興海에서 지은 시가 있지만,[53] 작자가 朴孝修로 바뀌게 된 것은 『新增東國輿地勝覽』 소재 朴致安의 題詠 앞에 朴孝修의 聯句가 실려 있어[54] 작자(朴致安)를 누락하였거나 착각했을 가능성도 없지 않다.

4) 鄭誧, 〈山村雜詠〉(『箕雅』 卷11)

『箕雅』 卷11에 鄭誧(1309~1345)의 5언배율로 〈送白書記赴忠州幕八韻〉과 〈山村雜詠二十四韻〉이 뽑혀 있다. 그러나 〈山村雜詠〉은 『東文選』 卷11에도 뽑혀 있는데, 李達衷(1309~1384)의 작품으로 되어 있다. 우선 鄭誧의 문집인 『雪谷集』과 李達衷의 문집 『霽亭集』에서 이 시의 수록 여부를 점검한 결과, 『霽亭集』 卷1에 실려 있어 李達衷의 작품으로 확인된다. 그런데 현전하는 『霽亭集』은 초간본이 일실된 후 1836년 여러 전적에서 輯佚·編次한 중간본이고, 이 시 또한 『東文選』에서 綴拾한 것이어서[55] 좀 더 세밀한 검토가 필요하다. 『東文選』과 『箕雅』의 5언배율의 편제는 다음과 같다.

---

52) 『新增東國輿地勝覽』 卷24, 寧海都護府, 題詠.
53) 『東文選』 卷7, 朴孝修, 〈興海松羅途中觀海濤〉.
54) 『新增東國輿地勝覽』 같은 곳 : "朴孝修詩 浪打漁磯踈雨暗 沙明鷺渚凍雲黃."
55) 李達衷, 『霽亭集』 卷1, 〈山村雜詠〉 詩題에 "見東文選"이라 밝히고 있다.

『東文選』 卷11	『箕雅』 卷11
鄭　誧, 〈贈佐郞舅詩〉	鄭　誧, 〈送白書記赴忠州幕八韻〉
〈送白書記赴忠州幕〉	〈山村雜詠二十四韻〉
李達衷, 〈山村雜詠〉	鄭夢周, 〈賀李秀才登第還鄕三十韻〉
韓　脩, 〈送慶尙道按廉康副令〉	
卓光茂, 〈遣悶〉	
〈謝元戎李密直來訪〉	
鄭夢周, 〈賀李秀才就登第還鄕三十韻〉	

두 시선집의 편제를 비교해 보면, 『箕雅』의 편찬과정에서 〈山村雜詠二十四韻〉 앞에 '李達衷'이라는 작자 표기가 누락되었을 가능성을 엿볼 수가 있다.

실제 삶과 관련해서도, 李達衷은 辛旽을 규탄하였는 데 앞장섰다가 벼슬에서 밀려나 오래도록 山中生活을 한 바 있다. 『東文選』에 실려 있는 〈予在山中竟日無相過拖笻曳履獨徜徉乎澗谷廖廖然無與語唯影也造次不我違爲可惜也作詩以贈〉, 〈雜興五章寄思庵〉, 〈金晦翁南歸作村中四時歌以贈〉 등에[56] 그의 산중생활의 모습이 핍진하게 묘사되어 있으며, 詩想에서도 〈山村雜詠〉과 일맥상통하고 있다.

5. 『大東詩選』

1) 李湛之, 〈枯木〉(『大東詩選』 卷1)

『大東詩選』 卷1에 李湛之의 7언절구로 〈枯木〉이 뽑혀 있는데, 『東文選』 卷21, 『靑丘風雅』 卷7, 『箕雅』 卷2, 『海東詩選』에는 作家名이 李

56) 세 작품 모두 『東文選』 卷5에 실려 있다.

湛으로 되어 있다. 시는 다음과 같다.

白蚪倒立碧山陰　斤斧人遙歲月深
堪嘆春風吹又過　舊枝無復有花心

李湛之와 李湛은 분명히 다른 사람이다. 『大東詩選』에서는 李湛之에 대해 주석하기를, "고종 때 사람이다. 李仁老, 吳世材, 林椿, 趙通, 皇甫沆, 咸淳과 벗하였는데, 세상 사람들은 江左七賢에 비겼다. 경주인(본관)이다."라 하여[57] 무신집권시대 竹高七賢(海左七賢)의 한 사람으로 파악하였다. 그는 李仁老의 四友 중 酒友였다.[58]

반면 李湛은 고려시대에 두 사람이 보이는데, 한 사람은 先達로서 시를 짓는 데 고사를 험벽하게 인용하여 드러나지 못한 인물이고,[59] 다른 한 사람은 深岳君이다. 深岳君 李湛은 1350년(충숙왕17)에 順興君 安文凱와 함께 科擧를 관장하여 崔宰 등을 뽑았고,[60] 같은 해 起居注로 있으면서 임금의 행동거지에 대해 직간하다가 미움을 받기도 하였다.[61] 그는 閔思平(1295~1359)과 교유가 깊었던 것으로 보이는데, 閔思平은 次韻詩와 그의 挽詞를 지은 바 있다.[62]

『東文選』, 『靑丘風雅』, 『箕雅』에 수록된 7언절구의 편제로 볼 때, 〈枯

---

57) 『大東詩選』 卷1, 李湛之 註, "高宗時人 與李仁老吳世材林椿趙通皇甫沆咸淳爲友 世比江左七賢 慶州人."

58) 『東文選』 卷4, 李仁老, 〈贈四友〉.

59) 李齊賢, 『櫟翁稗說』 後集1 : "先君閱山谷集 因言昔在江都 有先達李湛者(與今深岳君偶同名) 爲詩詞嚴而意新 用事險僻 與當時所尙背馳 故卒不顯."

60) 李穡, 『牧隱文藁』 卷15, 「崔文眞公墓誌銘」 : "天歷庚午 順興君安公文凱深岳君李公湛 同掌試 公中之."

61) 『高麗史節要』 卷24, 忠肅王 17年 2月.

62) 閔思平, 『及菴詩集』 卷1, 〈次陋室詩韻賀宋學士〉 및 卷4, 〈深岳君挽章〉.

木〉은 鄭誧(1309~1345)와 鄭樞(?~1382)의 전후에 수록되어 있다. 여기에 深岳君과 閔思平의 관계를 고려하면, 〈枯木〉은 고려 중기 竹高七賢의 일원인 李湛之의 시가 될 수 없고 深岳君 李湛의 시로 보아야 할 것이다. 물론 앞서 언급한 先達 李湛도 시를 잘 지었지만(爲詩詞嚴而意新), 李齊賢의 아버지 代 사람으로 시대가 훨씬 앞선다.

2) 李仁復, 〈次伽倻寺住老韻 二〉(『大東詩選』 卷1)

『大東詩選』 卷1에 〈次伽倻寺住老韻〉이라는 시가 李仁復(1308~1374)의 작품으로 뽑혀 있다. 이 시는 『東文選』 卷16, 『青丘風雅』 卷5, 『箕雅』 卷7에도 뽑혀 있는데, 작자가 柳淑(?~1368)으로 되어 있다. 『東文選』에 의하면, 『大東詩選』에 뽑힌 이 시는 7언율시로 3連作詩 중 두 번째 시에 해당한다.

林下閑開綠野堂	숲 아래 한가로이 열린 녹야당
溪山勝景稻魚鄉	좋은 산수에 농사짓고 고기잡는 마을일세.
菊將松竹成三逕	국화는 송죽과 세 길을 이루고
琴與圖書共一床	거문고는 도서와 함께 한 책상에 놓였네.
但願交遊繼支許	다만 원하는 건 사귐이 支遁과 許詢을 잇는 것
何須富貴羨金張	어찌 부귀하기 金日磾·張安世를 부러워하리.
古人可笑歸來晚	옛 친구들 늦게 돌아오는 것 우습구나.
宦路風波浩莫量	벼슬길 풍파 넓어 헤아릴 길 없는데.

가야사 주지 스님의 시에 차운하여, 작자 자신이 벼슬을 버리고 전원으로 돌아와 閑適한 생활을 하는 심경을 피력한 시이다. 柳淑은 1352년 趙日新의 무고로 파직되어 시골에 돌아가 있다가, 趙日新이 죽은 뒤 복직되어 예문관 대제학까지 올랐으며, 그 후 다시 辛旽의 모함으

로 낙향해 있던 중 辛旽이 보낸 자객에게 교살되었다.[63] 金宗直은 『青丘風雅』에 이 시를 뽑아 넣고 시의 말미에 "시의 뜻은 자신이 일찍이 벼슬에서 물러나서 옛 친구들이 고향으로 되돌아오는 것이 늦음을 비웃은 것이다. 그러나 마침내 辛旽에게 제거되었으니, 어찌 하루를 기다리지 못했다고 가히 이를 수 있겠는가?" 라고 註를 달았다.[64]

柳淑과 李仁復은 선후배 사이였으며, 李仁復은 柳淑이 벼슬을 버리고 시골로 돌아갈 때 〈送柳思庵〉이라는 送詩를 써 주었다. 이 시에서 그는 柳淑이 사직을 편안히 하고서 신선이 되어 떠난다고 칭송하는 한편, 자신은 벼슬을 버리고 떠나지 못함을 부끄러워하였다.[65] 요컨대, 〈次伽倻寺住老韻〉은 柳淑의 作이며, 『大東詩選』에서 李仁復이라 한 것은 오류하고 하겠다.

6. 『海東詩選』

1) 偰遜, 〈題平陵驛亭〉(『海東詩選』)

『海東詩選』에 偰遜(?~1360)의 5언절구로 〈題平陵驛亭〉이 뽑혀 있는데, 『東文選』 卷19에는 楊以時의 작으로 되어 있다. 두 시선집의 5언절구 해당 부분을 비교해 보면, 시의 주인은 쉽게 판명된다.

---

63) 『高麗史』 卷112, 「柳淑列傳」.

64) 金宗直, 『青丘風雅』 卷5, 柳淑, 〈次伽倻寺住老韻〉 註 : "詩意 自以早退 而笑古人之歸晩 然卒爲辛旽所陷 豈可謂之不俟終日也."

65) 『東文選』 卷15, 李仁復, 〈送柳思庵〉 : "人間膏火自相煎 明哲如公史可傳 已向危時安社稷 更從平地作神仙 五湖夢斷烟波綠 三徑秋深野菊鮮 愧我未能投紱去 邇來雙鬢雪飄然."

『東文選』 卷19	『海東詩選』
○ 柳淑 〈癸卯冬送北征崔元帥瑩〉 〈碧瀾渡〉 〈書洪州家壁〉 ○偰遜 〈山中雨〉 ○楊以時 〈題平陵驛亭〉	○ 柳淑 〈碧瀾渡〉 ○偰遜 〈山中雨〉 〈題平陵驛亭〉

『海東詩選』의 편찬자가 〈題平陵驛亭〉을 뽑아넣는 과정에서 작자의 이름(楊以時)을 빠뜨림으로써, 앞 사람의 작품이 되었음을 알 수 있다. 곧 〈題平陵驛亭〉의 작자는 楊以時이며, 『海東詩選』에서의 偰遜은 오류라고 하겠다.

2) 林椿, 〈仍佛驛〉(『海東詩選』)

『海東詩選』에 林椿의 작품으로 5언율시 〈李平章輓〉과 〈仍佛驛〉이 뽑혀 있다. 〈李平章輓〉은 『西河集』 卷2에 수록되어 있고,[66] 각종 시선집에도 林椿의 작으로 되어 있다. 그러나 〈仍佛驛〉의 경우 문집에 실려 있지 않을 뿐만 아니라, 『三韓詩龜鑑』 卷上, 『東文選』 卷9, 『箕雅』 卷5, 『大東詩選』 卷1에서는 작자를 金克己라고 하였다.

〈仍佛驛〉

悠悠山下路　信轡詠凉天
水有含芒蟹　林無翳葉蟬

66) 林椿, 『西河集』 卷2, 〈李相國光緒挽詞〉.

溪聲淸似雨　　野氣淡如烟
入夜投孤店　　村夫尙未眠

이 시의 주인을 밝히기 위해, 우선 각 시선집에 수록된 이 시의 전후 작품과 작자를 살펴볼 필요가 있다.

『東文選』 卷9	『箕雅』 卷5	『海東詩選』
○林椿 〈李平章光縉挽詞〉 외 2수 ○李仁老 〈謾興〉 외 2수 ○金克己 〈仍弗驛〉 〈田家四時〉 외 3수	○林椿 〈李平章挽〉 ○金克己 〈田家四時〉 〈仍弗驛〉 ○李仁老 〈漫興〉	○林椿 〈李平章挽〉 〈仍佛驛〉 ○金克己 〈桃花驛〉 〈錦石庵〉 ○李仁老 〈漫興〉

林椿, 金克己, 李仁老는 동시대인으로, 위 표에서 보는 바와 같이 〈李平章挽〉, 〈仍佛驛〉, 〈漫興〉 등이 각 시선집에 모두 뽑혀 있다. 『三韓詩龜鑑』 이하 여러 시선집의 작가 표기를 좇아 〈仍佛驛〉을 金克己의 것으로 전제하고 『箕雅』와 『海東詩選』을 비교해 보면, 『海東詩選』의 편찬과정에서 〈仍佛驛〉에 표기되어야 할 '金克己'라는 작자명이 한 작품 뒤로 물러남으로써 앞 작자인 林椿의 소유가 되어버렸음을 알 수가 있다. 한편 『海東詩選』의 仍佛驛은 여타 시선집에는 仍弗驛으로 기록되어 있다. 『新增東國輿地勝覽』에 따르면 仍甫驛으로 경주의 남쪽 55리에 있었다고 한다. 『新增東國輿地勝覽』에도 이 시를 金克己의 題詠으로 수록하고 있다.[67]

67) 『新增東國輿地勝覽』 卷21, 慶州府, 驛院, 〈仍甫驛〉.

3) 金樞, 〈文機障子詩〉(『海東詩選』)

『海東詩選』에 金坵(1211~1278)의 이름으로 5언절구 〈洪原邑館〉과 7언절구 〈落梨花〉가 뽑혀 있고, 또 金樞의 이름으로 7언율시 〈文機障子詩〉가 뽑혀 있다. 이름 대로라면 작자가 다른 두 사람이나, 金樞는 金坵의 잘못으로 보인다. 시는 다음과 같다.

一朶蓬萊湧海高　銀宮貝闕駕靈鼇
蘭燈燦爛禎虯卵　羽葆參差翠鳳毛
風護花奴頭上槿　露濃金母手中桃
請看明月徘徊影　應是姮娥望赭濠[68]

이 시는 『東文選』 卷14, 『箕雅』 卷7, 『大東詩選』 卷1에도 金坵의 작품으로 뽑혀 있다. 또 曺伸은 『諛聞瑣錄』에서 이 시를 다음과 같이 평하였다.

> 문인들이 잘 지은 작품들은 대대로 전하여 없어지지 않으므로 천 년이 지난 후에도 그 시인의 풍채를 생각해 볼 수가 있다. …… 나는 일찍이 金坵의 〈障子詩〉를 좋아했는데, "바람은 무궁화 위의 꽃을 보호하고, 이슬은 서왕모 손 안의 복숭아에 짙네."라 하였다. 이 얼마나 아름답고 고운 시인가![69]

曺伸은 金坵의 〈文機障子詩〉를 千年不朽之作의 하나로 꼽고, 특히 頸聯이 艶麗하여 좋아한다고 하였다.

---

68) 赭濠 : 『東文選』 卷14, 『箕雅』 卷7, 『大東詩選』 卷1에는 赭袍로 되어 있음.
69) 曺伸, 『諛聞瑣錄』 : "文人詞藻 流傳不朽 千載之下 想望其風彩 …… 嘗愛金坵障子詩 風護花奴頭上槿 露濃王母手中桃 何其艶麗."

7. 其他

1) 初名과 官名의 混用

시선집에 따라 작자의 初名을 쓰거나 官名을 씀으로써, 혹 독자로 하여금 착각을 불러일으키게 할 소지도 없지 않다. 각 시선집에 보이는 작가 중 金緣, 金良鏡, 兪升旦, 鄭可臣이 대표적인 경우이다.

金緣(?~1127)의 〈大同江〉 시는 『三韓詩龜鑑』 卷中, 『東文選』 卷12, 『大東詩選』 卷1에 뽑혀 있는데, 『三韓詩龜鑑』에서는 작자명을 金仁存이라 했다. 仁存이 관명이고 緣이 초명이다.[70] 詩人으로는 緣으로 더 잘 알려져 있다.

金良鏡(?~1235)의 〈宮詞〉(內直)는 『東文選』 卷11, 『靑丘風雅』 卷6, 『箕雅』 卷2, 『大東詩選』 卷1, 『海東詩選』에 뽑혀 있는데, 『靑丘風雅』에서는 작자명을 金仁鏡으로 적고 있다. 仁鏡이 官名이고 良鏡이 初名이다.[71] 詩選集과 詩話集에서는 良鏡으로 많이 일컫고 있다.

兪升旦(1168~1232)의 경우 初名이 元淳인데,[72] 『大東詩選』에서는[73] 別人으로 취급하여 각각 시를 뽑아 두고 있다. 유승단의 이름으로 〈趙相國獨樂園〉, 〈穴口寺〉, 〈宿保寧縣〉, 〈和趙相國同年席上詩〉를 뽑고, 작가에 대하여 註를 붙이기를 "仁同人 人謂之照夜神珠 高宗受學 待以師禮 官至參知政事 謚文安"이라 하였다. 兪元淳의 이름으로는 白頤正의 앞인 고려 후기에 위치시키고 〈僧伽寺〉를 뽑는 한편, "名升朝[74]

---

70) 『高麗史』 卷96, 〈金仁存列傳〉: "金仁存 字處厚 初名緣 新羅宗室角干周元之後."

71) 같은 책 卷102, 〈金仁鏡列傳〉: "金仁鏡 初名良鏡 慶州人 平章事良愼公義珍四世孫."

72) 같은 곳, 〈兪升旦列傳〉: "兪升旦 初名元淳 仁同縣人."

73) 『大東詩選』 卷1 및 작가목록.

杞溪人 高宗時 官至參政 時人號曰照夜神珠 謚文安"이라 작자를 소개하였다. 편찬자가 조금만 유의를 했었어도 통합할 수 있는 문제이다.

鄭可臣(?~1298)의 경우도 마찬가지이다. 『東文選』 卷14에 그의 初名인 鄭興의[75] 명의로 〈興似聞樂軒懶齋二相國與諸卿大夫作詩結社予亦喜幸偶成長句寄呈〉 6수를 뽑고, 같은 卷 속에 鄭可臣의 시로 〈皇都次韻金鈍村見寄〉를 수록하고 있다.

2) 作者名의 誤脫

『三韓詩龜鑑』 卷上에 吳麟의 이름으로 〈重遊福興寺〉가 뽑혀 있는데, 『東文選』 卷9에는 吳學麟의 〈重遊九龍山興福寺〉로 되어 있다.[76] 『三韓詩龜鑑』의 작자명에 學자가 빠진 것이다. 오학린은 벼슬이 翰林學士에 이르렀으며, 吳世才의 할아버지이다.[77]

『三韓詩龜鑑』 卷中에 崔光裕의 이름으로 7언율시 〈長安春日有感〉과 〈早行〉이 뽑혀 있다. 〈長安春日有感〉은 『東文選』 卷12, 『青丘風雅』 卷4, 『箕雅』 卷7, 『大東詩選』 卷1, 『海東詩選』에도 뽑혀 있는데, 작자명이 崔匡裕로 되어 있다. 崔匡裕는 당나라에 유학한 신라 때의 학자로 崔致遠, 崔承祐, 朴仁範과 함께 『夾註 名賢十抄詩』에 시가 뽑혔으며, 崔光裕는 고려 무신집권 시기에 承宣을 지냈던[78] 인물이다. 崔光裕는 崔匡裕의 잘못이다.

---

74) 升旦을 升朝로 적은 것은 朝鮮 太祖 李成桂가 즉위한 후 이름을 旦으로 고친 것을 忌諱한 것으로 보인다.

75) 『高麗史』 卷105, 〈鄭可臣列傳〉: "鄭可臣 字獻之 初名興 羅州人."

76) 『新增東國輿地勝覽』 卷42, 牛峰縣, 佛宇, 〈復興寺〉에 吳學麟의 시가 실려 있다.

77) 같은 책 卷36, 高敞縣, 人物, 〈吳學麟〉.

78) 『高麗史節要』 卷13, 明宗 26年 4月.

陳滜의 경우『三韓詩龜鑑』卷上과 卷下에는 이름이 바르게 표기되어 있으나 卷中에는 陳華로 오기되어 있고,『海東詩選』에서는 〈柳〉 시의 작자가 '陳학'으로 표기되어 있다.

兪千遇(1209~1276)의 시는『東文選』卷20과『大東詩選』卷1에 〈賀元帥金公方慶攻下耽羅〉가 뽑혀 있는데,『大東詩選』에는 작자명이 兪千邁로 오기되어 있다. 兪千遇는『高麗史』에 立傳된 인물로,[79] 務安兪氏의 시조이다.

全元發의 5언절구 〈龍宮閑居金蘭溪得培寄詩次其韻〉이『東文選』卷19와『大東詩選』卷1에 뽑혀 있는데,『東文選』에는 작자명이 金元發로 오기되어 있다. 전원발은 호가 菊坡이고, 원나라에 들어가 榮祿大夫兵部尙書 集賢殿太學士를 역임하였으며, 竺山府院君에 봉작되었던 인물이다.[80]

曹繼芳의 〈山居〉(山寺)는『東文選』卷21,『靑丘風雅』卷6,『箕雅』卷2,『大東詩選』卷1,『海東詩選』에 선발되어 있는데,『東文選』과『東人詩話』卷下에는[81] 작자명이 曹係芳으로 표기되어 있다.『東文選』을 제외한 위의 시선집, 田祿生의『壄隱逸稿』,[82]『新增東國輿地勝覽』등에서는 曹繼芳으로 적고 있다. 曹繼芳은 벼슬이 直提學에 이르렀으며, 고향에 은거하여 안빈낙도했던 인물로 알려져 있다.[83]

金子粹의 시는『大東詩選』卷1에 4수,『海東詩選』에 1수가 뽑혀 있는데, 두 시선집 모두에 작자명이 金自粹로 표기되어 있다.『高麗史』,

---

79)『高麗史』卷105,〈兪千遇列傳〉.

80)『新增東國輿地勝覽』卷25, 龍宮縣, 人物,〈全元發〉.

81) 徐居正,『東人詩話』卷下 : "前輩詩用子規 語多淸絶 如李執義堅幹詩 …… 尹祗侯汝衡詩 …… 崔執義元祐詩 …… 曺副令係芳詩 …… 四詩皆淸絶."

82) 田祿生,『壄隱逸稿』卷6,〈師友從遊〉.

83)『新增東國輿地勝覽』卷27, 昌寧縣, 人物,〈曹繼芳〉.

『高麗史節要』, 『牧隱文藁』에는 金子粹로,[84] 『騎牛集』, 『菊堂遺稿』, 『貞齋逸稿』에는 金自粹로[85] 기록되어 있다. 고려시대에는 金子粹로 적었는데 후대로 내려오면서 아들 子 字를 피하여 金自粹로 고쳐 적었던 것으로 보인다. 그는 공민왕 23년에 장원급제하고 벼슬이 大司成에 이르렀으며 『高麗史』에 立傳되었다. 자는 純仲, 호는 桑村이다.

郭珚의 〈思舊山〉 시가 『東文選』 卷4, 『靑丘風雅』 卷1, 『箕雅』 卷12, 『大東詩選』 卷1에 뽑혀 있는데,[86] 『東文選』에는 작자명이 郭琡으로 되어 있다. 그러나 『東文選』 卷21에 실려 있는 南兢의 시 〈奉呈郭提學珚〉에는 郭珚으로 나오고, 『高麗史』에는 郭珚과 郭琡이 뒤섞여 쓰이며,[87] 『及庵詩集』에는 郭稛으로[88] 되어 있어, 어느 한 쪽으로 통일할 필요가 있다. 그는 충목왕 때 원나라 制科에 응시한 바 있으며, 提學 벼슬을 지냈다.

3) 작자가 불확실한 시

계림군 王煦(1296~1349)의 죽음을 애도한 〈鷄林郡公王政丞煦挽詞〉

---

84) 『高麗史』 卷120, 〈金子粹列傳〉.
『高麗史節要』 卷29, 恭愍王 23年 4月 : "取金子粹等三十三人."
李穡, 『牧隱文藁』 卷10, 〈純仲說〉 : "甲寅科壯元金正言曰 吾名子粹 故吾字曰純仲 請先生說其義."

85) 李行, 『騎牛集』 卷2, 〈九貞忠錄〉.
奇正鎭, 〈菊堂遺稿重刊序〉(朴興生, 『菊堂遺稿』).
朴宜中, 『貞齋逸稿』 卷3, 〈杜門洞言志錄〉.

86) 李達衷의 『霽亭集』 卷1에 잘못 실려 있다. 『靑丘風雅』에서 뽑았다고 밝히고 있으나(見靑丘風雅) 『靑丘風雅』에는 郭珚의 작으로 되어 있다.

87) 『高麗史』 卷37, 忠穆王 3年 2月 : "辛卯 分遣李敏金玔于楊廣 …… 郭琡于交州道."
같은 책 卷74, 選擧二, 科目二 : "忠穆王初年十一月 遣尹安之安輔郭珚應擧明年輔中制科."

88) 閔思平, 『及庵詩集』 卷2, 〈寄郭提學稛〉.

가『東文選』卷14와『靑丘風雅』卷4에 뽑혀 있는데,『東文選』에는 작자가 安震(?~1360)으로,『靑丘風雅』에는 方曙로 되어 있다. 안진은 1318년 예문검열로서 원나라의 制科에 급제하고 예문응교·총부직랑을 역임하였으며,『編年綱目』의 개찬과 충렬, 충선, 충숙왕의 三朝實錄 편찬에 참여하는 등 중앙에서 활발히 활동하였지만,[89] 方曙에 대한 기록은 거의 없어 생평조차 미상이다. 다만 李存吾(1341~1371)의 外祖로서 奉翊大夫 版圖判書 藝文館提學을 지냈다고 한다.[90] 두 사람 모두 宦歷으로서는 王煦의 만사를 쓸 만한 위치이나, 왕후와의 관계나 친밀도 등 관련 자료가 없어 어느 누구를 이 挽詞의 작자로 확정짓기가 어렵다.

89)『高麗史節要』卷23~25.
90) 李存吾,『石灘集』卷下,〈恭愍王九年十月二十五日新京東堂及第榜目〉.

Ⅳ. 結言

원전비평의 중요성은 아무리 강조해도 지나치지 않다. 이를 소홀히 했을 때 발생하는 오류의 심각성은 우선 대본을 그대로 믿고 이용한 연구자로서는 결과에 대한 비난을 감당하기 힘들 정도이다. 이는 연구자 개인적으로는 명예스럽지 못한 문제이지만, 학계로서는 문학사의 왜곡을 초래할 수가 있다. 叛逆 崔沆의 시가 海東孔子 崔冲의 사상과 학문을 분석하는 자료로 이용되고, 李奎報의 시가 李仁老 硏究에 인용된다면, 그 결과는 헛수고요 왜곡이라고 밖에 말할 수 없다.

본고에서는 이러한 문제점과 관련하여, 역대의 詩選集에 실린 신라・고려시대 漢詩作家의 오류를 바로잡고자 하였다. 이를 위해 『三韓詩龜鑑』, 『東文選』, 『靑丘風雅』, 『箕雅』, 『大東詩選』, 『海東詩選』을 검토하고, 오류에 대해 관련 자료를 이용하여 작자를 批正하였다. 오류는 관찬서, 사찬서, 목판본, 목활자본, 필사본, 활자본 모두에 나타났으며, 필사본일수록 후대로 내려올수록 더 심하였고, 시선집 편찬의 편의성 때문에 대부분 답습되고 있음을 볼 수가 있었다. 오류의 주 원인은 문헌을 살못 읽어 삭사가 바뀌거나, 편찬사・刻手・필사사・식자공의 실수로 작자 표기가 누락됨으로써 작품이 앞 작자로 귀속된 경우가 많았다. 批正의 결과를 ≪표≫로 제시하며, 고려시대 한시연구의 기초자료가 되기를 기대한다.

번호	詩　題	三韓詩	東文選
1	重遊福興寺	상)吳　麟	9)吳學麟
2	從靈通寺僧覓酒僧樽貯山泉……	상)林宗庇	9)朴公襲
3	長安春日有感	중)崔光裕	12)崔匡裕
4	大同江	중)金仁存	12)金　緣
5	宴金使口號	중)林　椿	13)李仁老
6	與友人夜話	중)林　椿	13)李仁老
7	春日和金秀才	중)陳　華	20)陳　澕
8	思舊山		4)郭　珚
9	木落/寄密城李使君釋之		10)韓　脩
10	示座客		12)崔　冲
11	前用王文公起聠中生字爲韻……		14)始　寧
12	興似聞樂軒懶齋二相國……		14)鄭　興
13	雞林郡公王政丞煦挽詞		14)安　震
14	馬上寄人(一)	상)林宗庇	19)崔　讜[91]
15	絶句		19)崔　冲
16	江陵送安上人之楓岳	중)權　適	19)金富儀
17	水多寺		19)金富儀
18	僧舍晝眼	중)權　適	19)金富儀
19	和		19)林宗庇
20	龍宮閑居金蘭溪得培寄詩次其韻……		19)金元發
21	雲	중)李承休	20)鄭可臣
22	山居(山寺)		21)曺係芳
23	短歌行		
24	貞觀吟		8)李　穡

91) 〈馬上寄人〉(二)·(三)은 崔讜의 〈送人〉(一)·(二)임.

靑丘風雅	箕 雅	大東詩選	海東詩選	批 正
2)李仁復				李 穡
2)李仁復	13)李 穡			李 穡
3)崔惟淸	11)崔惟淸	1)崔惟淸		崔惟善
6)金仁鏡	2)金良鏡	1)金良鏡	金良鏡	良鏡, 仁鏡之初名
7)鄭 樞	2)金齊顔	1)金齊顔	金齊顔	金齊顔
7)元松壽	2)元松壽	1)元松壽		白彌堅
6)陳 溫	2)陳 澕	1)陳 溫		陳 溫
7)尹 澤	2)王 伯	1)尹 澤	尹 澤	尹 澤
5)朴致安	7)朴孝修	1)朴孝修	朴孝修	朴致安
	11)鄭 誧			李達衷
	13)李奎報	1)李奎報	李奎報	僞 作
		1)兪千邁		兪千遇
		1)兪元淳		元淳, 升旦之初名
7)李 湛	2)李 湛	1)李湛之	李 湛	李 湛
5)柳 淑	7)柳 淑	1)李仁復		柳 淑
		1)金自粹		金子粹(並)
			偰 遜	楊以時
	5)金克己	1)金克己	林 椿	金克己
6)陳 澕	2)陳 澕	1)陳 澕	陳 학	陳 澕
			金自粹	金子粹(並)
	7)金 坵	1)金 坵	金 樞	金 坵

羅·麗 選詩 目錄

羅·麗 詩人 一覽表

1. 康好文
2. 高惇謙
3. 高瑩中
4. 高兆基
5. 高中址
6. 郭 輿
7. 郭 預
8. 郭 珚
9. 權 旺
10. 權 溥
11. 權思復
12. 權 適
13. 權漢功
14. 權 輿
15. 吉 再
16. 金光載
17. 金 閎
18. 金 坵
19. 金九容
20. 金君綏
21. 金君鼎
22. 金 玔
23. 金克己
24. 金祿延
25. 金臺卿
26. 金敦時
27. 金敦中
28. 金得培
29. 金方慶
30. 金富軾
31. 金富儀
32. 金師道
33. 金翙漢
34. 金 惰
35. 金莘尹
36. 金若水
37. 金良鏡(仁鏡)
38. 金 緣(仁存)
39. 金永暾
40. 金 倫
41. 金貽永
42. 金仁館
43. 金自粹(子粹)
44. 金齊顔
45. 金仲權
46. 金之岱
47. 金地藏
48. 金 贇
49. 金行瓊
50. 金孝印
51. 金 晅
52. 金 忻
53. 金希磾
54. 金希祖
55. 羅興儒
56. 南 兢
57. 魯 璵
58. 盧永綏
59. 都元興
60. 東京老人

61. 閔光鈞
62. 閔思平
63. 閔 霽
64. 朴公襲
65. 朴尙衷
66. 朴 瑗
67. 朴允文
68. 朴 義
69. 朴宜中
70. 朴寅亮
71. 朴仁範
72. 朴 莊
73. 朴全之
74. 朴晉祿
75. 朴椿齡
76. 朴忠佐
77. 朴 恒
78. 朴 形
79. 朴 浩
80. 朴孝修
81. 潘 阜
82. 方 曙
83. 裵中孚
84. 白文擧
85. 白文寶
86. 白文節
87. 白彌堅
88. 白元恒
89. 白頤正
90. 徐 甄
91. 薛文遇
92. 偰 遜
93. 薛 瑤
94. 偰長壽
95. 成士達
96. 成士弘
97. 孫襲卿
98. 宋國瞻
99. 宋 因
100. 申 淑
101. 辛 裔
102. 辛 蕆
103. 沈東老
104. 安 起
105. 安 牧
106. 安淳之
107. 安止常
108. 安 震
109. 安 軸
110. 安 珦
111. 梁 溫
112. 楊以時
113. 麗 玉
114. 延 鏡
115. 廉悌臣
116. 廉興邦
117. 吳世才
118. 吳 璲
119. 吳 珣
120. 吳 軾
121. 吳廷碩
122. 吳學麟
123. 吳漢卿
124. 王 康
125. 王巨仁
126. 王 伯
127. 禹吉生
128. 禹天啓
129. 禹 倬
130. 元松壽
131. 元天錫
132. 柳 璥
133. 柳公權
134. 琉璃王
135. 柳 葆

136. 柳 淑
137. 兪升旦
138. 柳 伸
139. 庾資諒
140. 劉 敞
141. 兪千遇
142. 尹 頎
143. 尹紹宗
144. 尹汝衡
145. 尹 珍
146. 尹 澤
147. 尹 奕
148. 乙支文德
149. 李 岡
150. 李堅幹
151. 李季瑊
152. 李 穀
153. 李公遂
154. 李公升
155. 李 玖
156. 李奎報
157. 李吉祥
158. 李達衷
159. 李 湛
160. 李茂芳
161. 李邦直
162. 李百順
163. 李 弁
164. 李 穡
165. 李 晟
166. 李 需
167. 李守年
168. 李淑琪
169. 李崇仁
170. 李承休
171. 李 嵓
172. 李衍宗
173. 李 穎
174. 李 頠
175. 李 容
176. 李元紘
177. 李元之
178. 李由之
179. 李允甫
180. 李仁老
181. 李仁復
182. 李資諒
183. 李資玄
184. 李藏用
185. 李齊賢
186. 李兆年
187. 李尊庇
188. 李存吾
189. 李知深
190. 李之氐
191. 李 瑱
192. 李 集
193. 李 混
194. 印 毅
195. 林桂一
196. 任 奎
197. 林 樸
198. 林惟正
199. 林宗庇
200. 林 椿
201. 張延祐
202. 張 鎰
203. 張仲陽
204. 張天翼
205. 張 沆
206. 田祿生
207. 田得良
208. 田叔蒙
209. 全元發
210. 田 濡

211. 田致儒
212. 全坦夫
213. 鄭可臣(興)
214. 鄭　瑎
215. 鄭居寬
216. 鄭夢周
217. 鄭思道
218. 鄭　敍
219. 鄭襲明
220. 鄭與齡
221. 鄭　頲
222. 鄭允宜
223. 鄭乙輔
224. 鄭子厚
225. 鄭　地
226. 鄭之祥
227. 鄭知常
228. 鄭　樞
229. 鄭　倬
230. 鄭　誧
231. 鄭　沆
232. 鄭　興(可臣)
233. 趙　簡
234. 曹繼芳
235. 趙　廉
236. 趙永仁
237. 趙云仡
238. 趙仁規
239. 趙仁璧
240. 趙　準
241. 趙　沖
242. 趙　通
243. 周　贇
244. 朱　悅
245. 眞德女王
246. 陳　溫
247. 陳　澕
248. 蔡寶文
249. 蔡　璉
250. 蔡　禑
251. 蔡洪哲
252. 崔匡裕
253. 崔　均
254. 崔　讜
255. 崔思儉
256. 崔斯立
257. 崔思齊
258. 崔　奭
259. 崔　詵
260. 崔誠之
261. 崔承老
262. 崔承祐
263. 崔　瀹
264. 崔　洳
265. 崔永濡
266. 崔元祐
267. 崔惟善
268. 崔惟淸
269. 崔　林
270. 崔　滋
271. 崔執鈞
272. 崔　冲
273. 崔致遠
274. 崔咸一
275. 崔　瀣
276. 崔鴻賓
277. 卓光茂
278. 河乙沚
279. 韓皦如
280. 韓方信
281. 韓　脩
282. 韓宗愈
283. 韓　就
284. 咸承慶
285. 許　珙

286. 許　錦
287. 許　伯
288. 許　富
289. 許少由
290. 許　湜
291. 許　邕
292. 許洪材
293. 邢君紹
294. 洪　侃
295. 洪功佐
296. 洪　奎
297. 洪　瀹
298. 洪彦博
299. 洪子藩
300. 洪　鐸
301. 黃　瑾
302. 黃石奇
303. (釋) 戒膺
304. (釋) 宏演
305. (釋) 懶翁
306. (釋) 達全
307. (釋) 大覺
308. (釋) 無己
309. (釋) 無名
310. (釋) 普愚
311. (釋) 禪坦
312. (釋) 始寧(柳璥)
313. (釋) 信如
314. (釋) 了圓
315. (釋) 寥一
316. (釋) 云鑑
317. (釋) 圓鑑
318. (釋) 月窓
319. (釋) 益莊
320. (釋) 一然
321. (釋) 丁近
322. (釋) 靜明
323. (釋) 定法師
324. (釋) 正思
325. (釋) 定志
326. (釋) 祖英
327. (釋) 祖異
328. (釋) 宗聆
329. (釋) 眞覺
330. (釋) 眞靜
331. (釋) 天因
332. (釋) 冲羲
333. (釋) 坦然
334. (釋) 混修
335. (釋) 惠文
336. 無名氏

歷代 詩選集 對比表

1. 康好文

詩型	詩　題	三韓詩	東文選	青丘風	箕 雅	大東詩	海東詩
5율	1) 法泉寺						68
	2) 普光寺						68
7율	1) 次金寺丞赴錦州韻		17-309	5-157			
7절	1) 偶題		22-379	7-223			
	2) 丁巳季春遊普林菴聞杜鵑			7-223			
	3) 題熊川江		22-379				158
	4) 次尹應教韻			7-223			

2. 高惇謙

詩型	詩　題	三韓詩	東文選	青丘風	箕 雅	大東詩	海東詩
7율	1) 龍藏寺獨妙樓		13-265	5-147			

3. 高瑩中

詩型	詩　題	三韓詩	東文選	青丘風	箕 雅	大東詩	海東詩
5배	1) 國者至公之器		11-243				

4. 高兆基

詩型	詩　題	三韓詩	東文選	青丘風	箕 雅	大東詩	海東詩
5율	1) 宿金壤縣		9-218	3-78	5-286	1-32	61
	2) 安城驛		9-217				
	3) 永淸縣		9-218				
	4) 珍島江亭(碧波亭)		9-217				61[1]
5절	1) 山莊雨夜		19-331	6-165	1-68	1-31	2
7절	1) 寄遠		19-339		2-99	1-31	152
	2) 書雲巖鎭	중-74	19-339	6-176			

1) 「碧波亭」이라 題함.

5. 高中址

詩型	詩　題	三韓詩	東文選	青丘風	箕 雅	大東詩	海東詩
5고	1) 送崔咸一直郎出按慶尙		4-160				

6. 郭輿

詩型	詩　題	三韓詩	東文選	青丘風	箕 雅	大東詩	海東詩
5배	1) 東山齋應製詩		11-243				
7율	1) 贈清平李居士	중-68	12-261		7-417	1-26	245
7절	1) 隨駕長源亭上登樓晩眺有野叟騎牛……		19-339	6-175	2-97	1-26	156
	2) 清讌閣親賜雙角龍茶		19-339	6-175			

7. 郭預

詩型	詩　題	三韓詩	東文選	青丘風	箕 雅	大東詩	海東詩
7고	1) 感渡海	하-134	6-182	2-54	13-832		
5율	1) 東郊馬上		9-225		5-293	1-61	60
	2) 壽康宮觀獵	상-53	9-224	3-83			
	3) 扈駕興王寺路上		9-224				
5배	1) 上鎭邊金相公周鼎		11-247				
	2) 詠橘樹		11-247		11-692	1-61	
7절	1) 廣淺南郊		20-355	6-188			
	2) 賞蓮	중-116	20-355	6-189	2-109	1-60	152
	3) 鷁逸(逸鷁)		20-354	6-188[1]			
	4) 直廬		20-355	6-188			

7절	5) 初夏		20-354				
	6) 扈駕丹山途中		20-355				

1) 「逸鷸」라 題함.

8. 郭玥[1]

詩型	詩　題	三韓詩	東文選	靑丘風	箕 雅	大東詩	海東詩
5고	1) 寄廣州牧使南巽亭兢		4-158				
	2) 思舊山[2]		4-158	1-42	12-752	1-97	
	3) 贈朴中書中美		4-159				
7율	1) 贈孫斯慶進士		15-288				
	2) 韓僉議大淳挽詞		15-288				
5절	1) 寄金鍾寺淸長老		19-334				
	2) 寄元校書松壽		19-334				5

1) 『東文選』에는 작가명이 郭瑚으로 되어 있음.
2) 李達衷의 『霽亭集』 卷1에 잘못 수록되어 있음.

9. 權呾

詩型	詩　題	三韓詩	東文選	靑丘風	箕 雅	大東詩	海東詩
7절	1) 書懷		20-356				

10. 權溥

詩型	詩　題	三韓詩	東文選	青丘風	箕 雅	大東詩	海東詩
7율	1) 益齋李學士榮親宴次尊公東庵韻		14-284				
7절	1) 士園偶吟					1-70	
	2) 兒孫慶八十		20-357				
	3) 夜宴次韻		20-357			1-70	
	4) 蔡中庵學士宴		20-357				

11. 權思復

詩型	詩　題	三韓詩	東文選	青丘風	箕 雅	大東詩	海東詩
7율	1) 奉呈廉相國		16-301				
	2) 安東映湖樓						246
	3) 次江陵東軒韻		16-301				
7절	1) 放鴈		21-372	7-207			
	2) 丙寅三月病後題		21-372				
	3) 謝友人惠茶		21-372	7-207			
	4) 送客促馬到湖樓客已去登舟有作		21-371	7-208			
	5) 長守驛壁上有題		21-372				

12. 權適

詩型	詩　題	三韓詩	東文選	青丘風	箕 雅	大東詩	海東詩
5율	1) 朝宋路上寄諸友		9-218				
7절	1) 江陵送安上人之楓岳	중-73	19-339[1]			1-31[2]	
	2) 僧舍晝眠	중-73	19-339[3]				
	3) 安北寺詠竹		19-341			1-120	

1),2) 金富儀의 作으로 되어 있음.『補閑集』卷上에는 權適의 作으로 되어 있음.『東文選』편찬과정에서 해당시의 작가(權適) 표기가 누락됨으로써 앞 작가(金富儀)의 작품으로 잘못 귀속된 것으로 보임.『大東詩選』은『東文選』의 것을 그대로 전재한 것으로 보임.

3) 金富儀의 作으로 되어 있음.

13. 權漢功

詩型	詩　題	三韓詩	東文選	青丘風	箕 雅	大東詩	海東詩
7고	1) 姑蘇臺次韻		7-195				
	2) 寄鄭司空		7-195				
	3) 浮碧樓次韻		7-196				
	4) 鄭勉齋席上走筆		7-196				
5율	1) 廬山寺枕碧樓		10-230				
	2) 題拱北樓		10-230				
	3) 寒松亭						62

詩型	詩　題	三韓詩	東文選	青丘風	箕 雅	大東詩	海東詩
7율	1) 甘露寺多景樓		16-299		7-448	1-85	242
	2) 聖居山元通寺		16-299				
7절	1) 琵琶行		21-369				
	2) 送式無外上人乘舟如上國		21-369				
	3) 與元朝馮子振待制		21-369				
	4) 瀛國公第盆梅		21-369	6-197			
	5) 永明樓		21-369				
	6) 在都下		21-369	6-197			
	7) 皇慶癸丑酒酣得四書于大同江軒窓		21-369	6-197	2-115	1-85	153

14. 權興

詩型	詩　題	三韓詩	東文選	青丘風	箕 雅	大東詩	海東詩
5율	1) 寄鄭進士		10-234				
	2) 避寇入城上牧伯金賞		10-234				
5배	1) 次漁隱韻		11-251				
5절	1) 贈鄭進士		19-335				
7절	1) 草堂		22-377				

15. 吉再

詩型	詩　題	三韓詩	東文選	青丘風	箕 雅	大東詩	海東詩
5절	1) 卽事[1]		19-335				3
7절	1) 金鼇山大穴寺廣寒樓[2]		22-377				
	2) 閑居[3]		22-377		2-127	1-117	155

1) 『冶隱集』에서는 「閑居」라 題함.
2) 『冶隱集』에서는 「偶吟」이라 題함.
3) 『冶隱集』에서는 「述志」라 題함.

16. 金光載

詩型	詩　題	三韓詩	東文選	青丘風	箕 雅	大東詩	海東詩
7고	1) 送草亭員外得負字		7-194				

17. 金闓

詩型	詩　題	三韓詩	東文選	青丘風	箕 雅	大東詩	海東詩
7율	1) 仁王挽詞		12-264				

18. 金坵

詩型	詩 題	三韓詩	東文選	靑丘風	箕 雅	大東詩	海東詩
7고	1) 庚子歲朝蒙古過西京		6-181	2-53	13-832		
	2) 過鐵州	하-133	6-182	2-53			
7율	1) 文機障子詩		14-281		7-438	1-67	246[1)]
	2) 上晉陽公 (一)		14-281				
	3) 上晉陽公 (二)		14-281				
	4) 宣慶殿行大藏經道場音讚詩 (一)		14-281				
	5) 宣慶殿行大藏經道場音讚詩 (二)		14-281				
	6) 中例消災道場音讚詩		14-281				
	7) 賀柳平章門生李右丞尊庇領門生獻壽		14-282				
5절	1) 洪原邑館						2
7절	1) 落梨花	중-114	20-353		2-110	1-67	152
	2) 分水嶺途中		20-352				
	3) 出塞		20-352				

1) 作家名이 金樞로 잘못 기록되어 있음.

19. 金九容

詩型	詩　題	三韓詩	東文選	青丘風	箕 雅	大東詩	海東詩
5율	1) 寄達可翰林從軍韓政堂幕府			3-90	5-298	1-101	64
	2) 己亥年紅賊		10-231				
	3) 帆急 (一)			3-91			
	4) 帆急 (二)			3-91	5-298	1-102	63
	5) 送郭九疇檢校		10-231				
	6) 送鄭當寺丞之任忠州		10-231				
7율	1) 江水			5-142	7-454	1-102	243
	2) 遁村寄詩累篇次韻錄呈(次李浩然)		16-308	5-141[1]	7-454[2]	1-102[3]	
	3) 送江陵徐廉使		16-308				
	4) 曳船			5-142			
7절	1) 江陵途中			7-212			
	2) 武昌		22-377	7-212			
	3) 俗離寺						154
	4) 夜泊楊子江		22-377				
	5) 夜莊		22-377				
	6) 野草			7-213	2-121	1-101	
	7) 驪江寄遁村			7-213	2-121	1-101	

1),2),3)「次李浩然」이라 題함.

20. 金君綏

詩型	詩 題	三韓詩	東文選	靑丘風	箕 雅	大東詩	海東詩
5고	1) 書聊城驛	상-44	4-151				
7절	1) 東都客館		19-339			1-33	

21. 金君鼎

詩型	詩 題	三韓詩	東文選	靑丘風	箕 雅	大東詩	海東詩
5율	1) 拱北樓						60

22. 金玔

詩型	詩 題	三韓詩	東文選	靑丘風	箕 雅	大東詩	海東詩
5고	1) 送辛員外赴上國		4-161				

23. 金克己

詩型	詩 題	三韓詩	東文選	靑丘風	箕 雅	大東詩	海東詩
5고	1) 憩炭軒村二老翁携酒見尋	상-31	4-153	1-27	12-740		
	2) 宿香村	상-30	4-153	1-25	12-739	1-42	

5고	3) 龍灣雜興 (一)	상-32	4-154				
	4) 龍灣雜興 (二)	상-33	4-154	1-26	12-740		
	5) 龍灣雜興 (三)	상-34	4-154				
	6) 龍灣雜興 (四)	상-35	4-154	1-25	12-741		
	7) 龍灣雜興 (五)	상-35	4-154	1-26			
	8) 有感 (一)	상-36	4-154	1-27	12-741	1-42	
	9) 有感 (二)	상-37	4-154				
	10) 有感 (三)		4-154	1-28	12-742		
	11) 田家四時 (一)		4-155				
	12) 田家四時 (二)		4-155				
	13) 田家四時 (三)		4-155				
	14) 田家四時 (四)		4-155				
7고	1) 權場		6-176				
	2) 醉時歌	하-127	6-176	2-45	13-825	1-42	
	3) 黃山江	하-127	6-176	2-46	13-826		
5율	1) 過東峯館河橋	상-42	9-221				
	2) 錦石庵						59
	3) 桃花驛						59
	4) 使金過兎兒島鎭寧館	상-41	9-220				
	5) 仍弗驛	상-38	9-220		5-288	1-40	59[1)]
	6) 田家四時 (一)	상-39	9-220		5-287	1-39	

詩型	詩　題	三韓詩	東文選	青丘風	箕 雅	大東詩	海東詩
5율	7) 田家四時 (二)	상-39	9-220		5-287	1-39	
	8) 田家四時 (三)	상-40	9-220	3-80	5-287	1-39	
	9) 田家四時 (四)	상-40	9-220		5-288	1-40	
	10) 胡家務館次途中韻	상-41	9-221				
7율	1) 高原驛	중-97	13-269		7-425	1-41	240
	2) 讀林大學椿詩卷爲詩弔之 (一)		13-269				
	3) 讀林大學椿詩卷爲詩弔之 (二)		13-269		7-425	1-41	
	4) 讀林大學椿詩卷爲詩弔之 (三)		13-269				
	5) 思歸	중-96	13-269				
	6) 夜坐	중-96	13-269		7-424	1-40	
	7) 牛逸		13-268				
	8) 草堂書懷	중-95	13-268		7-424	1-40	
	9) 村家	중-95	13-268				
	10) 叢石亭李學士知深韻	중-98	13-269				
	11) 派川縣偶書	중-98	13-269		7-426	1-41	
	12) 浿江渡吳學士韻		13-269	4-119	7-426	1-41	
7배	1) 上首相詩		18-320				
7절	1) 江村晩景	중-101	19-342				
	2) 途中卽事	중-99	19-341				
	3) 讀林大學詩卷 (一)		19-343				

7절	4) 讀林大學詩卷 (二)		19-343				
	5) 讀林大學詩卷 (三)		19-343				
	6) 讀林大學詩卷 (四)		19-343				
	7) 讀林大學詩卷 (五)		19-343				
	8) 東郊值雨		19-342				
	9) 洞仙驛晨興	중-99	19-342				
	10) 漫戌 (一)	중-102	19-342	6-178			
	11) 漫戌 (二)	중-102	19-342				
	12) 西樓觀雪	중-100	19-342				
	13) 西樓晩望	중-101	19-342	6-178	2-101	1-38	
	14) 書齋		19-343				
	15) 書情 (一)		19-342				
	16) 書情 (二)		19-342				
	17) 鴨江途中	중-100	19-342	6-178			
	18) 鴨江西岸望統軍峰		19-343				
	19) 漁翁		19-343	6-177	2-101	1-38	
	20) 李花		19-341	6-179	2-102	1-39	
	21) 麟州早發		19-343	6-178			
	22) 朝參		19-343	6-179	2-101		
	23) 贈瀰勒住老	중-100	19-342	6-179	2-102	1-38	
	24) 秋滿月夜		19-342		2-102	1-39	151

詩型	詩 題	三韓詩	東文選	青丘風	箕 雅	大東詩	海東詩
7절	25) 春日	중-102	19-342				
	26) 通達驛	중-103	19-343		2-103	1-39	
	27) 興海途上		19-342				

1) 林椿의 作으로 되어 있음.

24. 金祿延

詩型	詩 題	三韓詩	東文選	青丘風	箕 雅	大東詩	海東詩
7율	1) 伏覩左拾遺結社詩不勝嘉歎依韻呈似		14-278				

25. 金臺卿

詩型	詩 題	三韓詩	東文選	青丘風	箕 雅	大東詩	海東詩
5율	1) 送偰員外天民長壽奉使江南		9-228				
7율	1) 迦智寺板上韻		16-297				
	2) 到安老縣聞新事復用前韻		16-297				

26. 金敎時

詩型	詩　題	三韓詩	東文選	靑丘風	箕 雅	大東詩	海東詩
7율	1) 苦雨		12-261				
	2) 燈明寺		12-262			1-32	

27. 金敦中

詩型	詩　題	三韓詩	東文選	靑丘風	箕 雅	大東詩	海東詩
5율	1) 宿樂安郡禪院(澄光寺)		9-218			1-32	67[1]
7율	1) 和舍弟苦雨詩		12-261				245
7절	1) 智異山次季父韻		19-339				156

1)「澄光寺」라 題함.

28. 金得培

詩型	詩　題	三韓詩	東文選	靑丘風	箕 雅	大東詩	海東詩
7절	1) 題金海客舍		21-364			1-80	

29. 金方慶

詩型	詩　題	三韓詩	東文選	青丘風	箕 雅	大東詩	海東詩
7절	1) 福州		20-353			1-76	

30. 金富軾

詩型	詩　題	三韓詩	東文選	青丘風	箕 雅	大東詩	海東詩
5고	1) 結綺宮	상-10	4-151		12-737	1-29	341
5율	1) 甘露寺次惠遠韻	상-9	9-217	3-78	5-285	1-27	58
7율	1) 敬和王后挽詞		12-261				
	2) 哭權學士適		12-261				
	3) 哭金參政純		12-261				
	4) 觀瀾寺樓		12-260		7-417	1-27	
	5) 軍幕偶吟		12-260				
	6) 對菊有感	중-70	12-261	4-117			
	7) 兜率院樓		12-260				
	8) 燈夕	중-70	12-259	4-116	7-418	1-28	240
	9) 謝崔樞密灌宴集		12-260				
	10) 西都九梯宮朝退休于永明寺		12-260				
	11) 宋明州湖心寺次毛守韻		12-260				
	12) 裕陵挽詞		12-261				

7율	13) 自宋回次和書狀秘書海中望山		12-260		7-418	1-28	
	14) 征西軍幕有感		12-260		7-419	1-28	
	15) 題良梓驛		12-259				
	16) 葺新堂後有感		12-261				
	17) 玄化寺奉和御製		12-260		7-418	1-28	
	18) 和副使侍郎梅岑有感		12-260				
7배	1) 和羅倅李先生寄金郎中緣		18-320				
5절	1) 大興寺聞子規		19-331				
	2) 東宮春帖子		19-331		1-67	1-27	1
7절	1) 內殿春帖子		19-338				
	2) 東郊別業		19-338				
	3) 聞教坊妓唱布穀歌有感	중-71	19-338	6-175	2-97	1-27	151
	4) 西湖和金史館黃佇		19-338				
	5) 宋明州湖心寺次書狀官韻		19-338				
	6) 安和寺致齋	중-71	19-338		2-97	1-27	
	7) 臨津有感	중-72	19-338				
	8) 赤道寺		19-338				
	9) 酒醒有感		19-338				
	10) 熏脩院雜詠 (一)	중-72[1]	19-338				
	11) 熏脩院雜詠 (二)		19-338				

1) 「重脩院雜詠」이라 題함.

31. 金富儀

詩型	詩　題	三韓詩	東文選	靑丘風	箕 雅	大東詩	海東詩
7절	1) 江陵送安上人之楓岳	중-73[1]	19-339			1-31	
	2) 洛山寺		19-339				
	3) 登智異山		19-339				
	4) 水多寺		19-339				
	5) 僧舍晝眠	중-73[2]	19-339				

1)『三韓詩龜鑑』卷中과『補閑集』卷上에는 權適의 作으로 되어 있음.
2)『三韓詩龜鑑』卷中에는 權適의 作으로 되어 있음.

32. 金師道

詩型	詩　題	三韓詩	東文選	靑丘風	箕 雅	大東詩	海東詩
5고	1) 送辛草亭裔赴上朝		4-161				

33. 金翔漢

詩型	詩　題	三韓詩	東文選	靑丘風	箕 雅	大東詩	海東詩
7절	1) 桃源圖		20-359			1-79	

34. 金愲

詩型	詩　題	三韓詩	東文選	青丘風	箕 雅	大東詩	海東詩
7율	1) 寄呈龍穴大尊宿丈室		14-280				

35. 金莘尹

詩型	詩　題	三韓詩	東文選	青丘風	箕 雅	大東詩	海東詩
5율	1) 永寧寺次高按部韻	상-17	9-219				
	2) 珍島江亭次高按部韻	상-18	9-219				
7율	1) 靈巖郡次朴壽翁韻		12-264				
5절	1) 庚寅重九	상-18	19-332		1-68	1-36	4

36. 金若水

詩型	詩　題	三韓詩	東文選	青丘風	箕 雅	大東詩	海東詩
7절	1) 題任實郡公館		19-341		2-100	1-36	160

37. 金良鏡(仁鏡)[1)]

詩型	詩　題	三韓詩	東文選	青丘風	箕 雅	大東詩	海東詩
5배	1) 謝崔相國設餞宴		11-243		11-689	1-48	
	2) 石不可奪堅		11-243				
7율	1) 哭琴相國儀		14-274		7-429	1-48	
	2) 宣慶殿道場音讚詩應製		14-274				
5절	1) 書大觀殿黼座後障無逸圖上(一)		19-332				
	2) 書大觀殿黼座後障無逸圖上(二)		19-332		1-68	1-48	4
7절	1) 宮詞(內直)		20-348	6-181[2)]	2-105[3)]	1-48[4)]	157[5)]
	2) 賀新承宣李公老		20-348				
	3) 曉起		20-348	6-182			

1) 『青丘風雅』에는 作家名이 金仁鏡으로 되어 있으나, 良鏡이 初名임.
2),3),4),5) 「內直」이라 題함.

38. 金綠(仁存)[1)]

詩型	詩　題	三韓詩	東文選	青丘風	箕 雅	大東詩	海東詩
7율	1) 大同江	중-69	12-259			1-68	
	2) 出鎭龍灣次示門生	중-68	12-259				

1) 『三韓詩龜鑑』 卷中에는 作家名이 金仁存으로 되어 있으나, 綠이 初名임.

39. 金永暾

詩型	詩　題	三韓詩	東文選	青丘風	箕 雅	大東詩	海東詩
7절	1) 扈從白馬山應御製		22-374			1-91	157

40. 金倫

詩型	詩　題	三韓詩	東文選	青丘風	箕 雅	大東詩	海東詩
5고	1) 宋草亭員外歸京師		4-159				
7절	1) 題玄悟大禪師蘭若		21-365				

41. 金貽永

詩型	詩　題	三韓詩	東文選	青丘風	箕 雅	大東詩	海東詩
7율	1) 仁王挽詞		12-263				

42. 金仁館

詩型	詩　題	三韓詩	東文選	青丘風	箕 雅	大東詩	海東詩
7절	1) 廉侍中悌臣第盆梅		21-367				

43. 金自粹[1)]

詩型	詩　題	三韓詩	東文選	青丘風	箕 雅	大東詩	海東詩
5고	1) 絶命詞					1-121	
5절	1) 送肉塊先生赴張相國幕					1-121	
	2) 失題					1-121	
7절	1) 憑虛樓次金少尹師古韻					1-121	
	2) 韓山客館						158

1) 『大東詩選』과 『海東詩選』에 作家名이 金自粹로 되어 있으나, 『高麗史』 卷120에는 金子粹로 立傳되어 있음.

44. 金齊顔

詩型	詩　題	三韓詩	東文選	青丘風	箕 雅	大東詩	海東詩
7절	1) 寄無說師			7-215[1)]	2-121	1-102	152
	2) 益齋李文忠公挽辭		22-377				
	3) 休暇		22-377				

1) 鄭樞의 作으로 되어 있음.

45. 金仲權

詩型	詩　題	三韓詩	東文選	青丘風	箕 雅	大東詩	海東詩
5율	1) 幽居卽事		10-232				

46. 金之岱

詩型	詩　題	三韓詩	東文選	青丘風	箕 雅	大東詩	海東詩
7고	1) 義城客舍北樓		6-181		13-831	1-60	
7율	1) 寄慶尙按部韓侍郎就		14-277				
	2) 瑜伽寺		14-277	4-125	7-435	1-59	241
	3) 贈西海按部王侍御仲宣		14-277				
7배	1) 寄尙州牧伯崔學士滋		18-323				
7절	1) 愁歇院途中		20-352				153
	2) 贈館伴趙學士		20-352				

47. 金地藏

詩型	詩　題	三韓詩	東文選	青丘風	箕 雅	大東詩	海東詩
7율	1) 送童子下山					1-19	

48. 金贊

詩型	詩 題	三韓詩	東文選	青丘風	箕 雅	大東詩	海東詩
7배	1) 童女詩		18-326				
	2) 次韻		18-326				
7절	1) 題三陟木橋		20-352				

49. 金行瓊

詩型	詩 題	三韓詩	東文選	青丘風	箕 雅	大東詩	海東詩
7배	1) 賀崔中令赴內宴		18-325				

50. 金孝印

詩型	詩 題	三韓詩	東文選	青丘風	箕 雅	大東詩	海東詩
7절	1) 三日浦丹書石		20-352			1-69	

51. 金晅

詩型	詩 題	三韓詩	東文選	青丘風	箕 雅	大東詩	海東詩
7율	1) 丁酉立春在都酬吳僉舍良遇見寄		14-283				

52. 金忻

詩型	詩 題	三韓詩	東文選	青丘風	箕 雅	大東詩	海東詩
7절	1) 映湖樓		20-360			1-80	

53. 金希磾

詩型	詩 題	三韓詩	東文選	青丘風	箕 雅	大東詩	海東詩
7고	1) 過淸虜鎭		6-179				

54. 金希祖

詩型	詩 題	三韓詩	東文選	青丘風	箕 雅	大東詩	海東詩
7절	1) 秋日		20-360				

55. 羅興儒

詩型	詩 題	三韓詩	東文選	青丘風	箕 雅	大東詩	海東詩
7절	1) 奉使日本		21-370			1-91	

56. 南兢

詩型	詩　題	三韓詩	東文選	青丘風	箕 雅	大東詩	海東詩
7고	1) 長歌行許迂軒韻		7-196				
7율	1) 三月有日寄鄭直齋		16-299				
7절	1) 奉呈郭提學珊		21-370				

57. 魯璵

詩型	詩　題	三韓詩	東文選	青丘風	箕 雅	大東詩	海東詩
7율	1) 順興宿水寺樓		14-284		7-436	1-61	247

58. 盧永綏

詩型	詩　題	三韓詩	東文選	青丘風	箕 雅	大東詩	海東詩
5율	1) 投某官	상-22	9-219				

59. 都元興

詩型	詩　題	三韓詩	東文選	青丘風	箕 雅	大東詩	海東詩
7율	1) 巓南樓[1)]					1-98	

7율	2) 次淸心樓韻		17-312				

1) 嶺南樓의 잘못임.『新增東國輿地勝覽』卷26, 密陽都護府, 樓亭,「嶺南樓」條에 都元興의 이 詩가 수록되어 있음.

60. 東京老人

詩型	詩　題	三韓詩	東文選	靑丘風	箕 雅	大東詩	海東詩
7절	1) 駕幸東京獻王內相融		19-337	6-174			

61. 閔光鈞

詩型	詩　題	三韓詩	東文選	靑丘風	箕 雅	大東詩	海東詩
7율	1) 登第		15-288				

62. 閔思平

詩型	詩　題	三韓詩	東文選	靑丘風	箕 雅	大東詩	海東詩
7율	1) 有贈		16-299	4-133			
	2) 李政丞挽章		16-299				
	3) 次韻		16-300		7-449	1-85	

詩型	詩　題	三韓詩	東文選	青丘風	箕 雅	大東詩	海東詩
7절	1) 東國四詠益齋韻						
	① 金侍中乘驢訪江西惠素上人		21-369	6-197			
	② 崔太尉冒雪遊城北皺巖		21-369				
	③ 鄭中丞月下撫琴		21-369	6-198			
	④ 郭翰林雨中賞蓮		21-369				
	2) 再遊晉州						159
	3) 次愚谷詩韻			6-198			
	4) 投朴恥菴		21-369				

63. 閔霽

詩型	詩　題	三韓詩	東文選	青丘風	箕 雅	大東詩	海東詩
5고	1) 贈曹溪禪師云鑑		5-167				

64. 朴公襲

詩型	詩　題	三韓詩	東文選	青丘風	箕 雅	大東詩	海東詩
5율	1) 靈通寺僧貯山泉封寄見戲	상-20[1]	9-219				

1) 『三韓詩龜鑑』 卷上에는 林宗庇의 作으로 되어 있고, 『破閑集』 卷下에는 朴公襲의 作으로 되어 있음.

65. 朴尙衷

詩型	詩　題	三韓詩	東文選	靑丘風	箕 雅	大東詩	海東詩
7율	1) 上昇敬孝王挽章		15-295				
	2) 送河南王使郭檢校永錫九疇		15-296		7-447	1-84	242
7절	1) 送金子粹生員歸覲安東		21-367				

66. 朴瑗

詩型	詩　題	三韓詩	東文選	靑丘風	箕 雅	大東詩	海東詩
7절	1) 扈從應製		21-370				

67. 朴允文

詩型	詩　題	三韓詩	東文選	靑丘風	箕 雅	大東詩	海東詩
7율	1) 丹陽翠雲樓		16-297				
7절	1) 臨漪亭		21-368				

68. 朴義

詩型	詩　題	三韓詩	東文選	青丘風	箕 雅	大東詩	海東詩
7율	1) 永明寺次韻		15-289				

69. 朴宜中

詩型	詩　題	三韓詩	東文選	青丘風	箕 雅	大東詩	海東詩
5고	1) 贈別遼東使桑麟		5-171				
7고	1) 蓬萊驛有感		8-208				
5율	1) 遣興		10-236	3-99	5-305	2-137	72[1)]
	2) 首夏卽事		10-236	3-99			
5배	1) 贈河南王使郭九疇		11-252				
7율	1) 幽居卽事			5-158	7-469	2-138	
	2) 次沙門島壁上韻		17-312				
7절	1) 次韻金若齋			7-224	2-132	2-137	

1) 『遺興』으로 잘못되어 있음.

70. 朴寅亮

詩型	詩　題	三韓詩	東文選	青丘風	箕 雅	大東詩	海東詩
7율	1) 使宋過泗州龜山寺	중-65	12-259		7-416	1-26	247
5절	1) 舟中夜吟						5
7절	1) 伍子胥廟(浙江)	중-66	19-337	6-186[1]	2-97	1-26	159

1) 「浙江」이라 題함.

71. 朴仁範

詩型	詩　題	三韓詩	東文選	青丘風	箕 雅	大東詩	海東詩
7율	1) 江行呈張峻秀才		12-257		7-415	1-24	
	2) 涇州龍朔寺閣兼柬雲栖上人	중-62	12-257	4-115	7-414	1-24	
	3) 九成宮懷古		12-257	4-114	7-414	1-23	239
	4) 寄香巖山睿上人		12-257				
	5) 馬嵬懷古		12-257				
	6) 上殷員外		12-257				
	7) 上馮員外		12-257				
	8) 送儼上人歸乾竺國		12-256				
	9) 早秋書情		12-257				
	10) 贈田校書		12-257				

72. 朴莊

詩型	詩題	三韓詩	東文選	青丘風	箕雅	大東詩	海東詩
7절	1) 有感		20-359				

73. 朴全之

詩型	詩題	三韓詩	東文選	青丘風	箕雅	大東詩	海東詩
7절	1) 寄蒙庵昷長老		20-357				
	2) 謁元朝王百一鶚學士祠堂		20-357				

74. 朴晉祿

詩型	詩題	三韓詩	東文選	青丘風	箕雅	大東詩	海東詩
7율	1) 次江陵東軒韻		16-307				
	2) 次延爽樓韻		16-307				

75. 朴椿齡

詩型	詩題	三韓詩	東文選	青丘風	箕雅	大東詩	海東詩
7율	1) 鷄足山定慧寺		12-263				

7율	2) 大原寺		12-263		7-421	1-34	247
	3) 登採眞亭		12-263				
	4) 靈光郡憶金太守儒		12-263				
7절	1) 孤大山飛來房丈普德聖師眞		19-340				

76. 朴忠佐

詩型	詩　題	三韓詩	東文選	青丘風	箕 雅	大東詩	海東詩
7율	1) 送洪義軒濯賀天壽節朝元		14-285				
7절	1) 寄許迂軒邕		20-357				

77. 朴恒

詩型	詩　題	三韓詩	東文選	青丘風	箕 雅	大東詩	海東詩
7율	1) 北京路上		14-285	4-125	7-437	1-62	241
7절	1) 聽琴亭						153
	2) 曉起		20-354				

78. 朴形

詩型	詩　題	三韓詩	東文選	靑丘風	箕 雅	大東詩	海東詩
7율	1) 寄全獻納		16-303				

79. 朴浩

詩型	詩　題	三韓詩	東文選	靑丘風	箕 雅	大東詩	海東詩
7율	1) 江口秋泊	중-67	12-264		7-422	1-34	246
7절	1) 鏡	중-67	19-340				

80. 朴孝修

詩型	詩　題	三韓詩	東文選	靑丘風	箕 雅	大東詩	海東詩
7고	1) 興海松羅途中觀海濤		7-197				
7율	1) 普門社西樓		16-300	4-136	7-453	1-96	
	2) 星州靑雲樓上偶題		16-301				
	3) 偶題俗離寺		16-300				
	4) 題金海府披雲樓次韻		16-301				
	5) 興海鄕校月夜聞老妓彈琴		17-315[1]	5-161[2]	7-452	1-96	243

詩型	詩題	三韓詩	東文選	青丘風	箕雅	大東詩	海東詩
7절	1) 浮石寺						154
	2) 題永嘉客舍			7-206			

1),2) 朴致安(조선초기 문인)의 作으로 되어 있음. 『東人詩話』 卷下 및 『新增東國輿地勝覽』 卷24, 寧海都護府, 題詠에도 朴致安의 作으로 되어 있음.

81. 潘阜

詩型	詩　題	三韓詩	東文選	青丘風	箕　雅	大東詩	海東詩
7절	1) 寄友人在燕都		20-357				

82. 方曙

詩型	詩　題	三韓詩	東文選	青丘風	箕　雅	大東詩	海東詩
7율	1) 挽雞林郡公王政丞煦		14-285[1]	4-134			
	2) 沈鳳縣次趙元帥沖韻		15-289			1-77	

1) 安震의 作으로 되어 있음.

83. 裵中孚

詩型	詩　題	三韓詩	東文選	青丘風	箕　雅	大東詩	海東詩
5율	1) 自遣		10-232				

84. 白文擧

詩型	詩　題	三韓詩	東文選	靑丘風	箕 雅	大東詩	海東詩
7율	1) 次朴持平韻呈安謙齋		15-293				

85. 白文寶

詩型	詩　題	三韓詩	東文選	靑丘風	箕 雅	大東詩	海東詩
5고	1) 玄陵賜司藝金濤大書蘿葍山人……		4-161				
7고	1) 朴淵瀑布行		7-193				
	2) 洪武四年駕行長湍拜獻主上殿下		7-193				
5율	1) 杏村李侍中嵒挽詞		9-227				
7율	1) 次鏡浦臺韻		16-297				246
7배	1) 矗石樓		18-327		11-721	1-87	

86. 白文節

詩型	詩　題	三韓詩	東文選	靑丘風	箕 雅	大東詩	海東詩
7고	1) 花巖寺雲梯		6-182				
7절	1) 光武	중-115	20-354	6-187			

7절	2) 唐堯	중-115	20-354				
	3) 訪山寺 (一)		20-354				
	4) 訪山寺 (二)	중-114	20-354	6-187[1]	2-109[2]	1-60[3]	

1),2),3) 「方山寺」라 題함.

87. 白彌堅

詩型	詩　題	三韓詩	東文選	靑丘風	箕 雅	大東詩	海東詩
7배	1) 晉州矗石樓次鄭勉齋韻		18-327				
7절	1) 寄妻兄閔及菴		21-365	7-219[1]	2-127[2]	1-116[3]	

1),2),3) 작자가 元松壽로 되어 있음.

88. 白元恒

詩型	詩　題	三韓詩	東文選	靑丘風	箕 雅	大東詩	海東詩
7고	1) 權友生家飮酒		6-186				
	2) 白絲吟		6-186	2-61	13-837	1-67	
	3) 贈少年李異洞		6-186				
	4) 醉題翰院		6-187				
5율	1) 燕子		9-225				

詩型	詩　題	三韓詩	東文選	青丘風	箕 雅	大東詩	海東詩
7율	1) 上崔政丞		15-287				248
	2) 主上除太傅瀋陽王		15-287	4-126			
7절	1) 窮居冬日		20-359				
	2) 宮詞		20-359				
	3) 金連川		20-359				
	4) 雪齋暮春小雨		20-359				
	5) 燕都秋夜		20-359	6-190			
	6) 次晦軒安相國珦韻上座主鄭雪齋可臣		20-358				
	7) 春日次白淸讌禁池之作		20-359				
	8) 七月初六日夜久不寐		20-359				
	9) 行到祖江有作		20-359		2-110	1-67	160

89. 白頤正

詩型	詩　題	三韓詩	東文選	青丘風	箕 雅	大東詩	海東詩
7절	1) 燕居		20-357			1-78	

90. 徐甄

詩型	詩 題	三韓詩	東文選	青丘風	箕 雅	大東詩	海東詩
7절	1) 述懷		22-377			1-119	

91. 薛文遇

詩型	詩 題	三韓詩	東文選	青丘風	箕 雅	大東詩	海東詩
5배	1) 送崔侍御咸一貶猬島		11-247				
7율	1) 水原雲錦樓		15-288				161[1]
	2) 驪興淸心樓次韻		15-288		7-448	1-85	248

1) 後 4句만 취록하여 七言絶句로 분류함.

92. 偰遜

詩型	詩 題	三韓詩	東文選	青丘風	箕 雅	大東詩	海東詩
5고	1) 擬戍婦擣衣詞 (一)		5-164		12-752	1-98	
	2) 擬戍婦擣衣詞 (二)		5-165				
	3) 擬戍婦擣衣詞 (三)		5-165				
	4) 擬戍婦擣衣詞 (四)		5-165				
	5) 擬戍婦擣衣詞 (五)		5-165				

詩型	詩　題	三韓詩	東文選	靑丘風	箕 雅	大東詩	海東詩
5고	6) 效蘇州謝李舍人安注書來訪				12-759		
7고	1) 季冬行		7-200				
	2) 歲暮行		7-200				
	3) 岸上行		7-200				
	4) 瑤池會上南極老人授長生籙辭母親生日作		7-200	2-67	13-842		
5율	1) 紀夢寄簡朝中故舊			3-92	5-297	1-97	67
	2) 宵夢		10-232	3-92			
7율	1) 九日思家		16-302				
	2) 病中詠甁梅（一）		16-302	5-146	7-454	1-98	245
	3) 病中詠甁梅（二）		16-302				
	4) 三月晦日卽事		16-302	5-146	7-453	1-97	
	5) 船頭		16-302	5-145			
	6) 贈薛鶴齋		16-302			1-98	
5절	1) 山中雨		19-335	6-169	1-70	1-97	4
	2) 彦脩御史索賦竹軒			6-169			
	3) 題平陵驛亭		19-335[1]				4
7절	1) 過營城口號		21-372		2-120	1-97	
	2) 將赴春官途中自嘲（一）		21-372				
	3) 將赴春官途中自嘲（二）		21-372				
	4) 莊村醉歸口號（一）		21-372				

7절	5) 莊村醉歸口號（二）		21-372	7-215			
	6) 莊村醉歸口號（三）		21-372				
	7) 莊村醉歸口號（四）		21-372				
	8) 莊村醉歸口號（五）		21-372				
	9) 莊村醉歸口號（六）		21-372				
	10) 題畵馬			7-215			
	11) 七站途中		21-372				

1) 楊以時의 作으로 되어 있음.

93. 薛瑤

詩型	詩　題	三韓詩	東文選	青丘風	箕 雅	大東詩	海東詩
7고	1) 返俗謠					1-19[1]	

1)『大東詩選』卷12, 名媛條에도 뽑혀 있음.

94. 偰長壽

詩型	詩　題	三韓詩	東文選	青丘風	箕 雅	大東詩	海東詩
5율	1) 書感		10-237				
	2) 歲暮雜述		10-237				

詩型	詩 題	三韓詩	東文選	青丘風	箕 雅	大東詩	海東詩
5율	3) 春色		10-237	3-103	5-305	1-122	
	4) 春日感寓			3-103	5-304	1-122	71
7율	1) 高秋感興		17-312				
	2) 舍弟延壽來江村喜而成詩		17-312				
	3) 新春感懷		17-312				
	4) 漁翁		17-312	5-160	7-467	1-123	
	5) 早春書懷			5-160			
5절	1) 漁艇		19-336	6-171	1-72	1-122	6
	2) 柳枝詞			6-172	1-72	1-122	6
7절	1) 宿任實郡次東軒權無悔先生韻			7-227			
	2) 卽事		22-381		2-131	1-122	162

95. 成士達

詩型	詩 題	三韓詩	東文選	青丘風	箕 雅	大東詩	海東詩
7고	1) 淡菴作朴淵瀑布行示之次韻		7-199				
	2) 復次前韻奉呈淡庵		7-199				

96. 成士弘

詩型	詩　題	三韓詩	東文選	青丘風	箕 雅	大東詩	海東詩
7절	1) 東萊客館		21-367				
	2) 芒浦村舍訪權學士質		21-367				

97. 孫襲卿

詩型	詩　題	三韓詩	東文選	青丘風	箕 雅	大東詩	海東詩
7고	1) 和過淸虜鎭		6-179				

98. 宋國瞻

詩型	詩　題	三韓詩	東文選	青丘風	箕 雅	大東詩	海東詩
7고	1) 和過淸虜鎭		6-179				

99. 宋因

詩型	詩　題	三韓詩	東文選	青丘風	箕 雅	大東詩	海東詩
7율	1) 次江陵東軒韻		16-302			1-123	
	2) 次平海越松亭韻		16-302				

100. 申淑

詩型	詩　題	三韓詩	東文選	靑丘風	箕 雅	大東詩	海東詩
5절	1) 棄官歸鄕					1-64	

101. 辛裔

詩型	詩　題	三韓詩	東文選	靑丘風	箕 雅	大東詩	海東詩
7율	1) 驪興淸心樓次韻		15-290				
7절	1) 金陵懷古		21-365				

102. 辛蕆

詩型	詩　題	三韓詩	東文選	靑丘風	箕 雅	大東詩	海東詩
5율	1) 拱北樓		9-226				
7율	1) 福州暎湖樓		15-289				
	2) 平海東軒		15-289		7-450	1-86	
7배	1) 叢石亭		18-327				
7절	1) 臥水木橋		21-364	6-199	2-116	1-86	160
	2) 依山村舍		21-364				

103. 沈東老

詩型	詩　題	三韓詩	東文選	青丘風	箕 雅	大東詩	海東詩
5고	1) 送黃先生瑾		4-160				

104. 安起

詩型	詩　題	三韓詩	東文選	青丘風	箕 雅	大東詩	海東詩
7절	1) 扈從應製		21-370				

105. 安牧

詩型	詩　題	三韓詩	東文選	青丘風	箕 雅	大東詩	海東詩
5율	1) 贈友人		9-226				
7절	1) 送子判書出鎭全州		20-360				
	2) 示子拜代言		20-360				

106. 安淳之

詩型	詩　題	三韓詩	東文選	青丘風	箕 雅	大東詩	海東詩
7절	1) 李僕射出小屏命作墨君……		19-341				
	2) 自寫醉睡先生眞題云	중-83		6-184			

107. 安止常

詩型	詩　題	三韓詩	東文選	青丘風	箕 雅	大東詩	海東詩
7율	1) 廣州村莊寄呈江華萬戶同年壯元河乙沚		16-297				

108. 安震

詩型	詩　題	三韓詩	東文選	青丘風	箕 雅	大東詩	海東詩
7고	1) 送崔御史伯淵壽親還朝		6-185				
5율	1) 得堂字送辛裔員外朝元		9-225				
	2) 送閔生員仲玉璿覲親還學		9-225				
	3) 贈送天台了圓長老		9-225			1-78	
7율	1) 鷄林郡公王政丞煦挽詞		14-285	4-134[1]			
	2) 送李稼亭之上國		14-285				
	3) 賀副學士安判書軸		14-285				

5절	1) 次安謹齋題竹院		19-333				
7절	1) 金執儀成用書堂		20-357				
	2) 琳宮		20-356				

1) 方曙의 作으로 되어 있음.

109. 安軸

詩型	詩　題	三韓詩	東文選	靑丘風	箕 雅	大東詩	海東詩
7고	1) 王昭君		6-187	2-60	13-839		
	2) 次叢石亭詩韻		6-187				
5율	1) 過澄波渡			3-86			
	2) 宿龍潭驛		9-226				
	3) 題寒松亭		9-226				67
	4) 八月將赴京又有旨仍行秋祭南行路上……		9-226				
7율	1) 江陵鏡浦臺						245
	2) 登州古城懷古		15-288		7-448	1-84	
	3) 登太白山		15-289				
	4) 次襄州公館韻		15-288				
	5) 次和州本營詩韻		15-288				
	6) 天曆三年五月受江陵道存撫使之命……		15-288				
	7) 賀益齋相國		15-288				

詩型	詩　題	三韓詩	東文選	青丘風	箕 雅	大東詩	海東詩
7배	1) 瓮遷路			5-164			
7절	1) 洛東江上流						156
	2) 范丞相麥舟圖			6-196			
	3) 臥水木橋		20-359				
	4) 元日			6-195			
	5) 除夜			6-196			
	6) 蒲萄酒和州隱者持以勸余			6-196			

110. 安珦

詩型	詩　題	三韓詩	東文選	青丘風	箕 雅	大東詩	海東詩
7율	1) 甲午秋自鎭邊歸道次京山府示太守李東庵		14-282				
7절	1) 有感				2-118	1-89	156

111. 梁溫

詩型	詩　題	三韓詩	東文選	青丘風	箕 雅	大東詩	海東詩
7고	1) 靈山辛員外將赴燕京		7-192				
7율	1) 送崔御史伯淵璿還朝		15-289				

112. 楊以時

詩型	詩 題	三韓詩	東文選	靑丘風	箕 雅	大東詩	海東詩
5율	1) 次權左尹鑄韻		10-232				
7율	1) 權大夫鎬靜亭詩次韻		16-302				
5절	1) 題平陵驛亭		19-335				4[1]

1) 偰遜의 作으로 되어 있음.

113. 麗玉

詩型	詩 題	三韓詩	東文選	靑丘風	箕 雅	大東詩	海東詩
4언	1) 箜篌引					1-17	

114. 延鏡

詩型	詩 題	三韓詩	東文選	靑丘風	箕 雅	大東詩	海東詩
7율	1) 長淵金沙寺					1-76	

115. 廉悌臣

詩型	詩　題	三韓詩	東文選	青丘風	箕 雅	大東詩	海東詩
7절	1) 扈駕至元巖驛同諸老唱和					1-123	

116. 廉興邦

詩型	詩　題	三韓詩	東文選	青丘風	箕 雅	大東詩	海東詩
7절	1) 枕流亭 (一)		22-378			1-123	
	2) 枕流亭 (二)					1-124	
	3) 枕流亭 (三)					1-124	

117. 吳世才

詩型	詩　題	三韓詩	東文選	青丘風	箕 雅	大東詩	海東詩
5율	1) 戟巖		9-219		5-292	1-49	69
	2) 病目		9-219	3-80	5-292	1-49	69
7율	1) 次韻金無迹見贈		13-265				

118. 吳璲

詩型	詩　題	三韓詩	東文選	靑丘風	箕 雅	大東詩	海東詩
7고	1) 有所思		6-185				

119. 吳珣

詩型	詩　題	三韓詩	東文選	靑丘風	箕 雅	大東詩	海東詩
7절	1) 江頭		21-366	7-202	2-117	1-88	
	2) 觀稼亭		21-366				
	3) 望三角山		21-366	7-201			159
	4) 上辛草亭畲		21-366				
	5) 草堂		21-366				
	6) 花塢		21-366				

120. 吳軾

詩型	詩　題	三韓詩	東文選	靑丘風	箕 雅	大東詩	海東詩
7절	1) 萬景臺		20-360				

121. 吳廷碩

詩型	詩　題	三韓詩	東文選	靑丘風	箕 雅	大東詩	海東詩
7율	1) 山村海棠		13-265				
	2) 贈大光寺堂頭		13-265				
7절	1) 途中聞鶯		19-341				

122. 吳學麟

詩型	詩　題	三韓詩	東文選	靑丘風	箕 雅	大東詩	海東詩
5율	1) 重遊九龍山興福寺	상-9[1]	9-217				

1) 作家名이 吳麟으로 되어 있음.

123. 吳漢卿

詩型	詩　題	三韓詩	東文選	靑丘風	箕 雅	大東詩	海東詩
7율	1) 送李東庵落致仕赴原州		14-283				
	2) 牛山莊聞洪中贊靈柩東歸		14-283				
	3) 在金州謝劉按部顯惠年魚		14-283	4-126			
5절	1) 秋日泛舟（一）	상-54	19-333				
	2) 秋日泛舟（二）	상-54	19-333				

124. 王康

詩型	詩 題	三韓詩	東文選	靑丘風	箕 雅	大東詩	海東詩
7절	1) 百花軒					1-118	
	2) 燕子樓					1-117	158

125. 王巨仁

詩型	詩 題	三韓詩	東文選	靑丘風	箕 雅	大東詩	海東詩
7절	1) 憤怨詩					1-19	

126. 王伯

詩型	詩 題	三韓詩	東文選	靑丘風	箕 雅	大東詩	海東詩
7절	1) 山居春日		20-359	6-199	2-115	1-86	152
	2) 從毅陵宴杏園		21-364[1]	7-201[2]	2-116	1-86[3]	160[4]

1),2),3),4) 尹澤의 作으로 되어 있음.

127. 禹吉生

詩型	詩　題	三韓詩	東文選	青丘風	箕 雅	大東詩	海東詩
7율	1) 次鄭愚谷韻送洪敏求進士		15-293				

128. 禹天啓

詩型	詩　題	三韓詩	東文選	青丘風	箕 雅	大東詩	海東詩
7고	1) 墨竹		7-188				
	2) 琵琶行		7-188				
	3) 聽琴		7-188				

129. 禹倬

詩型	詩　題	三韓詩	東文選	青丘風	箕 雅	大東詩	海東詩
7율	1) 暎湖樓		15-286		7-437	1-62	248

130. 元松壽

詩型	詩　題	三韓詩	東文選	青丘風	箕 雅	大東詩	海東詩
5율	1) 送天台洪若海照磨		10-236		5-304	1-117	66
7율	1) 壬寅清州作		17-309				
	2) 次安政堂村居閑詠		17-310		7-464	1-117	245
7절	1) 寄妻兄閔及庵		21-365[1]	7-219	2-127	1-116	
	2) 伏覩洪南陽侯彦博次曹南堂詩韻 (一)		22-379	7-219	2-126	1-116	
	3) 伏覩洪南陽侯彦博次曹南堂詩韻 (二)		22-379				
	4) 伏覩洪南陽侯彦博次曹南堂詩韻 (三)		22-379				
	5) 送安宗源赴江陵府使		22-379				
	6) 崇教法眼上人自江浙省渡海將遊……		22-380				
	7) 燕至		22-379				
	8) 正旦賣慵懶		22-379	7-219			
	9) 晝眠		22-379				
	10) 次郭忠秀摠郎韻		22-379				

1) 作者가 白彌堅으로 되어 있음.

131. 元天錫

詩型	詩 題	三韓詩	東文選	靑丘風	箕 雅	大東詩	海東詩
5율	1) 過楊口邑					1-119	
7율	1) 見錄於軍籍作詩以自寬					1-119	
	2) 新國					1-119	
5절	1) 立春					1-118	
7절	1) 酒禁					1-118	

132. 柳璥[1)]

詩型	詩 題	三韓詩	東文選	靑丘風	箕 雅	大東詩	海東詩
7율	1) 林拾遺來示參社詩因書以呈		14-280				

1) 釋 始寧의 작품도 柳璥의 것으로 보아야 함. 始寧은 황해도 文化縣의 옛 이름으로 柳璥의 貫鄕인데, 『東文選』의 편찬자가 釋名으로 오인한 것으로 보임.

133. 柳公權

詩型	詩 題	三韓詩	東文選	靑丘風	箕 雅	大東詩	海東詩
7배	1) 扈從安和寺應製次韻		18-325			1-65	

134. 琉璃王

詩型	詩　題	三韓詩	東文選	青丘風	箕 雅	大東詩	海東詩
4언	1) 黃鳥歌					1-18	

135. 柳葆

詩型	詩　題	三韓詩	東文選	青丘風	箕 雅	大東詩	海東詩
7절	1) 上朴舍人暄		20-355	6-186			

136. 柳淑

詩型	詩　題	三韓詩	東文選	青丘風	箕 雅	大東詩	海東詩
7고	1) 遊昭陽江		7-196				
5율	1) 淸州拱北樓		10-230				
7율	1) 哭李侍中嵒黃檜山韻		16-299				
	2) 復用前韻寄姪趙瑚副使		16-299				
	3) 次伽倻寺住老詩（一）		16-299				
	4) 次伽倻寺住老詩（二）		16-299	5-144	7-462	1-100[1]	
	5) 次伽倻寺住老詩（三）		16-299				
	6) 次韻贈朴宜中壯元		16-299				

詩型	詩　題	三韓詩	東文選	靑丘風	箕 雅	大東詩	海東詩
5절	1) 癸卯冬送北征崔元帥瑩		19-335				
	2) 碧瀾渡		19-335	6-168	1-71	1-112	4
	3) 書洪州家壁		19-335				
7절	1) 寄同年閔執義瑺		21-370				
	2) 寄佐郎趙瑚		21-370				
	3) 大師踏靑賦詩次韻		21-370				
	4) 讀史		21-370				
	5) 書懷寄趙瑚先輩		21-370				
	6) 丁酉夏上賜安社功臣錄券仍降宣醞……		21-370				
	7) 從玄陵朝元東還路上		21-369				

1) 李仁復의 作으로 되어 있음.

137. 兪升旦

詩型	詩　題	三韓詩	東文選	靑丘風	箕 雅	大東詩	海東詩
5율	1) 宿保寧縣		9-221	3-82	5-289	1-47	
	2) 趙相國獨樂園 (一)		9-221	3-82	5-289	1-47	
	3) 趙相國獨樂園 (二)		9-221				
	4) 次杻城公館壁上韻		9-221				
	5) 穴口寺	상-43	9-221	3-82	5-289	1-47	

7율	1) 書德豊縣公館		13-269				
	2) 僧伽寺					1-78[1]	
	3) 次韻孫綸院抃哭趙平章沖		13-270				
	4) 和趙相國同年席上詩		13-270		7-428	1-48	

1) 作家名이 兪元淳으로 되어 있는데, 그의 初名임.

138. 柳伸

詩型	詩　題	三韓詩	東文選	青丘風	箕 雅	大東詩	海東詩
7절	1) 有感	중-112	20-350				

139. 庾資諒

詩型	詩　題	三韓詩	東文選	青丘風	箕 雅	大東詩	海東詩
5율	1) 洛山寺						65

140. 劉敞

詩型	詩　題	三韓詩	東文選	青丘風	箕 雅	大東詩	海東詩
7절	1) 牧隱陽村被誣逮獄得釋					1-124	163

141. 兪千遇

詩型	詩　題	三韓詩	東文選	青丘風	箕 雅	大東詩	海東詩
7절	1) 賀元帥金公方慶攻下耽羅		20-354			1-76[1]	

1) 作家名이 兪千邁로 잘못 기록되어 있음.

142. 尹頎

詩型	詩　題	三韓詩	東文選	青丘風	箕 雅	大東詩	海東詩
7고	1) 望燕岐		6-185				
7절	1) 訪咸安先人故居感之而作		20-356				
	2) 病中偶吟		20-356				

143. 尹紹宗

詩型	詩　題	三韓詩	東文選	青丘風	箕 雅	大東詩	海東詩
5고	1) 送仍上人葬其師頓庵于錦州還京		5-170				
	2) 一月三十日寄野堂吁齋		5-170				
	3) 祭東門媼		5-170				
	4) 次許濂太史韻		5-169				

7고	1) 東郊		8-206	2-74	13-850	2-138	
	2) 冬至		8-206				
	3) 伏覩車駕臨幸松軒李侍中第……		8-207				
	4) 奉賀李相國大破倭寇于引月驛振旅還都		8-206				
5율	1) 淩煙閣		10-235				
	2) 謁惠王眞于錦城		10-235	3-96			
	3) 贈李詹從指揮		10-235				
	4) 忠定王大妃挽詞		10-235				
	5) 八角殿						69
5배	1) 病中霖雨二十八卦寄野堂吁齋		11-252				
7율	1) 淡庵白忠簡公文寶挽詞		17-309				
	2) 書懷		17-309				
	3) 仰巖與李詹同賦		17-309				
7절	1) 敬孝大王挽詞		22-378				
	2) 別正言李存吾		22-378				
	3) 栗亭		22-378				
	4) 題碧蹄驛		22-378				

144. 尹汝衡

詩型	詩　題	三韓詩	東文選	靑丘風	箕 雅	大東詩	海東詩
7고	1) 橡栗歌		7-192				
5율	1) 村居		9-227				
7율	1) 客寓靈光東資福寺		15-295				
	2) 元日漫成		15-295				
7절	1) 關東旅夜		21-366				
	2) 憶故鄕		21-365	7-202			
	3) 往隨緣山谷途中		21-366				

145. 尹珍

詩型	詩　題	三韓詩	東文選	靑丘風	箕 雅	大東詩	海東詩
7절	1) 錦城卽事			7-204			

146. 尹澤

詩型	詩　題	三韓詩	東文選	靑丘風	箕 雅	大東詩	海東詩
5고	1) 蟻庵		4-159				

詩型	詩題	三韓詩	東文選	青丘風	箕雅	大東詩	海東詩
7절	1) 偶吟		21-364				
	2) 元巖宴集次黃檜山韻		21-364				
	3) 從毅陵宴杏園		21-364	7-201	2-116[1]	1-86	160

1) 王伯의 作으로 되어 있음.

147. 尹奕

詩型	詩　題	三韓詩	東文選	青丘風	箕 雅	大東詩	海東詩
7율	1) 賀李通憲齊賢學士宴		15-287				

148. 乙支文德

詩型	詩　題	三韓詩	東文選	青丘風	箕 雅	大東詩	海東詩
5절	1) 贈隋右翊衛大將軍于仲文		19-331			1-18	1

149. 李岡

詩型	詩　題	三韓詩	東文選	青丘風	箕 雅	大東詩	海東詩
7고	1) 予不樂樂故作長詩以代謌		7-194			1-101	
5율	1) 送郭檢校九疇還河南		9-227				

詩型	詩　題	三韓詩	東文選	青丘風	箕 雅	大東詩	海東詩
5율	2) 詩邀河允源郎中		9-227				
	3) 次郭諫議韻送崔德成持平分司舊京		9-227				

150. 李堅幹

詩型	詩　題	三韓詩	東文選	青丘風	箕 雅	大東詩	海東詩
7절	1) 奉使關東聞杜鵑		20-360	7-205	2-120	1-96	161
	2) 送人遊關東		20-360				

151. 李季瑊

詩型	詩　題	三韓詩	東文選	青丘風	箕 雅	大東詩	海東詩
5절	1) 安州送金政丞深上朝		19-334				

152. 李穀

詩型	詩　題	三韓詩	東文選	青丘風	箕 雅	大東詩	海東詩
5고	1) 己巳六月舟發禮成江南往韓山江口阻風			1-33	12-749	1-84	
	2) 紀行一首贈淸州參軍		4-160				

5고	3) 妾薄命用太白韻（一）		4-160				
	4) 妾薄命用太白韻（二）		4-160	1-33	12-749		
7고	1) 寄龍頭釋老		7-192	2-62			
	2) 唐太宗六駿圖		7-191				
	3) 同禁內諸生遊紫霞洞		7-192	2-63	13-840		
	4) 扶餘懷古		7-191	2-62			
	5) 送漢陽鄭參軍		7-191				
	6) 飮酒一首同白和父禹德麟作		7-191				
	7) 天曆己巳六月舟發禮成江南往韓山……		7-191				
5율	1) 得家兄書		9-227				
	2) 賦順菴猴孫			3-86			
	3) 雪夜小酌		9-227	3-85	5-294	1-82	
	4) 燕			3-85	5-295	1-82	61
	5) 李陵臺			3-85	5-294	1-82	61
7율	1) 癸未元日崇天門下		15-293	4-132	7-446	1-83	
	2) 苦寒		15-294				
	3) 灤京送別用閔及庵韻		15-294				
	4) 病中述懷			4-133			
	5) 氷渡漢江			4-132	7-447	1-83	
	6) 壬午歲寒食		15-293				
	7) 正朝雪		15-294	4-133	7-446	1-83	

詩型	詩　題	三韓詩	東文選	青丘風	箕 雅	大東詩	海東詩
7율	8) 次韻答順庵		15-293				
	9) 秋雨夜坐		15-293				
	10) 七夕小酌		15-294	4-131	7-446	1-83	242
5배	1) 禮成江口阻風			3-107			
5절	1) 寄仲始司藝			6-168			
7절	1) 寄鄭代言		21-365				
	2) 途中避雨有感			6-195	2-115	1-82	153
	3) 食筍			6-195			
	4) 題中書譯史牧丹圖後		21-365				

153. 李公遂

詩型	詩　題	三韓詩	東文選	青丘風	箕 雅	大東詩	海東詩
5절	1) 下第贈登第者		19-334		1-70	1-88	5
7절	1) 有感		21-365				

154. 李公升

詩型	詩　題	三韓詩	東文選	青丘風	箕 雅	大東詩	海東詩
7율	1) 天官寺		12-261				247

155. 李玖

詩型	詩　題	三韓詩	東文選	青丘風	箕 雅	大東詩	海東詩
5율	1) 海松亭						66
7율	1) 省直偶題		16-303				
7절	1) 趙副令出按關東記關東隱君子						
	① 沈中書東老		22-374				
	② 崔司諫卜河		22-374				

156. 李奎報

詩型	詩　題	三韓詩	東文選	青丘風	箕 雅	大東詩	海東詩
5고	1) 蓼花白鷺		4-156	1-29	12-743	1-56	
	2) 遊家君別業西郊草堂 (一)		4-156	1-28			
	3) 遊家君別業西郊草堂 (二)		4-156	1-29	12-745	1-56	
	4) 適意	상-44	4-156				
	5) 釣名諷		4-156		12-744		
7고	1) 折花行				13-829[1]	1-56[2]	345[3]
	2) 次韻同年文員外題甘露			2-47	13-828		
	3) 七夕雨		6-176	2-47	13-828		
	4) 興王寺彭公房見李眉叟內翰子……		6-177				

詩型	詩　題	三韓詩	東文選	青丘風	箕 雅	大東詩	海東詩
5율	1) 江行	상-47	9-223				
	2) 大灘	상-46	9-223		5-292	1-52	
	3) 過洛東江上流						60
	4) 九品寺	상-50	9-224	3-81	5-291	1-52	
	5) 聞琴次韻陳學正澕	상-50	9-223				
	6) 沙平江泛舟	상-45	9-223				
	7) 宿德淵院			3-81	5-291	1-52	
	8) 寓龍巖寺[5)]	상-47	9-223		5-291	1-52	
	9) 草堂端居和子美新賃草屋韻 (一)[6)]	상-48	9-223				
	10) 草堂端居和子美新賃草屋韻 (二)[7)]	상-48	9-223	3-81	5-290	1-52	
	11) 草堂端居和子美新賃草屋韻 (三)[8)]	상-49	9-223		5-290		60
	12) 草堂端居和子美新賃草屋韻 (四)[9)]	상-49	9-223		5-291		
	13) 草堂端居和子美新賃草屋韻 (五)[10)]		9-223				
	14) 秋送金先輩登第還鄉	상-45	9-222		5-290	1-51	
	15) 下寧寺	상-46	9-223		5-290	1-51	
7율	1) 甘露寺				7-432	1-54	
	2) 過龍潭寺		14-274		7-430	1-53	
	3) 軍幕書情呈副使朴侍郎仁碩		14-275				
	4) 寄吳德全		14-274		7-429	1-53	
	5) 老將			4-122			

7율	6) 大安寺				7-432		
	7) 杜門	중-106	14-275	4-121	7-431		241
	8) 梅花		14-275				
	9) 文機障子				7-433	1-54	
	10) 扶寧浦口		14-275		7-431	1-53	
	11) 宿峯城縣		14-275				
	12) 辛酉五月端居無事和子美…… (一)	중-104	14-274				
	13) 辛酉五月端居無事和子美…… (二)		14-274				
	14) 辛酉五月端居無事和子美…… (三)	중-105	14-274		7-430	1-53	
	15) 辛酉五月端居無事和子美…… (四)	중-105	14-274				
	16) 辛酉五月端居無事和子美…… (五)		14-274	4-120	7-430		
	17) 鸚鵡		14-275		7-434	1-55	
	18) 聊城驛壁上韻	중-103	14-274				
	19) 寓居天龍寺		14-275		7-431	1-54	
	20) 呈給事中李公靖				7-433		
	21) 重遊北山		14-275	4-122	7-433	1-54	
	22) 河豊江泛舟		14-274				
	23) 黃驪江泛舟[11]		14-275				
5배	1) 發尙州		11-244				
	2) 扶寧馬上記所見		11-243		11-690	1-55	
	3) 上右諫議		11-245				

詩型	詩　題	三韓詩	東文選	靑丘風	箕 雅	大東詩	海東詩
5배	4) 上右散騎		11-245				
	5) 上趙相詩		11-244				
	6) 上左諫議		11-245				
	7) 上中書舍人		11-245				
	8) 上直門下		11-245				
	9) 詠白				11-690		
	10) 詠黑次前韻				11-691		
7배	1) 違心詩				11-717	1-55	
	2) 次李需敎坊小娥韻		18-321		11-716		
	3) 次賀琴平章得外孫		18-321	5-163			
5절	1) 晩望(旣望)		19-333		1-69	1-50	2[4)]
	2) 邊山路上		19-332				
	3) 北山雜題 (一)[12)]	상-51	19-333		1-69	1-50	
	4) 北山雜題 (二)	상-51	19-333				
	5) 北山雜題 (三)	상-51	19-333	6-166	1-69	1-49	
	6) 北山雜題 (四)	상-52	19-333	6-166	1-69	1-50	
	7) 山夕詠井中月			6-166	1-69	1-50	2
	8) 絶句杜韻		19-332				
	9) 卽事		19-333				

7절	1) 江上月夜望客舟			6-183	2-106	1-50	
	2) 江上曉雨[13)]				2-106	1-50	152
	3) 過奇相林園 (一)		20-349				
	4) 過奇相林園 (二)	중-109	20-349	6-182			
	5) 南中逢故人	중-109	20-349				
	6) 內省夜直		20-350				
	7) 讀林大年詩[14)]		20-349				
	8) 漢谷別業見朴君文老壁上詩次韻[15)]			6-183			
	9) 朴丞家盆竹[16)]		20-349				
	10) 四時詞						
	① 春		20-350				
	② 夏		20-350				
	③ 秋		20-350				
	④ 冬		20-350				
	11) 守歲		20-349				
	12) 兒子涵編詩文書其後		20-350				
	13) 憶舊京				2-107	1-51	
	14) 延福亭	중-108	20-349				
	15) 列子御風	중-107	20-349				
	16) 詠魚				2-106	1-51	
	17) 右軍換鵝		20-349				

詩型	詩　題	三韓詩	東文選	青丘風	箕 雅	大東詩	海東詩
7절	18) 元夕燈籠詩			6-182	2-105	1-50	
	19) 子猷訪戴	중-108	20-349				
	20) 春日訪山寺		20-350	6-183	2-105	1-50	
	21) 春日晝眠尹學錄韻	중-107	20-349	6-182			
	22) 夏日	중-106	20-349		2-106	1-51	
	23) 漢江	중-108	20-349				
	24) 回安淳之詩卷		20-349				

1),2),3) 이규보의 작품으로 볼 수 없음. 『東國李相國集』에 실려 있지 않으며, 唐나라 無名氏의 「菩薩蠻」이라는 詞(『花草粹編』 卷2)임. 안대회, 「한국 한시의 텍스트 비평」, 『동방고전문학연구』 2, 동방고전문학회, 2000에서 자세히 논의하였음.

4) 「旣望」이라 題함.

5) 『東國李相國集』 卷6에는 「十六日次中庸子詩韻」으로 되어 있음. 같은 卷의 앞 詩題 「到龍巖寺書壁上」을 줄여서 잘못 붙인 것으로 보임.

6)~10) 『東國李相國集』 卷10에서는 『又次新賃草屋詩韻」이라 題함.

11) 『東國李相國集』 卷6에서는 「泛小船」이라 題함.

12) 『東國李相國集』 卷12 「山中寓居」(一)임. 같은 책 卷5의 「北山雜題」 九首(아래 3수 포함)의 連作이 아님.

13) 『東國李相國集』 卷16에서는 「江上晩雨」라 題함.

14) 『東國李相國集』 卷10에서는 「讀林椿詩」라 題함.

15) 『東國李相國集』 卷6에서는 「是日日暮朴君文老邀予往宿漢谷別業夜歸置酒有作」이라 題함.

16) 『東國李相國集』 卷7에서는 「次韻和崔相國詵和黃郎中題朴內園家盆中六詠」이라 題함(6가지를 읊은 것 중의 하나임).

157. 李吉祥

詩型	詩　題	三韓詩	東文選	青丘風	箕 雅	大東詩	海東詩
7율	1) 自警		16-297				

158. 李達衷

詩型	詩　題	三韓詩	東文選	青丘風	箕 雅	大東詩	海東詩
5고	1) 閨情		5-163				
	2) 樂吾堂感興詩 (一)		5-164	1-42	12-752	1-92	
	3) 樂吾堂感興詩 (二)		5-164				
	4) 樂吾堂感興詩 (三)		5-164				
	5) 樂吾堂感興詩 (四)		5-164				
	6) 樂吾堂感興詩 (五)		5-164				
	7) 樂吾堂感興詩 (六)		5-164				
	8) 樂吾堂感興詩 (七)		5-164		12-752	1-92	
	9) 樂吾堂感興詩 (八)		5-164				
	10) 予在山中竟日無相過拖笻曳履獨徜徉……		5-163				
	11) 雜興五章寄思菴 (一)		5-163				
	12) 雜興五章寄思菴 (二)		5-163				
	13) 雜興五章寄思菴 (三)		5-163				

詩型	詩 題	三韓詩	東文選	青丘風	箕 雅	大東詩	海東詩
5고	14) 雜興五章寄思菴 (四)		5-163				
	15) 雜興五章寄思菴 (五)		5-163	1-42			
	16) 次益齋詩韻 (一)		5-163				
	17) 次益齋詩韻 (二)		5-163				
	18) 次益齋詩韻 (三)		5-164				
7고	1) 金晦翁南歸作村中四時歌以贈 (一)		7-196				
	2) 金晦翁南歸作村中四時歌以贈 (二)		7-196				
	3) 金晦翁南歸作村中四時歌以贈 (三)		7-197				
	4) 金晦翁南歸作村中四時歌以贈 (四)		7-197				
	5) 雪軒鄭相宅青山白雲圖		7-197				
	6) 次春日昭陽江行		7-197				
	7) 醉歌			2-73	13-840	1-92	
5율	1) 題興教僧統餞行詩軸		10-230				
5배	1) 山村雜詠		11-249		11-694[1)]		
7율	1) 哭雲窩弟		16-300				
	2) 辛旽 (一)		16-300				
	3) 辛旽 (二)		16-300				
	4) 偶成			5-143	7-450		
	5) 次襄州官舍詩韻		16-300				
	6) 次會慶樓詩韻		16-300		7-449		

7율	7) 炭洞新居		16-300				
	8) 咸州樓上作		16-300				
7배	1) 次叢石亭詩韻		18-327				
7절	1) 三日浦						155
	2) 田婦嘆 (一)			7-213			
	3) 田婦嘆 (二)			7-213			

1) 鄭誧의 作으로 되어 있음.

159. 李湛

詩型	詩　題	三韓詩	東文選	青丘風	箕 雅	大東詩	海東詩
7절	1) 枯木		21-371	7-204	2-119	1-80[1)]	161

1) 作家名이 李湛之로 되어 있음.

160. 李茂芳

詩型	詩　題	三韓詩	東文選	青丘風	箕 雅	大東詩	海東詩
5고	1) 靖安君餞詩得知字		5-165				
5율	1) 次寒松亭韻		10-232			1-120	72

161. 李邦直

詩型	詩　題	三韓詩	東文選	青丘風	箕 雅	大東詩	海東詩
7고	1) 新到乾川諸公來訪次韻		7-200				
5율	1) 普光寺						68
7절	1) 義順館						159
	2) 扈駕西都			7-207	2-120	1-96	

162. 李百順

詩型	詩　題	三韓詩	東文選	青丘風	箕 雅	大東詩	海東詩
7절	1) 過漁陽次李眉叟韻 (一)		19-341				
	2) 過漁陽次李眉叟韻 (二)		19-341				

163. 李弁

詩型	詩　題	三韓詩	東文選	青丘風	箕 雅	大東詩	海東詩
7고	1) 昭陽行		7-194				

164. 李穡

詩型	詩　題	三韓詩	東文選	青丘風	箕 雅	大東詩	海東詩
5고	1) 古意		5-167				
	2) 答東菴禪師		5-165				
	3) 答胥有儀		5-165				
	4) 答竹磵禪師		5-165				
	5) 答鐵船長老		5-166				
	6) 讀書			1-35	12-753		341
	7) 復作遣興		5-166				
	8) 有感(上)		5-166				
	9) 有感(下)		5-167		12-754		
	10) 擬古 (一)		5-166				
	11) 擬古 (二)		5-167				
	12) 擬古 (三)		5-167				
	13) 自感		5-167				
	14) 蠶婦			1-36	12-754	1-107	
	15) 題宣和蜂燕圖與子白同賦			1-36			
	16) 寒風與葉孔昭同賦 (一)		5-166		12-753	1-107	
	17) 寒風與葉孔昭同賦 (二)		5-166				
	18) 寒風與葉孔昭同賦 (三)		5-166				

詩型	詩　題	三韓詩	東文選	青丘風	箕 雅	大東詩	海東詩
7고	1) 狂吟		8-203				
	2) 短歌行			2-64[1]	13-844		
	3) 同來僧渡溪墜馬失隻履戲作		8-202				
	4) 謝郡守李公來訪		8-204				
	5) 松風軒詩絶磵特索賦		8-203				
	6) 詩酒歌		8-203		13-846		
	7) 燕山歌		8-202				
	8) 貞觀吟楡林關作		8-202	2-65[2]	13-844	1-107	
	9) 中秋翫月上黨樓上		8-203				
	10) 天寶歌過薊門有感而作		8-202				
	11) 青苔歌			2-66[3]			
	12) 青行纒歌		8-202		13-845		
	13) 醉中歌		8-202				
	14) 鴟夷子歌		8-203				
	15) 胡馬吟新買生馬作			2-67[4]	13-846		
5율	1) 遺懷		10-233		5-301	1-105	
	2) 記安國寺松亭看雨		10-232		5-300		
	3) 讀漢史		10-232		5-299	1-104	
	4) 浮碧樓		10-233	3-88	5-300	1-104	64
	5) 浮生		10-232				

5율	6) 夜吟		10-232				
	7) 偶吟		10-232		5-300	1-105	
	8) 早行			3-89	5-300	1-104	
	9) 智異山						64
7율	1) 南新店		16-303		7-461	1-106	
	2) 大都與同舍同賦 (一)			5-139	7-459		
	3) 大都與同舍同賦 (二)(自詠)			5-140[5)]	7-460[6)]	1-106[7)]	
	4) 讀杜詩		16-304	5-139	7-459	1-106	
	5) 東山		16-304				
	6) 奉寄伯父		16-303				
	7) 新寓崇德寺		16-303				
	8) 新春			5-140			
	9) 夜詠		16-304				
	10) 夜雨		16-305		7-460	1-106	
	11) 有感(上)		16-304				
	12) 有感(下)		16-304				
	13) 自京師東歸途中作 (一)		16-303				
	14) 自京師東歸途中作 (二)		16-304				
	15) 自京師東歸途中作 (三)(又賦)		16-304[8)]		7-458	1-105	
	16) 雀噪		16-305		7-461		
	17) 卽事 (上,一)		16-304				

詩型	詩　題	三韓詩	東文選	靑丘風	箕 雅	大東詩	海東詩
7율	18) 卽事 (上,二)		16-304				
	19) 卽事(下)		16-305		7-460	1-107	
	20) 天壽節入覲大明殿		16-303		7-458	1-105	244
	21) 秋日		16-305				
	22) 春晩		16-305				
	23) 通州早發		16-303				
	24) 曉雨		16-304				
5절	1) 日光寺						3
	2) 鎭浦歸帆		19-335				
	3) 婆城望雨			6-168			
	4) 漢浦弄月		19-335	6-168	1-71	1-103	3
7절	1) 感春		22-375				
	2) 喬桐		22-374	7-208			
	3) 寄東亭		22-375		2-124	1-104	
	4) 紀事		22-375		2-125	1-104	
	5) 獨坐		22-375				
	6) 洞庭晩靄		22-374		2-124	1-103	154
	7) 滕王閣圖		22-375				
	8) 訪密城兩朴先生		22-375	7-209	2-124	1-104	
	9) 復作絶句		22-375				

7절	10) 小雨		22-375				
	11) 晨興卽事			7-208	2-123	1-103	
	12) 驪江		22-375				
	13) 與葉孔昭賦青山白雲圖		22-374				
	14) 雨暗江林		22-374				
	15) 楡關小憩寒松禪師沽酒		22-375				
	16) 田家[9]		22-374				
	17) 絶句		22-375				
	18) 蝶			7-209			
	19) 呈省郎諸賢		22-375				
	20) 題牧菴卷		22-375				
	21) 春陰			7-209			
	22) 板橋		22-375				

1),2),3),4) 李仁復의 作으로 되어 있음.

5),6),7)『牧隱詩藁』卷2에는「自詠」이라 題함.『青丘風雅』의 편찬자가「與同舍同賦」1수와「自詠」2수 중 제 1수를 합쳐「大都與同舍同賦 二首」라고 제목을 잘못 붙인 것으로『箕雅』와『大東詩選』도 그대로 따르고 있음.

8)『東文選』卷16과『牧隱詩藁』卷3에는 〈又賦〉라 되어 있음.『東文選』의 〈自京師東歸途中作〉 다음에 〈又賦〉가 수록되어 있으므로『箕雅』와『大東詩選』의 편찬자가 앞 詩의 연작으로 간주하여 詩題를 잘못 붙인 것으로 보임.

9)『牧隱詩藁』卷16에서는「卽事」라 題함.

165. 李晟

詩型	詩　題	三韓詩	東文選	靑丘風	箕 雅	大東詩	海東詩
7절	1) 歸田詠		20-359			1-79	

166. 李需

詩型	詩　題	三韓詩	東文選	靑丘風	箕 雅	大東詩	海東詩
7배	1) 敎坊小娥		18-321				
	2) 普門寺		18-320				

167. 李守年

詩型	詩　題	三韓詩	東文選	靑丘風	箕 雅	大東詩	海東詩
7배	1) 北行		18-325				

168. 李淑琪

詩型	詩　題	三韓詩	東文選	靑丘風	箕 雅	大東詩	海東詩
6언	1) 靑嶂幽林圖		22-387				

169. 李崇仁

詩型	詩　題	三韓詩	東文選	青丘風	箕 雅	大東詩	海東詩
5고	1) 感興 (一)		5-167	1-37	12-755		
	2) 感興 (二)		5-167				
	3) 感興 (三)		5-168		12-756		
	4) 感興 (四)			1-38			
	5) 送偰符寶		5-168		12-756		
	6) 送人遊燕兼柬仲賢		5-168				
	7) 送河南郭九疇使還		5-168				
	8) 龍江舟中有懷北平周參政		5-168				
	9) 效孟參謀			1-38	12-756		
7고	1) 渡遼曲		8-205	2-70	13-848		
	2) 若有杕歌		8-204				
	3) 嗚呼島		8-205	2-70	13-847	1-115	
	4) 漢江謠			2-71	13-848		
	5) 行路難		8-205				
5율	1) 嘉州路上聞王評理下世[1)]		10-234		5-303		
	2) 感興		10-234				
	3) 哭遁村			3-93	5-302	1-114	
	4) 民望傳郭秘丞見心歿嗚呼見心已矣……		10-234				

詩型	詩　題	三韓詩	東文選	青丘風	箕 雅	大東詩	海東詩
5율	5) 方同年生女戲呈			3-94			
	6) 送徐九思之江陵省覲		10-233				
	7) 送張衡叔還西都田宰相幕[2)]		10-233				
	8) 新雪[3)]			3-94	5-303	1-114	
	9) 憶三峯		10-234	3-94	5-302	1-113	
	10) 倚杖			3-93	5-302	1-113	65
	11) 將赴都也宿楊州之廣陵驛……		10-234				
	12) 正月十七日出自金川門馬上咏懷		10-234				
	13) 題玉田禪師松月軒……		10-233		5-303	1-114	65
	14) 至日用民望韻			3-93			
	15) 扈從城南		10-233		5-303	1-114	
5배	1) 癸丑十一月十四日霧		11-251				
	2) 送林主事使還京師		11-250		11-698		
	3) 旅窓晨起獨酌醺然攬筆書懷……			3-110			
7율	1) 九日謾成		16-307				
	2) 登州蓬萊閣感懷		16-308				
	3) 丙寅十二月六日赴京師		16-307				
	4) 眼疾		16-307	5-148			
	5) 謁箕子祠			5-150			
	6) 元日奉天殿早朝		16-307	5-150	7-463	1-115	

7율	7) 尹憲叔來言錦之禮賢驛有龍家媼者……		16-307				
	8) 呈訥村先生內相宗盟			5-149	7-463	1-115	244
	9) 定遼衛		16-308				
	10) 秋回		16-307	5-149	7-463	1-115	
5절	1) 絶句用唐人韻寄呈民望待制			6-170			
	2) 村居			6-170	1-71	1-113	3
7절	1) 過金仲賢故居		22-376	7-216			
	2) 過淮陰感漂母事			7-218	2-126	1-113	
	3) 觀人圍棊			7-215			
	4) 寄三峯隱者		22-376				
	5) 登樓		22-376				
	6) 道上遇雪			7-217			
	7) 沙門島懷古（一）		22-377	7-217			
	8) 沙門島懷古（二）		22-377	7-217			
	9) 沙門島懷古（三）		22-377	7-217			
	10) 西江卽事（一）		22-377				
	11) 西江卽事（二）		22-377				
	12) 蠅			7-216			
	13) 新晴[4]			7-217			
	14) 哀柳淑[5]				2-126	1-113	
	15) 日本天祐上人饋示城紫石硯以詩爲謝			7-218			

詩型	詩 題	三韓詩	東文選	青丘風	箕 雅	大東詩	海東詩
7절	16) 題僧舍			7-216	2-125	1-113	154

1)『陶隱集』卷2에서는「嘉州路上聞王令公下世名福命」이라 題함.
2)『陶隱集』卷2에서는「送張衡升還西都田宰相幕」라 題함.
3)『陶隱集』卷2에서는 失題로 되어 있음.
4)『陶隱集』卷3에서는「新暗」라 題함.
5)『陶隱集』卷3에서는「秋日雨中有感」라 題함.

170. 李承休

詩型	詩 題	三韓詩	東文選	青丘風	箕 雅	大東詩	海東詩
7율	1) 庚辰坐言事見罷謝柳中贊璥扶病來唁		14-283				
	2) 至元甲子到京贈崔大傅守璜		14-283				
7절	1) 雲	중-116	20-354[1)]			1-77[2)]	

1),2) 鄭可臣의 作으로 되어 있음.『櫟翁稗說』後集2,『東人詩話』卷上에는 李承休의 作으로 되어 있음.

171. 李嵓

詩型	詩 題	三韓詩	東文選	青丘風	箕 雅	大東詩	海東詩
7절	1) 寄息影庵禪老		21-363		2-117	1-89	161
	2) 應製		21-363				

172. 李衍宗

詩型	詩　題	三韓詩	東文選	青丘風	箕 雅	大東詩	海東詩
7고	1) 苦寒吟		7-195				
	2) 謝朴恥庵惠茶		7-195				

173. 李穎

詩型	詩　題	三韓詩	東文選	青丘風	箕 雅	大東詩	海東詩
7율	1) 前用王文公起聯中生字爲韻……		14-279				

174. 李攋

詩型	詩　題	三韓詩	東文選	青丘風	箕 雅	大東詩	海東詩
7율	1) 賀元帥尹侍中		12-259			1-69	

175. 李容

詩型	詩　題	三韓詩	東文選	青丘風	箕 雅	大東詩	海東詩
7율	1) 九日登明遠樓		16-297				

176. 李元紘

詩型	詩　題	三韓詩	東文選	青丘風	箕 雅	大東詩	海東詩
5율	1) 喜晴			3-87			

177. 李元之

詩型	詩　題	三韓詩	東文選	青丘風	箕 雅	大東詩	海東詩
7율	1) 自述		15-295				

178. 李由之

詩型	詩　題	三韓詩	東文選	青丘風	箕 雅	大東詩	海東詩
7율	1) 賀陳翰林澕生女		14-277				

179. 李允甫

詩型	詩　題	三韓詩	東文選	青丘風	箕 雅	大東詩	海東詩
7고	1) 遊月宮		6-179				

180. 李仁老

詩型	詩　題	三韓詩	東文選	青丘風	箕 雅	大東詩	海東詩
5고	1) 讀陶潛傳戱成呈崔太尉		4-153				
	2) 用東坡語寄貞之上人	상-28	4-153				
	3) 早起梳頭效東坡		4-153				
	4) 竹醉日移竹（一）	상-24	4-152				
	5) 竹醉日移竹（二）	상-25	4-152				
	6) 贈四友						
	① 空門友宗聆	상-27	4-153	1-24	12-743	1-46	
	② 山水友趙亦樂	상-26	4-153	1-23	12-743	1-46	
	③ 詩友林耆之	상-25	4-152	1-23	12-742	1-45	
	④ 酒友李湛之	상-27	4-153	1-24	12-743	1-46	
7고	1) 碁局		6-175				
	2) 讀韓信傳	하-125	6-175				
	3) 半月城	하-124	6-174				
	4) 白樂天眞呈崔太尉		6-175				
	5) 寶石亭	하-124	6-175				
	6) 續行路難（一）	하-122	6-174	2-48	13-826		345
	7) 續行路難（二）	하-123	6-174	2-49	13-827	1-46	
	8) 續行路難（三）		6-174		13-827		

詩型	詩 題	三韓詩	東文選	青丘風	箕 雅	大東詩	海東詩
7고	9) 竹醉日移竹		6-174				
	10) 贈接花者		6-174				
	11) 崔太尉雙明亭	하-126	6-175				
	12) 扈從放牓	하-125	6-175	2-49	13-827	1-47	
	13) 弘教院聽講		6-174				
5율	1) 謾興	상-28	9-220	3-80	5-288	1-44	59
	2) 獻時宰回文		9-220				
	3) 喜僧惠文得寺	상-29	9-220				
5배	1) 御苑橘			3-105			
7율	1) 燈夕		13-267		7-426	1-44	
	2) 文機障子		13-268				
	3) 文相國克謙挽詞		13-268				
	4) 傷杜相宅		13-267				
	5) 雪用東坡韻		13-268		7-428	1-45	240
	6) 送朴察院赴西都留臺		13-267				
	7) 仰巖寺		13-268				
	8) 與友人夜話	중-90[1]	13-267	4-120			
	9) 宴金使口號	중-89[2]	13-267		7-427	1-44	
	10) 遊智異山		13-267	4-119	7-427	1-45	
	11) 飮中八仙歌		13-267				

7율	12) 次張學士未開牧丹		13-268		7-428	1-45	
	13) 崔尙書命樂府送者老會侑歡		13-267				
	14) 賀任相國門生趙司成冲領門生獻壽		13-267				
	15) 韓相國江居		13-267				
	16) 韓相國文俊挽詞		13-268				
5절	1) 鼻		19-332				
	2) 山居	상-29	19-332	6-166	1-68	1-43	1
	3) 書天壽僧院壁	상-30	19-332	6-166	1-68	1-43	1
	4) 眼		19-332				
	5) 耳		19-332				
7절	1) 過漁陽		20-347	6-181	2-104	1-44	
	2) 內庭寫批有感(夜直銀臺)	중-94	20-346	6-181	2-104[3]	1-44[4]	
	3) 燈夕(元夕燈籠詩) (一)		20-346	6-180[5]	2-103[6]	1-43[7]	
	4) 燈夕(元夕燈籠詩) (二)		20-346				
	5) 梅花		20-345				
	6) 暮春		20-347				
	7) 白芍藥		20-347				
	8) 碑石		20-347				
	9) 四明狂客		20-347				
	10) 山陰陳迹		20-347				
	11) 西塞風雨		20-345				

詩型	詩 題	三韓詩	東文選	青丘風	箕 雅	大東詩	海東詩
7절	12) 書豊壤縣公舍		20-346				
	13) 剡溪乘興		20-347				
	14) 消遙堂 (一)		20-348				
	15) 消遙堂 (二)		20-348				
	16) 宋迪八景圖						
	① 江天暮雪	중-91	20-345				
	② 洞庭秋月	중-92	20-345		2-103	1-43	
	③ 山市晴嵐	중-92	20-345		2-103		
	④ 瀟湘夜雨	중-93	20-345		2-104	1-44	151
	⑤ 漁村落照	중-93	20-346				
	⑥ 煙寺晩鐘	중-93	20-345				
	⑦ 遠浦歸帆	중-91	20-345				
	⑧ 平沙落鴈	중-91	20-345				
	17) 宿韓相國書齋		20-346				
	18) 野步 (一)		20-346				
	19) 野步 (二)		20-346				
	20) 用東坡榴皮題沈氏之壁之韻		20-347				
	21) 偶吟		20-346				
	22) 月季花		20-345				
	23) 遊五臺山			6-180			

7절	24) 題東皐子眞		20-347				
	25) 題草書蔟子		20-345				
	26) 早春江行 (一)		20-346				
	27) 早春江行 (二)		20-346				
	28) 穿石		20-347				
	29) 初到孟州		20-345				
	30) 崔太尉家藏草書蔟子		20-347				
	31) 崔太尉騎牛出遊 (一)		20-346				
	32) 崔太尉騎牛出遊 (二)		20-347				
	33) 醉鄉		20-347				
	34) 八關日扈從 (一)		20-346				
	35) 八關日扈從 (二)		20-346				
	36) 賀新及第		20-346				
	37) 杏花鸜鵒圖	중-94	20-347	6-180			

1),2) 두 작품 모두 林椿의 作으로 되어 있음.
3),4) 「夜直銀臺」라 題함.
5),6),7) 「元夕燈籠詩」라 題함.

181. 李仁復

詩型	詩　題	三韓詩	東文選	靑丘風	箕 雅	大東詩	海東詩
5고	1) 誠齋詩上柳侍中濯		4-162				
	2) 題蘭坡李御史壽父卷		4-162		12-755	1-100	
7고	1) 己酉五月十二日入試院作		7-192	2-63			
	2) 短歌行			2-64	13-844[1)]		
	3) 貞觀吟楡林關作		8-202[2)]	2-65	13-844[3)]	1-107[4)]	
	4) 靑苔歌			2-66			
	5) 胡馬吟新買生馬作			2-67	13-846[5)]		
5율	1) 思庵柳政堂淑挽章		10-230				
	2) 送門生郭正言儀出按江陵		10-230	3-87			
	3) 送朴部令宜中覲母金堤		10-230				
	4) 送偰符寶還大明		10-230		5-301	1-99	65
	5) 送河南郭檢校永錫九疇		10-230				
	6) 遼陽縣君三韓國夫人挽章		10-231				
	7) 芸齋李政堂彦冲夫人挽章		10-231				
	8) 杏村李侍中嵒挽章		10-230				
5배	1) 送楊廣按廉韓掌令哲冲		11-247	3-108	11-697		
	2) 鄭相國暉蒲萄軒次韻		11-248				
7율	1) 寄元朝同年馬彦翬承旨兼東傅子通學士		15-294	4-136	7-462	1-100	244
	2) 送柳思庵		15-294	4-135	7-461	1-99	

7율	3) 題曹溪龜谷覺雲禪師御書畵詩卷		15-294				
	4) 贈郭檢校		15-294				
	5) 次伽倻寺住老韻		16-299[6]	5-144[7]	7-462[8]	1-100	
5절	1) 錄鎭邊軍人語 (一)		19-334				
	2) 錄鎭邊軍人語 (二)		19-334		1-72	1-99	3
	3) 錄鎭邊軍人語 (三)		19-334				
	4) 錄鎭邊軍人語 (四)		19-334				
	5) 錄鎭邊軍人語 (五)		19-334				
7절	1) 送慶尙鄭按廉		21-365				
	2) 益齋李文忠公挽詞 (一)		21-365				
	3) 益齋李文忠公挽詞 (二)		21-365				
	4) 益齋李文忠公挽詞 (三)		21-365				
	5) 題草溪公館曲松次韻		21-365				

1),2),3),4),5) 李穡의 作으로 되어 있음. 「短歌行」~「胡馬吟新買生馬作」 4편 모두 李穡의 作인데, 『青丘風雅』에서 작가명이 누락됨으로써 앞 작가의 작품으로 잘못 귀속된 경우임.

6),7),8) 柳淑의 作으로 되어 있음.

182. 李資諒

詩型	詩　題	三韓詩	東文選	靑丘風	箕 雅	大東詩	海東詩
7율	1) 大宋睿謀殿御宴應製		12-259				

183. 李資玄

詩型	詩　題	三韓詩	東文選	青丘風	箕 雅	大東詩	海東詩
5절	1) 樂道吟			6-165	1-67	1-27	5

184. 李藏用

詩型	詩　題	三韓詩	東文選	青丘風	箕 雅	大東詩	海東詩
7율	1) 禪月寺四凉亭次韻		14-278		7-439	1-68	
	2) 用林拾遺韻又呈		14-278				
	3) 遊禪月寺		14-278				
	4) 林拾遺來示蓮社詩因成一首……		14-278				
	5) 題童津山文珠寺次韻		14-277				
	6) 投元朝王百一學士鶚		14-278				
	7) 紅樹		14-278	4-124	7-438	1-68	242
7배	1) 三角山文殊寺		18-324				
	2) 次李需普門寺詩韻		18-323		11-719		
7절	1) 自寬	중-113	20-352	6-185			
	2) 慈悲嶺		20-352				153

185. 李齊賢

詩型	詩　題	三韓詩	東文選	青丘風	箕 雅	大東詩	海東詩
5고	1) 古風 (一)		4-159	1-31	12-747		
	2) 古風 (二)		4-159	1-32	12-748		
	3) 古風 (三)		4-159	1-32	12-748		
	4) 古風 (四)		4-159	1-32	12-748		
	5) 澠池		4-159	1-31	12-745	1-75	
	6) 則天陵				12-746		
	7) 漢武帝望思臺		4-159	1-30	12-746		
7고	1) 姑蘇臺和權一齋用李白韻			2-60	13-839		
	2) 門生栗亭尹政堂得蒙主上爲之寫眞……		7-190				
	3) 汾河		7-190	2-59	13-838		
	4) 雪		7-189				
	5) 雪用前韻		7-189				
	6) 函關行		7-190		13-838	1-75	
5율	1) 魯齋許文貞公墓			3-84			
	2) 北上 (一)		9-226				
	3) 北上 (二)		9-226		5-293	1-71	62
	4) 延祐己未予從於忠宣王降香江南……		9-226	3-84	5-294[1)]	1-72[2)]	
	5) 題長安逆旅		9-226				
	6) 焦山				5-294	1-72	62

詩型	詩 題	三韓詩	東文選	青丘風	箕 雅	大東詩	海東詩
7율	1) 感懷（一）		15-290		7-441	1-74	
	2) 感懷（二）		15-290	4-128	7-441		
	3) 感懷（三）		15-291				
	4) 高亭山		15-291	4-129	7-443	1-73	
	5) 菊齋權文正公挽詞		15-292		7-444	1-74	
	6) 路上		15-290	4-129	7-440	1-72	
	7) 多景樓陪權一齋用古人韻同賦		15-291		7-442	1-73	
	8) 多景樓雪後		15-291	4-130	7-442	1-73	
	9) 端午		15-291				
	10) 達尊杏花韻（一）		15-292				
	11) 達尊杏花韻（二）		15-292	4-131			
	12) 達尊杏花韻（三）		15-292				
	13) 望海			4-128			
	14) 聞淮安君出家				7-445		
	15) 鳳州龍湫		15-292		7-445		
	16) 思歸		15-290				
	17) 上灘			4-127	7-439		
	18) 送李翰林還朝		15-292				
	19) 宿臨安海會寺		15-291		7-443	1-73	
	20) 楊安普國公宴太尉瀋王于玉淵堂		15-292				

7율	21) 楊花		15-292		7-444		
	22) 二陵早發(寄呈趙子昂學士)		15-290		7-441[3]	1-73[4]	
	23) 諸葛孔明祠堂		15-290				
	24) 題長安逆旅 (一)		15-291				
	25) 題長安逆旅 (二)		15-292				
	26) 題長安逆旅 (三)		15-292				
	27) 至治癸亥四月二十日發京師		15-291				
	28) 七夕		15-293				
	29) 八月十七日放舟向峨眉山		15-290		7-439	1-72	242
	30) 函谷關		15-290		7-440		
	31) 虎丘寺			4-127			
	32) 黃土店 (一)		15-291				
	33) 黃土店 (二)		15-291	4-130	7-443	1-74	
	34) 黃土店 (三)		15-291		7-444	1-74	
5절	1) 金剛山普德窟			6-167	1-70	1-70	2
7절	1) 九曜堂		21-363	6-192	2-112	1-70	
	2) 白溝		21-361				
	3) 范蠡		21-362	6-192	2-112	1-71	
	4) 范蠡五湖		21-363				
	5) 比干墓 (一)		21-361				
	6) 比干墓 (二)		21-361				

詩型	詩　題	三韓詩	東文選	靑丘風	箕 雅	大東詩	海東詩
7절	7) 四皓歸漢		21-363				
	8) 山中雪夜		21-363	6-192	2-111[5)]	1-70[6)]	
	9) 松都八詠						
	① 鵠嶺春晴		21-361				
	② 南浦烟蓑		21-362				
	③ 西江月艇		21-362				
	④ 龍山秋晩		21-361				
	⑤ 龍野尋春		21-362				
	⑥ 熊川禊飮		21-361				
	⑦ 紫洞尋僧		21-361				
	⑧ 靑郊送客		21-361				
	10) 鄴城			6-193	2-113	1-71	
	11) 廬山三笑		21-363				
	12) 鸗尋玉京		21-363				
	13) 涿郡		21-361	6-193	2-112	1-71	
	14) 和朴石齋尹樗軒用銀臺集瀟湘八景韻						
	① 江天暮雪		21-362				
	② 洞庭秋月		21-362				
	③ 山市晴嵐		21-362				
	④ 瀟湘夜雨		21-362		2-113	1-71	

7절	⑤ 漁村落照		21-362				
	⑥ 煙寺晩鐘		21-362				
	⑦ 遠浦歸帆		21-362				
	⑧ 平沙落雁		21-362				
	15) 和李明叔雲錦樓四詠						
	① 山舍朝炊		21-363				
	② 松壑翠雲		21-363				
	③ 漁磯晩釣		21-363		2-113		153
	④ 荷洲香月		21-362				
	16) 和呈趙學士子昂			6-193			
	17) 淮陰漂母墳 (一)		21-361				
	18) 淮陰漂母墳 (二)		21-361	6-191	2-112	1-71	

1),2) 「京師得舊寫眞」이라 題함.
3),4) 「寄呈趙子昂學士」라 題함.
5),6) 「山中雪後」라 題함.

186. 李兆年

詩型	詩 題	三韓詩	東文選	靑丘風	箕 雅	大東詩	海東詩
7절	1) 次百花軒		20-357			1-79	

187. 李尊庇

詩型	詩　題	三韓詩	東文選	靑丘風	箕 雅	大東詩	海東詩
7율	1) 寄曹溪晦堂和尙		14-283			1-66	

188. 李存吾

詩型	詩　題	三韓詩	東文選	靑丘風	箕 雅	大東詩	海東詩
7고	1) 石灘行		7-193				
7율	1) 送胡若海照磨還台州 (一)		16-297	5-143	7-464	1-116	244
	2) 送胡若海照磨還台州 (二)		16-297			1-116	
	3) 還朝路上望三角山		16-297				
7절	1) 送李副令韌使江浙省		21-367				
	2) 宿弟存中錦州村家有感		21-367				
	3) 示讀書諸生柳衛		21-367				
	4) 鄭正郎夢周見贈次韻寄呈		21-367				
	5) 從便後贈弟存斯[1]		21-367				
	6) 走筆寄江陵李使君		21-367				
	7) 次韻金仲賢齊顔		21-367				

1) 『石灘集』 卷上에서는 「放還從便後寄弟存斯」라 題함.

189. 李知深

詩型	詩　題	三韓詩	東文選	青丘風	箕 雅	大東詩	海東詩
5율	1) 感秋回文		9-218			1-32	

190. 李之氐

詩型	詩　題	三韓詩	東文選	青丘風	箕 雅	大東詩	海東詩
7절	1) 東都戱題	중-79	19-341				
	2) 西都口號(永崇殿)	중-80	19-341		2-100	1-35	155[1]

1)「永崇殿」이라 題함.

191. 李瑱

詩型	詩　題	三韓詩	東文選	青丘風	箕 雅	大東詩	海東詩
7배	1) 永嘉鄕校諸仙設宴送行作詩爲謝		18-326				
7절	1) 山居偶題		20-357	6-191	2-111	1-70	152

192. 李集

詩型	詩　題	三韓詩	東文選	青丘風	箕 雅	大東詩	海東詩
5율	1) 奉寄京華故舊			3-98			
	2) 松都客居			3-98			
	3) 漢陽途中		10-236	3-97	5-301	1-112	65
7절	1) 道美寺雜詠			7-221			
	2) 敍懷奉寄宗工鄭相國			7-221	2-125	1-112	155
	3) 驪州題詠				2-125	1-112	

193. 李混

詩型	詩　題	三韓詩	東文選	青丘風	箕 雅	大東詩	海東詩
5고	1) 擬古		4-156				
5율	1) 寄姪彦沖		9-225				
7율	1) 西京永明寺(浮碧樓)	하-136[1]	14-283		7-436[2]	1-60[3]	241
7절	1) 春日江上卽事 (一)		20-356	6-187			
	2) 春日江上卽事 (二)	중-117	20-356				
	3) 春日江上卽事 (三)	중-117	20-356	6-187			

1) 7언고시로 분류함.
2),3)「浮碧樓」라 題함.

194. 印毅

詩型	詩　題	三韓詩	東文選	青丘風	箕 雅	大東詩	海東詩
5율	1) 東都懷古		9-218				
	2) 雨夜有懷	상-10	9-218				
	3) 澄賢國師影堂		9-218				

195. 林桂一

詩型	詩　題	三韓詩	東文選	青丘風	箕 雅	大東詩	海東詩
7율	1) 丙寅秋仲一日謁平章慶源公……		14-278				
	2) 復次李相國詩韻奉呈大尊宿丈下		14-278				

196. 任奎

詩型	詩　題	三韓詩	東文選	青丘風	箕 雅	大東詩	海東詩
7율	1) 過延福亭	중-82	12-263				
	2) 得病告暫往江村還京馬上	중-81	12-263				
5절	1) 江村夜興	상-16	19-331	6-165	1-69	1-59	6

197. 林樸

詩型	詩　題	三韓詩	東文選	青丘風	箕 雅	大東詩	海東詩
7율	1) 題德興君素屛		16-301				

198. 林惟正

詩型	詩　題	三韓詩	東文選	青丘風	箕 雅	大東詩	海東詩
5율	1) 見德城卽事		9-222				
	2) 宮中四景集句						
	① 春		9-221				
	② 夏		9-221				
	③ 秋		9-222				
	④ 冬		9-222				
	3) 詠雪		9-222				68
	4) 龍津鎭通溟樓卽事		9-222				
	5) 秋夜入直都省偶題壁上		9-222				
	6) 閑中偶書		9-222				
	7) 和狼川縣客舍留題		9-222				
	8) 和董文功錄事		9-222				

7율	1) 登世祖頤堂望海臺		13-271				
	2) 暮春書事示李注簿		13-271				
	3) 赴任耀德次觸事有感（一）		13-272				
	4) 赴任耀德次觸事有感（二）		13-272				
	5) 赴任耀德次觸事有感（三）		13-272				
	6) 赴任耀德次觸事有感（四）		13-272				
	7) 赴任耀德次觸事有感（五）		13-272				
	8) 赴任耀德次觸事有感（六）		13-272				
	9) 赴任耀德次觸事有感（七）		13-272				
	10) 赴任耀德次觸事有感（八）		13-272				
	11) 三月下旬郊亭賞春		13-270				
	12) 題皆骨山長淵寺集句		13-270				246
	13) 題高城三日浦		13-272				
	14) 題西村場		13-271				
	15) 題海門禪院		13-271				
	16) 竹亭與友人飮		13-272				
	17) 秋日有作		13-271				
	18) 和孤山驛李學士留題		13-270				
	19) 和高州客舍韓學士留題		13-271				
	20) 和藍山驛樓留題		13-271				
	21) 和德嶺驛諸使臣留題		13-270				

詩型	詩 題	三韓詩	東文選	青丘風	箕 雅	大東詩	海東詩
7율	22) 和東州客舍留題		13-273				
	23) 和宣德鎭客舍李學士知深留題		13-270				
	24) 和耀德鎭仕華亭諸都統留題		13-271				
	25) 和林畔驛吳使臣韻		13-270				
	26) 和長州客舍王相國留題		13-273				
7배	1) 城樓感興		18-320				
7절	1) 東林寺上房醉後戱題		20-348				
	2) 法輪寺						157
	3) 三月晦日聞鶯有感		20-348				
	4) 敍情		20-348				
	5) 松		20-348				
	6) 新及第行		20-348				
	7) 詠龜山寺冬日四季花集句		20-348				
	8) 自景靈殿出補興威衛夜直有感		20-348				
	9) 竹		20-348				

199. 林宗庇

詩型	詩 題	三韓詩	東文選	青丘風	箕 雅	大東詩	海東詩
5율	1) 松風亭偃松次人韻		9-219				

5율	2) 從靈通寺僧覓酒僧樽貯山泉寄來見戱	상-20	9-219[1]				
5절	1) 馬上寄人	상-19	19-331[2]	6-167			
7절	1) 和		19-341[3]				
	2) 喜舍弟新除翰林		19-341				

1) 朴公襲의 作으로 되어 있음. 『破閑集』 卷下에도 詩話와 함께 朴公襲의 作으로 소개되어 있음.
2) 崔讜의 作으로 되어 있음.(3連作詩 중 제 1수)
3) 詩의 내용으로 보아 「喜舍弟新除翰林」에 和答한 것이므로, 작자의 동생인 林民庇의 作으로 보아야 할 것임.

200. 林椿

詩型	詩 題	三韓詩	東文選	靑丘風	箕 雅	大東詩	海東詩
5고	1) 留別金璿		4-152				
7고	1) 寄洪天院	하-121	6-174				
5율	1) 謝見訪	상-23	9-219				
	2) 有懷眉叟			3-79			
	3) 李平章光縉挽詞	상-23	9-220	3-79	5-287		59
	4) 仍弗驛	상-38[1]	9-220[2]		5-288[3]	1-40[4]	59
	5) 贈李湛之	상-24	9-220				
7율	1) 九日聞諸公有會	중-85	13-266				
	2) 寄友人	중-83	13-265				
	3) 悼金閱甫		13-266				

詩型	詩題	三韓詩	東文選	青丘風	箕雅	大東詩	海東詩
7율	4) 冬日途中	중-84	13-266		7-422	1-37	
	5) 陪崔司業永濡訪吳先生		13-266				
	6) 病中有感	중-88	13-266				
	7) 與友人夜話	중-90	13-267[5)]	4-120[6)]			
	8) 與李眉叟會湛之家	중-87	13-266	4-118	7-423	1-38	240
	9) 宴金使口號	중-89	13-267[7)]		7-427[8)]	1-44[9)]	
	10) 詠夢		13-265				
	11) 次友人韻	중-87	13-266	4-119	7-424	1-38	
	12) 追悼鄭學士	중-86	13-266				
	13) 戲贈密州倅	중-85	13-266		7-423	1-37	
7절	1) 茶店晝睡（一）	중-88	19-343	6-177			
	2) 茶店晝睡（二）		19-343				
	3) 暮春聞鶯		19-343	6-177	2-100	1-37	
	4) 長湍渡						151
	5) 戲贈皇甫若水	중-89	19-343				

1),2),3),4) 金克己의 作으로 되어 있음.
5),6),7),8),9) 李仁老의 作으로 되어 있음.

201. 張延祐

詩型	詩　題	三韓詩	東文選	青丘風	箕 雅	大東詩	海東詩
5절	1) 寒松亭曲		19-331		1-67	1-25	5

202. 張鎰

詩型	詩　題	三韓詩	東文選	青丘風	箕 雅	大東詩	海東詩
7절	1) 過昇平郡	중-113	20-352	6-189	2-109	1-66	
	2) 東都懷古		20-352				159

203. 張仲陽

詩型	詩　題	三韓詩	東文選	青丘風	箕 雅	大東詩	海東詩
7율	1) 成川途中					1-118	

204. 張天翼

詩型	詩　題	三韓詩	東文選	青丘風	箕 雅	大東詩	海東詩
7율	1) 書懷		15-294			1-77	

205. 張沆

詩型	詩　題	三韓詩	東文選	靑丘風	箕 雅	大東詩	海東詩
5고	1) 辛草亭赴燕都賦上字爲別		4-161				

206. 田祿生

詩型	詩　題	三韓詩	東文選	靑丘風	箕 雅	大東詩	海東詩
7고	1) 送鄭副令寓按于慶尙		7-193				
7율	1) 鷄林東亭		15-295			1-87	
	2) 暎湖樓次韻		15-295				
7절	1) 題舍浦營		21-367			1-87[1]	
	2) 贈金海妓玉纖纖					1-87	158

1)「題合浦營」이라 題함.

207. 田得良

詩型	詩　題	三韓詩	東文選	靑丘風	箕 雅	大東詩	海東詩
7율	1) 哭杏村李侍中嵒		15-295				

208. 田叔蒙

詩型	詩　題	三韓詩	東文選	青丘風	箕 雅	大東詩	海東詩
7율	1) 留別東萊諸生		15-294				

209. 全元發

詩型	詩　題	三韓詩	東文選	青丘風	箕 雅	大東詩	海東詩
5절	1) 龍宮閑居金蘭溪得培寄詩次其韻		19-334[1]			1-79	

1) 작가명이 金元發로 잘못 기록되어 있음.

210. 田濡

詩型	詩　題	三韓詩	東文選	青丘風	箕 雅	大東詩	海東詩
7절	1) 赴任公州		21-368				

211. 田致儒

詩型	詩　題	三韓詩	東文選	青丘風	箕 雅	大東詩	海東詩
7절	1) 金剛山						155

212. 全坦夫

詩型	詩　題	三韓詩	東文選	青丘風	箕 雅	大東詩	海東詩
5절	1) 晉陽留別		19-332				

213. 鄭可臣[1]

詩型	詩　題	三韓詩	東文選	青丘風	箕 雅	大東詩	海東詩
7율	1) 皇都次韻金鈍村見寄		14-282				
7절	1) 雲	중-116[2]	20-354			1-77	

1) 鄭可臣의 初名이 鄭興임. 『東文選』에서는 別人으로 간주하여 각각 시를 뽑음.
2) 李承休의 作으로 되어 있음. 『櫟翁稗說』 後集2, 『東人詩話』 卷上에도 李承休의 作으로 되어 있음.

214. 鄭瑎

詩型	詩　題	三韓詩	東文選	青丘風	箕 雅	大東詩	海東詩
7절	1) 古燕途中		20-355				
	2) 代書寄李起郎		20-355	6-191	2-111	1-68	160
	3) 東還寄李起郎在燕都 (一)		20-355				
	4) 東還寄李起郎在燕都 (二)		20-355				

215. 鄭居寬

詩型	詩　題	三韓詩	東文選	青丘風	箕 雅	大東詩	海東詩
5율	1) 贈同年郭復佐郎		9-227				

216. 鄭夢周

詩型	詩　題	三韓詩	東文選	青丘風	箕 雅	大東詩	海東詩
5고	1) 己酉冬宿長守驛寄益陽太守李容		5-169		12-754		341
	2) 大倉		5-168				
7고	1) 甲辰中秋有懷		8-204				
	2) 江南柳		8-204		13-843	1-111	
	3) 常州除夜呈諸書狀官			2-69			
5율	1) 客夜		10-233		5-299	1-109	
	2) 南江						64
	3) 旅寓		10-233	3-90	5-299	1-109	
	4) 偶題		10-233				
	5) 洪武丁巳奉使日本作		10-233	3-89	5-298	1-109	64
5배	1) 送禮部主事林實週還京師			3-109			
	2) 賀李秀才就登第還鄉三十韻		11-250		11-695		
7율	1) 甲辰十月贈江南使胡照磨[1]		16-305				

詩型	詩　題	三韓詩	東文選	青丘風	箕 雅	大東詩	海東詩
7율	2) 多景樓贈季潭		16-306		7-457	1-111	
	3) 大倉贈禮部主事胡璉		16-306		7-456	1-110	
	4) 渡勃海[2]		16-305				
	5) 登全州望景臺		16-306		7-456	1-110	
	6) 蓬萊驛示韓書狀尙質		16-306				
	7) 謝日本僧永茂惠石硯		16-306				
	8) 偶題（一）		16-306				
	9) 偶題（二）		16-306				
	10) 偶題（三）		16-306	5-141[3]	7-457[4]	1-111	
	11) 偶題（四）		16-306				
	12) 偶題（五）		16-306		7-458[5]	1-111	
	13) 乙丑九月贈張溥		16-305		7-456	1-110	
	14) 定州重九韓相命賦		16-305		7-455	1-110	
	15) 重九題明遠樓		16-305		7-455	1-110	244
	16) 皇都		16-306				
5절	1) 春興		19-335		1-71	1-108	2
7절	1) 江南曲			7-210	2-122	1-108	154
	2) 江南憶陶隱			7-212			
	3) 姑蘇臺		22-376				
	4) 哭金元帥得培				2-122	1-108	

7절	5) 哭李密直種德		22-376				
	6) 寄李正言		22-376		2-123	1-109	
	7) 讀易			7-211			
	8) 登定州城樓		22-376				
	9) 復州食櫻桃			7-211	2-122	1-108	
	10) 揚子江		22-376	7-210			
	11) 入直中書門下省醉賦			7-211			
	12) 征婦怨 (一)			7-210	2-122	1-108	
	13) 征婦怨 (二)			7-211			
	14) 題驪興樓(淸心樓)		22-376		2-123[6)]	1-109[7)]	
	15) 舟中夜興		22-376				
	16) 舟次白鷺洲		22-376				
	17) 漂母墳		22-376				
	18) 懷金海舊遊		22-376				
6언	1) 過楊州		22-387				
	2) 雨中登義城北樓		22-387				

1)『圃隱集』卷2에서는「送胡照磨海還浙東」이라 題함.
2)『圃隱集』卷1에서는「登州過海」라 題함.
3)「洪武丁巳奉使日本」이라 題함.
4),5)「奉使日本」이라 題함.
6),7)「淸心樓」라 題함.

217. 鄭思道

詩型	詩　題	三韓詩	東文選	靑丘風	箕 雅	大東詩	海東詩
5율	1) 西江帥府		10-235				
	2) 鎭守東江癸丑九日		10-235				
	3) 秋雨偶題		10-235				
7율	1) 得疾請寓安成立家秋雨連日		17-309				
	2) 書忠順堂詩卷			5-147			
	3) 遊高仕寺		17-309				
	4) 遊東巖		17-309				
	5) 鎭守西江作		17-309	5-148			
7절	1) 西江贈鄭先生達可奉使江南		22-379				
	2) 迎日閑居		22-379				
	3) 次韻呈韓山君李穎叔		22-379				

218. 鄭敍

詩型	詩　題	三韓詩	東文選	靑丘風	箕 雅	大東詩	海東詩
5절	1) 題墨竹後		19-332				5

219. 鄭襲明

詩型	詩　題	三韓詩	東文選	靑丘風	箕 雅	大東詩	海東詩
5율	1) 石竹花		9-217	3-78	5-286	1-33	67
7절	1) 十日欲招咸尙書同飮聞其仙去有感	중-81	19-338				
	2) 贈妓	중-80	19-338	6-176	2-99	1-33	156

220. 鄭與齡

詩型	詩　題	三韓詩	東文選	靑丘風	箕 雅	大東詩	海東詩
7절	1) 晉州山水圖		19-341		2-100	1-36	159

221. 鄭頫

詩型	詩　題	三韓詩	東文選	靑丘風	箕 雅	大東詩	海東詩
5율	1) 落職後到淸州作		9-226				

222. 鄭允宜

詩型	詩　題	三韓詩	東文選	靑丘風	箕 雅	大東詩	海東詩
7절	1) 書江城縣舍		20-355	6-190	2-110	1-66	160

223. 鄭乙輔

詩型	詩　題	三韓詩	東文選	青丘風	箕 雅	大東詩	海東詩
7율	1) 晉州矗石樓		15-293				

224. 鄭子厚

詩型	詩　題	三韓詩	東文選	青丘風	箕 雅	大東詩	海東詩
7율	1) 送洪敏求進士		15-286				
	2) 驪興淸心樓		15-287				
	3) 暎湖樓		15-287				

225. 鄭地

詩型	詩　題	三韓詩	東文選	青丘風	箕 雅	大東詩	海東詩
5절	1) 題錦江船亭		19-334			1-91	4
7절	1) 高靈客館						158

226. 鄭之祥

詩型	詩　題	三韓詩	東文選	青丘風	箕 雅	大東詩	海東詩
5절	1) 寄故鄉諸老		19-334				

227. 鄭知常

詩型	詩　題	三韓詩	東文選	青丘風	箕 雅	大東詩	海東詩
5율	1) 送人	상-11	9-218		5-286	1-30	58
7율	1) 開聖寺八尺房		12-262		7-420	1-30	240
	2) 分行驛寄忠州刺使		12-262				
	3) 長源亭	중-74	12-262	4-117	7-420	1-30	
	4) 題登高寺		12-262		7-419	1-30	
	5) 題邊山蘇來寺		12-262	4-118	7-420	1-30	
	6) 春日	중-75	12-262				
7절	1) 團月驛		19-340		2-99	1-29	
	2) 西都	중-76[1]	19-340	6-175	2-98	1-29	
	3) 送人(大同江)	중-76	19-340		2-98[2]	1-29[3]	151[4]
	4) 新雪	중-75	19-340				
	5) 長源亭		19-340				
	6) 醉後	중-76	19-340	6-176	2-98	1-29	

1) 「西郊」라 題함.
2),3),4) 「大同江」이라 題함.

228. 鄭樞

詩型	詩 題	三韓詩	東文選	青丘風	箕 雅	大東詩	海東詩
5고	1) 汚吏同朴獻納用陳簡齋集中韻		5-164	1-37	12-751	1-95	
7고	1) 江陵東樓對月有感		7-199				
	2) 庚申三月三日雨中晝寢夢韓山君……		7-199				
	3) 聞倭賊破江華郡達旦不寐作蛙夜鳴以敍懷		7-198				
	4) 辛酉十月朔旦看日蝕		7-199				
5율	1) 金幱窟			3-91	5-296	1-94	63
	2) 寄密城李使君		10-231[1]				
	3) 萬景臺			3-92	5-297	1-94	63
	4) 木落		10-231[2]				
	5) 宿驪興淸心樓		10-231		5-297	1-94	
7율	1) 寄贈巖逋			5-144	7-452	1-94	243
	2) 挽鄭文貞公思道			5-144			
	3) 次三陟竹西樓韻		16-301				
	4) 次安邊官舍韻		16-301				
	5) 次韻呈巖逋			5-145			
5절	1) 洛山寺						2
	2) 送莫莫上人遊日本將之江南			6-169			
7절	1) 橋西		21-371				
	2) 寄無說師			7-215	2-121[3]	1-102[4]	152[5]

7절	3) 老妓		21-371				
	4) 陶隱李諫議自誦省中述懷…… (一)		21-371				
	5) 陶隱李諫議自誦省中述懷…… (二)		21-371				
	6) 陶隱李諫議自誦省中述懷…… (三)		21-371				
	7) 陶隱李諫議自誦省中述懷…… (四)		21-371				
	8) 讀唐高宗紀		21-371				
	9) 讀唐中宗紀		21-371	7-214			
	10) 聞鶯有感用元內書韻		21-371				
	11) 福州旅舍有雨欲訪韓祭酒脩以風不出		21-371				
	12) 定州途中		21-371	7-214	2-119	1-94	
	13) 孝家里院						154

1),2) 작자가 韓脩로 되어 있으나, 鄭樞의 문집인『圓齋稿』卷上에 수록되어 있음.
3),4),5) 작자가 金齊顔으로 되어 있음.

229. 鄭倬

詩型	詩　題	三韓詩	東文選	靑丘風	箕 雅	大東詩	海東詩
7절	1) 罷安東移任晉州		20-360				

230. 鄭誧

詩型	詩　題	三韓詩	東文選	靑丘風	箕 雅	大東詩	海東詩
5고	1) 結廬		4-162	1-35	12-750		
	2) 送人赴都		4-162				
	3) 瀋陽雜詩 (一)		4-161		12-750		
	4) 瀋陽雜詩 (二)		4-162	1-34	12-750	1-91	
	5) 瀋陽雜詩 (三)			1-34			
	6) 詠菊		4-162				
7고	1) 怨別離		7-194				
	2) 黃山歌		7-195		13-841		
5율	1) 癸未重九		9-229		5-295	1-90	62
	2) 寄獻春軒		9-228				
	3) 東萊雜詩 (一)		9-228				
	4) 東萊雜詩 (二)		9-228				
	5) 東萊雜詩 (三)		9-228				
	6) 東萊雜詩 (四)		9-228		5-295	1-90	
	7) 東萊雜詩 (五)		9-228				
	8) 東萊雜詩 (六)		9-228				
	9) 東萊雜詩 (七)		9-228				62[1)]
	10) 東萊雜詩 (八)		9-228				
	11) 東萊雜詩 (九)		9-229				

5율	12) 東萊雜詩 (十)		9-229				
	13) 乙酉立秋大都旅舍雨中書懷			3-87			
	14) 題蔚州官舍壁		9-228				
5배	1) 山村雜詠		11-249[2)]		11-694		
	2) 送白書記赴忠州幕		11-248		11-694		
	3) 贈佐郎舅詩		11-248				
7율	1) 大都旅舍偶題		16-298				
	2) 病中投鄭長官天儒		16-298				
	3) 福州次友人韻		16-298	4-134			
	4) 送白介夫遊河東		16-298		7-451	1-90	243
	5) 壬申春予所畜馬暴死……		16-298				
	6) 贈李天覺達尊		16-298	4-135	7-450	1-90	
	7) 次韻季明叔理問見訪有詩追呈		16-298				
5절	1) 江口		19-335	6-168	1-70	1-89	2
7절	1) 普濟寺鐘			7-204			
	2) 西江雜興 (一)			7-203	2-118	1-89	
	3) 西江雜興 (二)		21-368	7-203	2-118	1-89	
	4) 西江雜興 (三)			7-203	2-118	1-89	
	5) 西江雜興 (四)		21-368	7-203			
	6) 立春曉起有感		21-368				
	7) 題仙女着碁圖			7-204			

詩型	詩　題	三韓詩	東文選	青丘風	箕 雅	大東詩	海東詩
7절	8) 題梁州客舍壁		21-368		2-119	1-89	154
	9) 次韻示同里諸君		21-368				
	10) 次韻李明叔理問見訪有詩		21-368				
	11) 惠陰院途中		21-368				
	12) 戲洪陽坡中容		21-368				

1)「東萊溫泉」이라 題함.
2) 李達衷의 作으로 되어 있음.

231. 鄭沆

詩型	詩　題	三韓詩	東文選	青丘風	箕 雅	大東詩	海東詩
7율	1) 題僧伽窟		12-263		7-421	1-33	
7절	1) 瑞祥花		19-340				

232. 鄭興[1]

詩型	詩　題	三韓詩	東文選	青丘風	箕 雅	大東詩	海東詩
7율	1) 興似聞樂軒懶齋……作詩結社（一）		14-280				
	2) 興似聞樂軒懶齋……作詩結社（二）		14-280				

7율	3) 興似聞樂軒懶齋……作詩結社 (三)		14-280				
	4) 興似聞樂軒懶齋……作詩結社 (四)		14-280				
	5) 興似聞樂軒懶齋……作詩結社 (五)		14-280				
	6) 興似聞樂軒懶齋……作詩結社 (六)		14-280				

1) 鄭興은 鄭可臣의 初名임.

233. 趙簡

詩型	詩 題	三韓詩	東文選	靑丘風	箕 雅	大東詩	海東詩
7율	1) 暎湖樓		14-284				
	2) 次永明樓韻		14-284				
	3) 次李密直學士宴詩		14-284				

234. 曹繼芳

詩型	詩 題	三韓詩	東文選	靑丘風	箕 雅	大東詩	海東詩
7절	1) 山居(山寺)		21-367[1]	6-194[2]	2-114[3]	1-75[4]	160[5]
	2) 獻洪侍中彦博		21-366[6]				

1),6) 作家名이 曹係芳으로 되어 있음.
2),3),4),5) 「山寺」라 題함.

235. 趙廉

詩型	詩 題	三韓詩	東文選	青丘風	箕 雅	大東詩	海東詩
5고	1) 送閔仲王生員東觀西還		4-158				

236. 趙永仁

詩型	詩 題	三韓詩	東文選	青丘風	箕 雅	大東詩	海東詩
7배	1) 扈從安和寺應製		18-324				

237. 趙云仡

詩型	詩 題	三韓詩	東文選	青丘風	箕 雅	大東詩	海東詩
7절	1) 送春日別人		22-381		2-130	1-121	
	2) 遊金剛山		22-381				
	3) 題九月山小菴		22-381				
	4) 題雲錦樓		22-381				
	5) 卽事		22-381	7-208	2-131	1-121	161

238. 趙仁規

詩型	詩　題	三韓詩	東文選	靑丘風	箕 雅	大東詩	海東詩
5절	1) 示諸子		19-333			1-79	

239. 趙仁璧

詩型	詩　題	三韓詩	東文選	靑丘風	箕 雅	大東詩	海東詩
5절	1) 絶句					1-118	

240. 趙準

詩型	詩　題	三韓詩	東文選	靑丘風	箕 雅	大東詩	海東詩
5절	1) 御殿春帖子	상-42	19-332				

241. 趙沖

詩型	詩　題	三韓詩	東文選	靑丘風	箕 雅	大東詩	海東詩
7율	1) 同年劉待制兩臺長見和復次韻		14-277			1-65	
7배	1) 賀琴平章得外孫		18-325	5-162			

242. 趙通

詩型	詩 題	三韓詩	東文選	靑丘風	箕 雅	大東詩	海東詩
5율	1) 芍藥		9-218				

243. 周贇

詩型	詩 題	三韓詩	東文選	靑丘風	箕 雅	大東詩	海東詩
7고	1) 獻高山半刺		7-188				

244. 朱悅

詩型	詩 題	三韓詩	東文選	靑丘風	箕 雅	大東詩	海東詩
7절	1) 東都		20-355				
	2) 淸風客舍寒碧軒		20-355				157

245. 眞德女王

詩型	詩 題	三韓詩	東文選	靑丘風	箕 雅	大東詩	海東詩
5고	1) 織錦獻唐高宗(大唐太平頌)		4-151[1]			1-19[2]	

1) 作家가 無名氏로 되어 있음.
2) 「大唐太平頌」이라 題함.

246. 陳溫

詩型	詩　題	三韓詩	東文選	靑丘風	箕 雅	大東詩	海東詩
7절	1) 四時詞						
	① 春		20-350	6-185	2-108[1]	1-59	
	② 夏		20-350				
	③ 秋		20-350	6-185	2-108[2]	1-59	
	④ 冬		20-350				

1),2) 作家가 陳澕로 되어 있음. 『箕雅』의 作家 目錄에는 陳溫이 나와 있으나, 該當 詩에서는 작가 표기가 빠졌음.

247. 陳澕

詩型	詩　題	三韓詩	東文選	靑丘風	箕 雅	大東詩	海東詩
5고	1) 追和歐梅感興 (一)		4-155				
	2) 追和歐梅感興 (二)		4-155				
	3) 追和歐梅感興 (三)		4-155				
	4) 追和歐梅感興 (四)		4-155	1-30	12-745	1-58	
7고	1) 金明殿石菖蒲		6-177	2-51	13-830		

詩型	詩　題	三韓詩	東文選	靑丘風	箕 雅	大東詩	海東詩
7고	2) 桃源歌		6-177				
	3) 使金通州九日	하-130	6-178	2-52	13-831	1-58	
	4) 書雲巖寺	하-129	6-178	2-52	13-830		
	5) 宋迪八景圖						
	① 江天暮雪		6-178				
	② 洞庭秋月		6-178				
	③ 山市晴嵐		6-177				
	④ 瀟湘夜雨		6-178				
	⑤ 漁村落照		6-177				
	⑥ 煙寺暮鐘		6-178				
	⑦ 遠浦歸帆		6-177				
	⑧ 平沙落雁		6-177				
	6) 蓴菜崔山人寄書請賦	하-131	6-178	2-50			
	7) 扈駕奉元殿夜醮		6-178				
5율	1) 夕守		9-224				
	2) 次韻朝守		9-224				
	3) 秋日書懷	상-52	9-224		5-293	1-57	61
7율	1) 京都		14-276	4-123	7-435	1-57	241
	2) 梅花		14-276				
	3) 賞春亭玉蘂花（一）		14-276				

7율	4) 賞春亭玉蘂花 (二)		14-276	4-123	7-434	1-57	
	5) 月溪寺樓上初晴晩眺		14-276		7-435	1-58	
	6) 從海安寺乞松枝		14-276				
	7) 中秋雨後		14-275	4-122			
	8) 次李由之賀生女 (一)		14-276				
	9) 次李由之賀生女 (二)		14-276				
7배	1) 上琴承制 (一)		18-322				
	2) 上琴承制 (二)		18-322		11-718	1-58	
7절	1) 過海州		20-351				
	2) 陶潛漉酒		20-351				
	3) 潘閬移居		20-351				
	4) 四時詞						
	① 春		20-350[1]	6-185[2]	2-108	1-59[3]	
	② 夏		20-350[4]				
	③ 秋		20-350[5]	6-185[6]	2-108	1-59[7]	
	④ 冬		20-350[8]				
	5) 野步(春興)	중-111	20-351		2-108[9]	1-57[10]	
	6) 列子御風		20-351				
	7) 靈鵠寺		20-351				
	8) 五夜	중-111	20-351				
	9) 柳			6-185	2-107	1-57	153

詩型	詩　題	三韓詩	東文選	青丘風	箕 雅	大東詩	海東詩
7절	10) 遊五臺山		20-351				
	11) 子猷訪戴		20-351				
	12) 陳仲子		20-351				
	13) 春晩	중-111	20-351	6-184	2-107	1-56	
	14) 春日和金秀才 (一)	중-110	20-350				
	15) 春日和金秀才 (二)	중-110	20-351				
	16) 海棠 (一)		20-351				
	17) 海棠 (二)		20-351				

1)~8) 作家가 陳澕으로 되어 있음.
9),10) 「春興」이라 題함.

248. 蔡寶文

詩型	詩　題	三韓詩	東文選	青丘風	箕 雅	大東詩	海東詩
7율	1) 高山縣公館梨花		13-265				
	2) 題羅州館		13-265				247
	3) 珍島碧波亭次崔按部永濡韻		13-265		7-422	1-37	

249. 蔡璉

詩型	詩　題	三韓詩	東文選	靑丘風	箕 雅	大東詩	海東詩
5율	1) 簾			3-88	5-297	1-103	68
7절	1) 東安津					1-103	159

250. 蔡禑

詩型	詩　題	三韓詩	東文選	靑丘風	箕 雅	大東詩	海東詩
7절	1) 守福州寄寧海李府使叔琪		21-364				

251. 蔡洪哲

詩型	詩　題	三韓詩	東文選	靑丘風	箕 雅	大東詩	海東詩
7율	1) 福州暎湖樓		14-284				
	2) 月影臺		14-284		7-437	1-62	
7절	1) 答寄權奏事漢功		20-356				

252. 崔匡裕

詩型	詩 題	三韓詩	東文選	靑丘風	箕 雅	大東詩	海東詩
7율	1) 郊居呈知己		12-256		7-416	1-24	
	2) 鷺鷥		12-256				
	3) 商山路作		12-256				
	4) 細雨		12-256				
	5) 送鄕人及第還國		12-256				
	6) 御溝		12-255				
	7) 憶江南李處士居		12-256	4-115	7-416	1-25	
	8) 長安春日有感	중-63[1]	12-256	4-116	7-415	1-24	239
	9) 庭梅		12-256				
	10) 早行	중-63[2]	12-256				

1),2) 작자명이 崔光裕로 잘못되어 있음.

253. 崔均

詩型	詩 題	三韓詩	東文選	靑丘風	箕 雅	大東詩	海東詩
7율	1) 和詠柳		12-262				

254. 崔讜

詩型	詩　題	三韓詩	東文選	靑丘風	箕 雅	大東詩	海東詩
7배	1) 次扈從安和寺應製詩		18-325				
5절	1) 馬上寄人	상-19[1]	19-331	6-167[2]			
	2) 送人 (一)	상-21	19-331[3]				
	3) 送人 (二)	상-21	19-331[4]				

1),2) 林宗庇의 作으로 되어 있음.
3),4) 林宗庇의 「馬上寄人」 1首와 崔讜의 「送人」 2首를 합쳐 崔讜의 「馬上寄人」 3首로 題하고 있음.

255. 崔思儉

詩型	詩　題	三韓詩	東文選	靑丘風	箕 雅	大東詩	海東詩
5절	1) 光陽縣望海樓		19-334				

256. 崔斯立

詩型	詩　題	三韓詩	東文選	靑丘風	箕 雅	大東詩	海東詩
7고	1) 神駒行爲尹栗亭澤九歲時作		6-185				
7절	1) 待人		20-357	7-205	2-119	1-95	
	2) 天壽院						156

257. 崔思齊

詩型	詩　題	三韓詩	東文選	靑丘風	箕 雅	大東詩	海東詩
5절	1) 古意		19-331				
	2) 入宋船上寄京中諸友		19-331			1-66	5

258. 崔奭

詩型	詩　題	三韓詩	東文選	靑丘風	箕 雅	大東詩	海東詩
7율	1) 興王寺慶讚道場音讚詩		12-259				

259. 崔詵

詩型	詩　題	三韓詩	東文選	靑丘風	箕 雅	大東詩	海東詩
5배	1) 謝文相贈扇		11-243				
7율	1) 金使左光祿得家書有生子之喜詩以爲賀		12-262				
	2) 大使見和復呈		12-263				
	3) 喜姪文牧魁司馬試		12-263				

260. 崔誠之

詩型	詩　　題	三韓詩	東文選	青丘風	箕 雅	大東詩	海東詩
7절	1) 寄謝方于宣學士見過		20-356				

261. 崔承老

詩型	詩　　題	三韓詩	東文選	青丘風	箕 雅	大東詩	海東詩
7율	1) 奉賀聖上受太尉冊命初襲王封	중-64	12-258				
5절	1) 偶吟						4
7절	1) 禁中東池新竹			6-174	2-96	1-25	
	2) 代人寄遠	중-65	19-337				

262. 崔承祐

詩型	詩　　題	三韓詩	東文選	青丘風	箕 雅	大東詩	海東詩
7율	1) 鏡湖		12-257				
	2) 關中送陳策先輩赴邠州幕		12-258		7-414	1-23	239
	3) 讀姚卿雲傳		12-258				
	4) 別		12-258				
	5) 送曹進士松入羅浮		12-258	4-116	7-413	1-23	

詩型	詩　題	三韓詩	東文選	青丘風	箕 雅	大東詩	海東詩
7율	6) 憶江西舊遊因寄知己		12-258				
	7) 鄴下和李秀才與鏡		12-258				
	8) 贈薛雜端		12-258				
	9) 春日送韋太尉自西川除淮南		12-258				
	10) 獻新除中書李舍人		12-258				

263. 崔瀹

詩型	詩　題	三韓詩	東文選	青丘風	箕 雅	大東詩	海東詩
7율	1) 出守春州和人贈別		12-259				

264. 崔洳

詩型	詩　題	三韓詩	東文選	青丘風	箕 雅	大東詩	海東詩
7고	1) 春日昭陽江行		6-187				
5율	1) 題守城賓于光先達水閣朴石齋韻		9-225				

265. 崔永濡

詩型	詩　題	三韓詩	東文選	靑丘風	箕 雅	大東詩	海東詩
5율	1) 高山馬上得句書公館壁	상-21	9-219				
7율	1) 昇平郡蔡按部韻		13-265				

266. 崔元祐

詩型	詩　題	三韓詩	東文選	靑丘風	箕 雅	大東詩	海東詩
7율	1) 次明遠樓宴集韻		15-295				
	2) 賀元梅谿松壽掌南省試		15-295				
7절	1) 送僧		21-366				
	2) 永州文會樓		21-366				
	3) 題茂珍客舍		21-366	7-202	2-117	1-88	161
	4) 題順天八馬碑		21-366				

267. 崔惟善

詩型	詩　題	三韓詩	東文選	靑丘風	箕 雅	大東詩	海東詩
5배	1) 御苑仙桃		11-243	3-105[1]	11-689[2]	1-35[3]	

1),2),3) 崔惟淸의 作으로 되어 있음.

268. 崔惟清

詩型	詩 題	三韓詩	東文選	青丘風	箕 雅	大東詩	海東詩
5고	1) 雜興 (一)	상-12	4-151		12-737	1-35	
	2) 雜興 (二)	상-12	4-151	1-21	12-738	1-35	
	3) 雜興 (三)	상-13	4-152		12-738	1-36	
	4) 雜興 (四)	상-13	4-152				
	5) 雜興 (五)	상-14	4-152	1-22	12-738		
	6) 雜興 (六)	상-14	4-152	1-22	12-738		
	7) 雜興 (七)	상-15	4-152	1-22	12-739		
	8) 雜興 (八)	상-15	4-152	1-22[1]	12-739	1-36	
	9) 雜興 (九)	상-16	4-152				
5배	1) 御苑仙桃		11-243[2]	3-105	11-689	1-35	
7절	1) 九日和鄭書記 (一)	중-77					
	2) 九日和鄭書記 (二)	중-77	19-339				
	3) 偶書	중-78	19-340				
	4) 遊奉嚴寺	중-78	19-339				
	5) 初歸故園	중-79	19-340				
	6) 杏花	중-78	19-340				

1) 「漢陽」이라 題하고 別詩로 취급함.
2) 崔惟善의 作으로 되어 있음.

269. 崔林

詩型	詩　題	三韓詩	東文選	靑丘風	箕 雅	大東詩	海東詩
5절	1) 贈友人		19-335				

270. 崔滋

詩型	詩　題	三韓詩	東文選	靑丘風	箕 雅	大東詩	海東詩
7고	1) 上恩門琴太尉謝宴詩		6-181				
5율	1) 南堤柳崔校勘韻		9-224			1-81	
	2) 元德太后挽詞		9-224				
7율	1) 哭崔承制宗藩		14-277				
	2) 奉答金政堂		14-276				
	3) 宣慶殿行大藏經道場音讚詩（一）		14-277				
	4) 宣慶殿行大藏經道場音讚詩（二）		14-277				
	5) 禳星變消災道場應教		14-276				
7배	1) 復次李需教坊少娥詩韻		18-322				
	2) 次李需教坊少娥詩韻		18-322				
7절	1) 哭趙承制		20-352				
	2) 國子監直廬聞採眞峰鶴唳	중-112	20-352	6-186	2-109		160

271. 崔執鈞

詩型	詩　題	三韓詩	東文選	青丘風	箕 雅	大東詩	海東詩
7고	1) 剔銀燈詞		8-204				
7절	1) 紫霞洞						157

272. 崔冲[1)]

詩型	詩　題	三韓詩	東文選	青丘風	箕 雅	大東詩	海東詩
7율	1) 示座客		12-259				
7절	1) 絶句		19-337		2-96	1-25	156

1) 詩選集에 뽑힌 崔冲의 시들은 모두 崔沆의 作으로 밝혀졌음.(李鐘文,「崔沆의 詩에 대하여」,『어문논집』26, 고려대 국어국문학연구회, 1986.)

273. 崔致遠

詩型	詩　題	三韓詩	東文選	青丘風	箕 雅	大東詩	海東詩
5고	1) 江南女	상-4	4-151	1-21	12-737	1-22	341
	2) 古意	상-5	4-151				
	3) 寓興	상-3	4-151				
	4) 蜀葵花	상-4	4-151				

5율	1) 旅遊唐城有先王樂官垮西歸……	상-7	9-217	3-77	5-285	1-21	58
	2) 長安旅舍與于愼微長官接隣有寄	상-5	9-217				
	3) 題雲峰寺	상-6	9-217				
	4) 贈雲門蘭若智光上人	상-6	9-217	3-77	5-285	1-21	58
7율	1) 登潤州慈和寺上房	중-55	12-255		7-411	1-21	
	2) 暮春卽事和顧雲友使	중-58	12-255		7-412	1-22	
	3) 送吳進士巒歸江南	중-56	12-255				
	4) 酬楊贍秀才		12-255	4-113	7-412	1-22	
	5) 野燒		12-255	4-113			
	6) 陳情上太尉	중-58	12-255				
	7) 秋日再經盱眙縣寄李長官	중-56	12-255		7-411	1-21	239
	8) 春曉偶書	중-57	12-255		7-412	1-21	
	9) 和張進士喬村居病中見寄喬字松年		12-255	4-114	7-413	1-22	
5절	1) 郵亭夜雨	상-8	19-331				
	2) 秋夜雨中	상-8	19-331	6-165	1-67	1-20	1
7절	1) 途中作	중-59	19-336				
	2) 山陽與鄕友話別	중-60	19-337				
	3) 饒州鄱陽亭	중-59	19-337				
	4) 留別西京金少尹峻	중-61	19-337				
	5) 題伽倻山讀書堂		19-337		2-96	1-20	151
	6) 題芋江驛亭	중-60	19-337	6-173	2-95	1-20	

詩型	詩　題	三韓詩	東文選	青丘風	箕 雅	大東詩	海東詩
7절	7）贈金川寺主	중-61	19-337	6-174	2-95	1-20	
	8）贈梓谷蘭若獨居僧	중-62	19-337				
	9）春日邀知友不至因寄絶句	중-60	19-337				
	10）黃山江臨鏡臺		19-337	6-173	2-95	1-20	

274. 崔咸一

詩型	詩　題	三韓詩	東文選	青丘風	箕 雅	大東詩	海東詩
7절	1）泛舟遊晉州南江		21-368				

275. 崔瀣

詩型	詩　題	三韓詩	東文選	青丘風	箕 雅	大東詩	海東詩
5고	1）三月二十三日雨		4-158				
	2）上巳益齋席上得盛字		4-158				
	3）送尹樂正莘傑北上		4-158		12-748	1-82	
	4）吳德仁生日		4-157				
	5）二十一除夜		4-157				
	6）次韻答鄭載物子厚		4-157				

7고	1) 上元會浩齋得漏字		6-185				
5율	1) 金童公主挽詞		9-225				
	2) 呈分司那懷廉訪		9-225				
	3) 太尉王挽詞		9-225				
5배	1) 高巒感興十二韻		11-247	3-107	11-693		
7율	1) 己酉三月褫官後作		15-286				
	2) 送李林宗直郎歸舊隱		15-286				
	3) 與諸敎官分詠西漢名賢得張良		15-286				
	4) 李正夫之公見次復成一首		15-286				
	5) 在松山書院夏課次東庵追慕……		15-286				
	6) 鄭載物以二博當遷而在下者……		15-286				
	7) 次李正夫贈別詩韻		15-286				
7배	1) 拙詩六韻呈狀元修撰宋本誠夫先生……		18-326				
5절	1) 己酉三月褫官後作		19-333	6-167			3
	2) 雨荷		19-334		1-70	1-81	3
	3) 風荷		19-334				
7절	1) 到縣和人韻		20-358				
	2) 閔仲玉璿東觀西回亂道爲別		20-358				
	3) 四皓歸漢		20-358	6-194	2-114	1-81	156
	4) 三月自高巒而還路過村莊		20-358				
	5) 五月二十日題		20-358				

詩型	詩　題	三韓詩	東文選	青丘風	箕 雅	大東詩	海東詩
7절	6) 次大同江船窓權一齋韻		20-358				
	7) 責任長沙監務		20-358				
	8) 遷居		20-358				
	9) 追次郭密直預賞蓮詩韻		20-358				
	10) 太公釣周		20-358		2-114	1-81	
	11) 縣齋雪夜		20-358	6-194	2-115	1-81	

276. 崔鴻賓

詩型	詩　題	三韓詩	東文選	青丘風	箕 雅	大東詩	海東詩
5절	1) 書皇龍寺雨花門	상-19	19-332[1]			1-34	

1)「書星龍寺兩花門」으로 誤字가 있음.

277. 卓光茂

詩型	詩　題	三韓詩	東文選	青丘風	箕 雅	大東詩	海東詩
5배	1) 遣悶		11-249				
	2) 謝元戎李密直來訪		11-250				
7율	1) 景濂亭		16-303				
7배	1) 前判三司孫自外進闕賜鳩杖		18-327				

278. 河乙沚

詩型	詩　題	三韓詩	東文選	青丘風	箕 雅	大東詩	海東詩
7절	1) 送偰符寶還朝		21-370				

279. 韓皦如

詩型	詩　題	三韓詩	東文選	青丘風	箕 雅	大東詩	海東詩
7절	1) 書笏呈葉館件					1-31	

280. 韓方信

詩型	詩　題	三韓詩	東文選	青丘風	箕 雅	大東詩	海東詩
5율	1) 哭平齋李文敬公岡		10-236				
7절	1) 送江浙使次使者韻		22-379				

281. 韓脩

詩型	詩　題	三韓詩	東文選	青丘風	箕 雅	大東詩	海東詩
5고	1) 八月初九日夜坐(夜坐)		5-164		12-751[1]	1-93[2]	
7고	1) 永慕亭行		7-198				
5율	1) 寄密城李使君[3]		10-231				
	2) 木落[4]		10-231				
	3) 奉和韓山君所示		10-231		5-296	1-93	63
	4) 夜坐次杜工部詩韻		10-231		5-296	1-92	63
	5) 正月初九日次二子尙質尙敬			3-89			
5배	1) 送慶尙道按廉康副令		11-249				
7율	1) 九月十五日邀牧隱先生登樓翫月		16-302		7-452	1-93	243
	2) 陪牧隱先生往天壽寺賞蓮次先生韻		16-301				
	3) 惕若齋乘舟來訪飮舟中		16-301	5-140	7-451	1-93	
7절	1) 渡迷津						154
	2) 無題（一）		21-371				
	3) 無題（二）		21-371				
	4) 石房途中		21-370				
	5) 鄭中丞謫居東萊對月撫琴		21-370				

1),2)「夜坐」라 題함.
3),4) 鄭樞의『圓齋稿』卷上에 수록되어 있음.

282. 韓宗愈

詩型	詩　題	三韓詩	東文選	青丘風	箕 雅	大東詩	海東詩
7고	1) 送曹溪長老得霜字		7-189				
7율	1) 月光寺水軒次韻		15-289				
7절	1) 漢陽村莊 (一)		21-365	7-201	2-116	1-88	152
	2) 漢陽村莊 (二)		21-365	7-201			

283. 韓航

詩型	詩　題	三韓詩	東文選	青丘風	箕 雅	大東詩	海東詩
7율	1) 次韻寄金學士之岱		14-284				
7절	1) 次李眉叟過漁陽韻		20-356				

284. 咸承慶

詩型	詩　題	三韓詩	東文選	青丘風	箕 雅	大東詩	海東詩
5절	1) 野行		19-335	6-169	1-71	1-99	4
7절	1) 新堤村莊		22-374				

285. 許珙

詩型	詩　題	三韓詩	東文選	靑丘風	箕 雅	大東詩	海東詩
7절	1) 與同年李密直尊庇訪同年宜春朴祿之……		20-354			1-76	

286. 許錦

詩型	詩　題	三韓詩	東文選	靑丘風	箕 雅	大東詩	海東詩
5배	1) 礪良園中梅花			3-109			
7율	1) 病中排悶					1-95	
	2) 病中奉寄平齋土亭二先生		16-302				
	3) 次龍菴老禪韻贈蔡盤澗			4-136			
7절	1) 江華城						157
	2) 閏重陽日登屋山懷逸民憲叔		22-374	7-206			
	3) 炙背		22-374				

287. 許伯

詩型	詩　題	三韓詩	東文選	靑丘風	箕 雅	大東詩	海東詩
7율	1) 暮春		15-289				
	2) 丁卯重陽		15-289				

7율	3) 題杆城樓		15-289				

288. 許富

詩型	詩　題	三韓詩	東文選	青丘風	箕 雅	大東詩	海東詩
7절	1) 寄金問民龍劍		20-357				

289. 許少由

詩型	詩　題	三韓詩	東文選	青丘風	箕 雅	大東詩	海東詩
5율	1) 次旌善郡韻(鳳棲樓)		9-227				66[1]
7율	1) 旌善郡次韻		15-296			1-77	

1)「鳳棲樓」라 題함.

290. 許湜

詩型	詩　題	三韓詩	東文選	青丘風	箕 雅	大東詩	海東詩
7절	1) 安城		21-365				

291. 許邕

詩型	詩　題	三韓詩	東文選	靑丘風	箕 雅	大東詩	海東詩
7율	1) 驪江樓		15-295				

292. 許洪材

詩型	詩　題	三韓詩	東文選	靑丘風	箕 雅	大東詩	海東詩
5율	1) 慈護寺樓	상-17	9-219			1-69	

293. 邢君紹

詩型	詩　題	三韓詩	東文選	靑丘風	箕 雅	大東詩	海東詩
7고	1) 春州昭陽江行次韻		6-186				
7율	1) 永明寺浮碧樓		15-287				
7절	1) 西京次權一齋大同江船窓韻		20-358				

294. 洪侃

詩型	詩　題	三韓詩	東文選	青丘風	箕 雅	大東詩	海東詩
7고	1) 孤雁行	하-137	6-183	2-56	13-834	1-64	
	2) 金尙書珦所畜山水圖達全師韻(山水圖次韻)	하-139	6-183	2-57	13-835[1]		
	3) 嬾婦引	하-138	6-183	2-56	13-834	1-64	
	4) 送秋玉蟾曬史海印寺	하-140	6-183	2-58	13-835		
	5) 次韻和金鈍村四時歐公韻						
	① 春記張平子	하-143	6-184				
	② 夏記天隨子	하-144	6-184				
	③ 秋記張季鷹	하-145	6-184				
	④ 冬記張老	하-146	6-184				
5율	1) 元日					1-63	
7율	1) 上李蒙庵					1-63	
	2) 諸郎席上次韻		14-283				
7배	1) 次韻李蒙庵西京懷古		18-326		11-720	1-63	
7절	1) 過龍興溪有感呈李蒙庵 (一)	중-118	20-356				
	2) 過龍興溪有感呈李蒙庵 (二)	중-118					
	3) 席上贈白彛齋	중-119	20-356	6-189			
	4) 雪 (一)		20-356				
	5) 雪 (二)	중-119					

詩型	詩 題	三韓詩	東文選	青丘風	箕 雅	大東詩	海東詩
7절	6) 送李東庵赴安東		20-356				
	7) 早朝馬上	중-117	20-355			1-63	
	8) 太白醉歸圖 (一)	중-119		6-189			
	9) 太白醉歸圖 (二)	중-120					
	10) 太白醉歸圖 (三)	중-120					

1) 「山水圖次韻」이라 題함.

295. 洪功佐

詩型	詩 題	三韓詩	東文選	青丘風	箕 雅	大東詩	海東詩
7율	1) 花山上元文機障子		14-277				
7절	1) 燈籠詩		20-352				

296. 洪奎

詩型	詩 題	三韓詩	東文選	青丘風	箕 雅	大東詩	海東詩
5절	1) 朴杏山全之宅有題		19-333				

297. 洪淪

詩型	詩　題	三韓詩	東文選	靑丘風	箕 雅	大東詩	海東詩
7율	1) 謝松坡崔相國誠之惠茶紙（一)		15-287				
	2) 謝松坡崔相國誠之惠茶紙（二)		15-287				
	3) 在燕都次方敬齋子宣韻寄呈		15-287				
7절	1) 東還訪敬齋宅		20-359				

298. 洪彦博

詩型	詩　題	三韓詩	東文選	靑丘風	箕 雅	大東詩	海東詩
7고	1) 題御畵尹栗亭澤眞		7-191				
5율	1) 拱北樓						66
7절	1) 北山途中		21-364				
	2) 城南		21-364			1-80	
	3) 慈孝寺次蓮樓詩韻		21-364				
	4) 天壽寺追和崔斯立韻（一)		21-364				
	5) 天壽寺追和崔斯立韻（二)		21-364				

299. 洪子藩

詩型	詩 題	三韓詩	東文選	靑丘風	箕 雅	大東詩	海東詩
7율	1) 先君於戊戌年間赴沃州不幸聖善遂厭世……		14-282				
7절	1) 朝天上馬		20-354				

300. 洪鐸

詩型	詩 題	三韓詩	東文選	靑丘風	箕 雅	大東詩	海東詩
7절	1) 員外辛草亭之朝上國諸公分字作詩得紛字		21-368				

301. 黃瑾

詩型	詩 題	三韓詩	東文選	靑丘風	箕 雅	大東詩	海東詩
7절	1) 將赴沃州漢江船上用華嚴信聰師韻		21-364				

302. 黃石奇

詩型	詩 題	三韓詩	東文選	靑丘風	箕 雅	大東詩	海東詩
7율	1) 次鄭愚谷子厚韻送洪敏求進士		16-298				
7절	1) 淸州元巖宴集		21-368				

303. (釋)戒膺

詩型	詩　題	三韓詩	東文選	青丘風	箕 雅	大東詩	海東詩
5율	1) 送智勝		9-221			11-555	

304. (釋)宏演

詩型	詩　題	三韓詩	東文選	青丘風	箕 雅	大東詩	海東詩
5고	1) 分題得九曲溪送友		5-167				
	2) 分題得種柳橋送友省親		5-167				
7고	1) 奉和思謙題西宇鍊師山水圖		8-208				
	2) 舂米行		8-208				
	3) 題飮馬圖		8-208				
	4) 題驄馬飮水圖		8-208				
	5) 秋夜宿蔣山寺		8-208				
7율	1) 送人之臨江		17-310				
	2) 遊紫淸宮		17-310	4-137		11-558	333
	3) 題劉仙巖（一）		17-310				
	4) 題劉仙巖（二）		17-310				
	5) 贈來維那歸君山			4-137			
	6) 青玉峽			4-138			
7절	1) 題墨龍卷			6-200		11-558	

305. (釋)懶翁

詩型	詩 題	三韓詩	東文選	靑丘風	箕 雅	大東詩	海東詩
7율	1) 警世 (一)		17-310				
	2) 警世 (二)		17-310				
7절	1) 警世 (一)		21-372				
	2) 警世 (二)		21-373			11-562	

306. (釋)達全

詩型	詩 題	三韓詩	東文選	靑丘風	箕 雅	大東詩	海東詩
7고	1) 登燕京昊天寺九層大塔		6-184				
	2) 送李元帥赴鎭		6-185				
	3) 次韻諸賢賦菊		6-184		14-947		347
	4) 次李賀將進酒韻		6-184				
7율	1) 禪源寺淸遠樓		14-284				
	2) 次韻李正言混花山懷古		14-284			11-555	333

307. (釋)大覺

詩型	詩　題	三韓詩	東文選	青丘風	箕 雅	大東詩	海東詩
7절	1) 厭髑舍人廟		19-341			11-553	

308. (釋)無己

詩型	詩　題	三韓詩	東文選	青丘風	箕 雅	大東詩	海東詩
5절	1) 無住庵偈					11-564	48

309. (釋)無名

詩型	詩　題	三韓詩	東文選	青丘風	箕 雅	大東詩	海東詩
7절	1) 新住水多寺感舊有作		21-373				
	2) 智異山菴醉後有作		21-373				

310. (釋)普愚

詩型	詩 題	三韓詩	東文選	青丘風	箕 雅	大東詩	海東詩
5율	1) 寄日本石翁長老					11-561	
잡언	1) 示日本志性上人					11-561	
	2) 送日本雄禪人遊江南					11-561	
	3) 中庵壽允贈別					11-561	

311. (釋)禪坦

詩型	詩 題	三韓詩	東文選	青丘風	箕 雅	大東詩	海東詩
5고	1) 古風		4-159				
7고	1) 白鷺行		7-189				
	2) 驪江讌集		7-189				
7율	1) 九日次清淵詩韻		15-293				
	2) 次普門寺閣上詩韻		15-293		10-680	11-558	
7절	1) 楞伽山中(臥病)		21-363		4-270	11-557[1)]	
	2) 題任實縣壁		21-363				
	3) 穿川峴						224

1) 「臥病」이라 題함.

312. (釋)始寧[1)]

詩型	詩　題	三韓詩	東文選	青丘風	箕 雅	大東詩	海東詩
7율	1) 前用王文公起聯中生字爲韻……		14-279			11-554	332

1) 始寧은 황해도 文化縣의 古名으로 柳璥의 貫鄕임. 따라서 始寧은 僧名이 아니며, 이 시의 작자는 柳璥임.

313. (釋)信如

詩型	詩　題	三韓詩	東文選	青丘風	箕 雅	大東詩	海東詩
7절	1) 水精橋						225

314. (釋)了圓

詩型	詩　題	三韓詩	東文選	青丘風	箕 雅	大東詩	海東詩
7절	1) 幻菴		22-374		4-270	11-559	

315. (釋)寥一

詩型	詩　題	三韓詩	東文選	青丘風	箕 雅	大東詩	海東詩
7율	1) 乞退		13-268			11-553	

316. (釋)云鑑

詩型	詩　題	三韓詩	東文選	青丘風	箕 雅	大東詩	海東詩
5율	1) 寄原州牧使河允源遞歸					11-558	

317. (釋)圓鑑

詩型	詩　題	三韓詩	東文選	青丘風	箕 雅	大東詩	海東詩
7고	1) 三月二十四日抵宿天護山開泰寺		6-182				
	2) 惜花吟		6-182				
5율	1) 苦熱吟		9-224				
5배	1) 東征頌		11-246				
	2) 伏聞主上陛下利覲天朝……		11-246				
	3) 幽居		11-246				
	4) 自敍		11-246				
7율	1) 多寶寺						331
	2) 病中言志		14-282			11-557	
	3) 遊楞伽山(蘇來寺)		14-282				330[1]
	4) 抵宿王巖愛其境地清幽因書拙語		14-282				
	5) 次朴按廉恒題密城三郎樓詩韻		14-282		10-679		
	6) 閑中偶書		14-282				

5절	1) 閑中雜詠 (一)		19-333		1-91	11-557	49
	2) 閑中雜詠 (二)		19-333				
	3) 閑中雜詠 (三)		19-333				
7절	1) 賈誼			6-190			
	2) 病脚自戲		20-353				
	3) 伏蒙隴西相國尊庇辱示…… (一)		20-353				
	4) 伏蒙隴西相國尊庇辱示…… (二)		20-353				
	5) 舍弟平陽新守文愷將抵州治先到山中……		20-353				
	6) 偶吟		20-354				
	7) 雨中睡起		20-354		4-269		
	8) 遊山回過三郎樓舟中作		20-353				
	9) 作野牛頌示同志		20-353				
	10) 閑中偶書		20-354				

1)「蘇來寺」라 題함.

318. (釋)月窓

詩型	詩 題	三韓詩	東文選	青丘風	箕 雅	大東詩	海東詩
7율	1) 靈通寺西樓次古人韻		16-303			11-556	333

319. (釋)益莊

詩型	詩　題	三韓詩	東文選	青丘風	箕 雅	大東詩	海東詩
5율	1) 洛山寺		9-224		6-403	11-563	

320. (釋)一然

詩型	詩　題	三韓詩	東文選	青丘風	箕 雅	大東詩	海東詩
7절	1) 厭髑讚					11-554	

321. (釋)丁近

詩型	詩　題	三韓詩	東文選	青丘風	箕 雅	大東詩	海東詩
7율	1) 題砥平東軒		17-315				

322. (釋)靜明

詩型	詩　題	三韓詩	東文選	青丘風	箕 雅	大東詩	海東詩
7절	1) 送友人入智異山					11-557	

323. (釋)定法師

詩型	詩　題	三韓詩	東文選	青丘風	箕 雅	大東詩	海東詩
5율	1) 孤石					1-18	

324. (釋)正思

詩型	詩　題	三韓詩	東文選	青丘風	箕 雅	大東詩	海東詩
5절	1) 詠溪水					11-561	49

325. (釋)定志

詩型	詩　題	三韓詩	東文選	青丘風	箕 雅	大東詩	海東詩
7율	1) 百祥樓						331

326. (釋)祖英

詩型	詩　題	三韓詩	東文選	青丘風	箕 雅	大東詩	海東詩
7율	1) 躑躅花應敎		14-281			11-555	332

327. (釋)祖異

詩型	詩　題	三韓詩	東文選	靑丘風	箕 雅	大東詩	海東詩
5율	1) 贈曹溪禪師云鑑得無字		10-237		6-402	11-559	144

328. (釋)宗聆

詩型	詩　題	三韓詩	東文選	靑丘風	箕 雅	大東詩	海東詩
7절	1) 戲贈闡師		19-337	6-184		11-554	

329. (釋)眞覺

詩型	詩　題	三韓詩	東文選	靑丘風	箕 雅	大東詩	海東詩
6언	1) 偈頌					11-560	

330. (釋)眞靜

詩型	詩　題	三韓詩	東文選	靑丘風	箕 雅	大東詩	海東詩
5율	1) 安峯寺			3-83	6-403		144
7율	1) 奉答柳平章蓮字詩寄呈		14-279				

詩型	詩題	三韓詩	東文選	青丘風	箕雅	大東詩	海東詩
7율	2) 次韻答郎州太守金惰所寄（一）		14-279				
	3) 次韻答郎州太守金惰所寄（二）		14-279				
	4) 次韻答秘書閣金坵（一）		14-279				
	5) 次韻答秘書閣金坵（二）		14-279				
	6) 次韻答中書舍人金祿延		14-279				
	7) 次李居士穎詩（一）		14-279		10-679	11-556[1]	331
	8) 次李居士穎詩（二）		14-280			11-556	
	9) 次李居士穎詩（三）		14-280				

1)「次李居士韻」이라 題하여「次李居士穎詩」와 別詩로 취급함.

331. (釋)天因

詩型	詩　　題	三韓詩	東文選	青丘風	箕 雅	大東詩	海東詩
5고	1) 誓上人在龍穴寫經有詩見贈次韻奉答		4-157				
	2) 遊四仙嵒有作		4-157				
	3) 次韻晥上人山中作		4-156				
7고	1) 寄沃洲誓上人		6-180				
	2) 病中雲住叔大老見示松檜圖		6-181				
	3) 謝圓上人惠躑躅柱杖		6-180				
	4) 題權學士法華塔		6-180				

詩型	詩　題	三韓詩	東文選	青丘風	箕 雅	大東詩	海東詩
7고	5) 致遠庵主以詩見示仍以請予……		6-179				
	6) 海月樓看月		6-180				
5배	1) 次韻雲上人病中作		11-245				
7율	1) 以長句代書答崔學士		14-281				
	2) 再和(以長句代書再和崔學士)		14-281				
	3) 舟次南海得眼疾寄常寂法主		14-281			11-560	333
	4) 次韻青谷老弔趙承制		14-280				
7배	1) 次韻答晥上人 (一)		18-323				
	2) 次韻答晥上人 (二)		18-323				
	3) 洪英上人以詩見贈次韻答之		18-323				
7절	1) 冷泉亭		20-353			11-560	
	2) 說法臺		20-353				

332. (釋)冲羲

詩型	詩　題	三韓詩	東文選	青丘風	箕 雅	大東詩	海東詩
7절	1) 謝崔怡書					11-560	

333. (釋)坦然

詩型	詩　題	三韓詩	東文選	青丘風	箕 雅	大東詩	海東詩
5고	1) 文殊寺		4-157		12-820	11-559	145

334. (釋)混修

詩型	詩　題	三韓詩	東文選	青丘風	箕 雅	大東詩	海東詩
7율	1) 警世					11-563	
7절	1) 偈					11-563	
	2) 臨化作偈					11-563	

335. (釋)惠文

詩型	詩　題	三韓詩	東文選	青丘風	箕 雅	大東詩	海東詩
7율	1) 普賢院		13-266	4-124	10-679	11-555	331[1]

1) 作家名이 惠文으로 되어 있음.

336. 無名氏

詩型	詩　題	三韓詩	東文選	青丘風	箕 雅	大東詩	海東詩
7율	1) 亭止寺		14-281				
7절	1) 栗		20-353				
	2) 褫郡職		19-340				

索　引

ㄴ

ㄷ

ㅁ

ㅂ

人

ㅇ

ㅈ

ㅊ

ㅌ

ㅍ

□ **김건곤**

계명대학교 한문교육과
한국학대학원 문학석사 · 박사
한국학중앙연구원 교수

新羅 · 高麗時代의 名詩

2005년 3월 31일 제1판 1쇄 발행

지은이 | 김건곤
펴낸이 | 송미옥
펴낸곳 | 이회문화사

주 소 | 서울시 동대문구 답십리동 488-338 부영빌딩 503호
전 화 | 02-2244-7912~3
팩 스 | 02-2244-7914
전자우편 | ih7912@chol.com
등 록 | 제6-0532호(1992.5.2)

ISBN 89-8107-291-4 93810

정가 21,000원